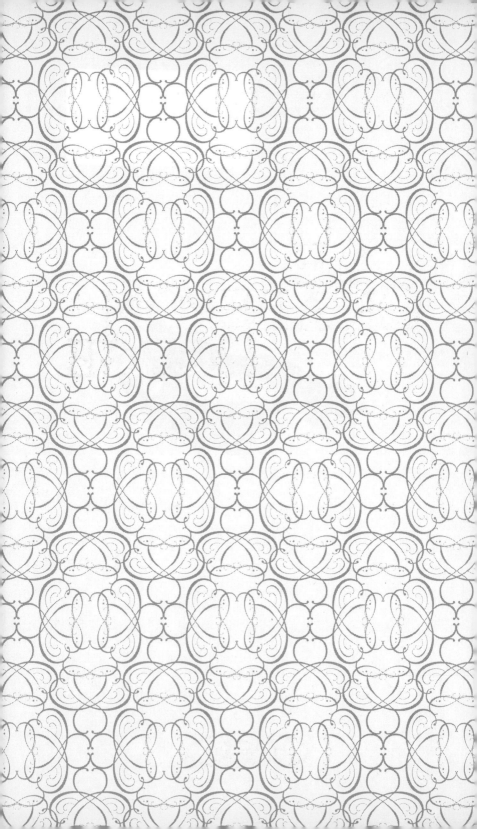

Sarah Blakley-Cartwright
et David Leslie Johnson

Introduction de Catherine Hardwicke

Traduit de l'anglais (États-Unis) par Arnaud Regnauld

Michel LAFON

Titre original : *Red Riding Hood*
Première publication par Simon & Schuster
Introduction © Catherine Hardwicke, 2011.
Texte © Warner Bros. Entertainment Inc. 2011.
Tous droits réservés.

© Éditions Michel Lafon, 2011, pour la traduction française
7-13, boulevard Paul-Émile-Victor – Île de la Jatte
92521 Neuilly-sur-Seine Cedex
www.michel-lafon.com

À quatre femmes extraordinaires :
Ronee, Laurie, Catherine et Lauren.

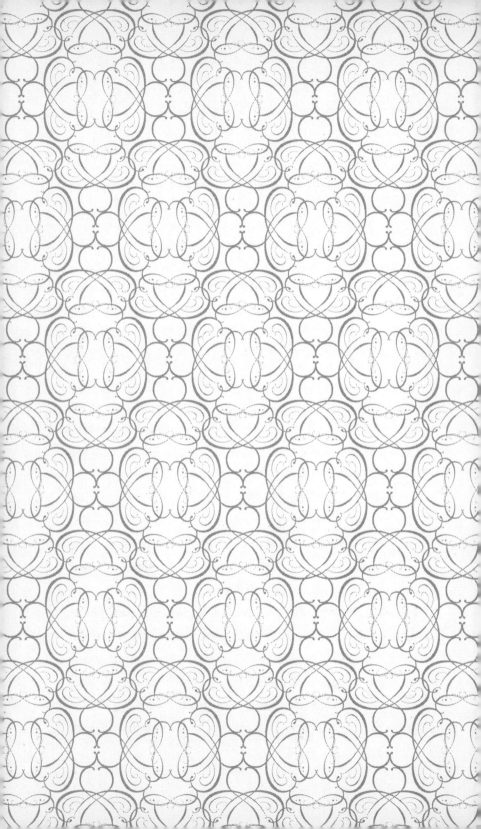

Introduction

En août 2009, j'ai reçu un script intitulé *La Jeune Fille au chaperon rouge* de David Leslie Johnson, d'après une idée de Leonardo DiCaprio. La société de production de ce dernier, Appian Way, travaillait alors sur ce projet avec Warner Bros. Et j'ai tout de suite adoré cette nouvelle version, plus sombre et plus fouillée, d'un classique de la littérature.

Les contes de fées sont riches en enseignements. Ils nous permettent de comprendre et de bâtir notre propre monde, et c'est très précisément ce que j'ai cherché à faire avec ce projet. J'avais des images et des idées plein la tête et je souhaitais donner vie à cet univers.

Je me suis inspirée de différentes sources : de l'atmosphère et de la magie des tableaux de ma sœur, des défilés de mode du moment pour les vêtements, et d'un petit livre d'architecture sur le nord de la Russie que j'avais gardé depuis mon adolescence et dont je me suis servi pour tracer le plan de Daggerhorn. Dans cette version du *Petit Chaperon rouge*, je me suis intéressée aux aspects les plus modernes des personnages et aux relations qu'ils entretiennent.

Cette histoire aborde différents thèmes liés aux angoisses de l'adolescence, aux difficultés du passage à l'âge adulte et au sentiment amoureux. Il y a bien entendu aussi un grand méchant loup. Le loup représente le côté obscur et dangereux qui sommeille en chaque homme, à l'origine d'une société paranoïaque. J'ai toujours gardé cette psychose sociale à l'esprit à mesure que j'avançais sur le script. Elle fonde l'identité architecturale du village de Daggerhorn : les habitants vivent dans des maisons qui ressemblent à des forteresses miniatures, montées sur pilotis et protégées par des volets en bois ; on ne peut y accéder que par une échelle que l'on retire à la nuit tombée. Les villageois sont aussi méfiants sur le plan émotionnel que sur le plan physique, ainsi lorsque prend fin la trêve qu'ils avaient conclue avec le Loup quelques décennies plus tôt, leurs liens commencent alors à se défaire.

Plus nous avancions dans notre étude, plus il nous apparaissait que les personnages et leurs histoires personnelles étaient bien trop denses pour un simple film. J'ai donc voulu participer à l'écriture d'un roman qui puisse explorer pleinement la complexité des habitants de Daggerhorn.

À l'occasion d'un séjour à New York, j'ai retrouvé mon amie Sarah Blakley-Cartwright qui venait tout juste de terminer ses études au Barnard College, forte d'un diplôme en « écriture créative » obtenu avec mention. Je connais Sarah depuis que j'ai treize ans. Elle a même joué de petits rôles dans quatre de mes précédents films. Elle a toujours eu un esprit original, poétique, et plein de fantaisie : elle était donc parfaite pour ce projet.

À peine l'avais-je évoqué qu'elle fonçait tête baissée. Elle a sauté dans un avion pour Vancouver, où nous étions en train d'installer les décors du film, et elle s'est totalement immergée dans le monde du Petit Chaperon rouge.

Sarah a interrogé chacun des acteurs sur son personnage. Elle a assisté à toutes les répétitions et elle a même dansé sur des charbons ardents lors du tournage de la scène des festivités. Elle n'a jamais cessé de participer à l'élaboration de cette histoire.

Sarah a écrit un roman magnifique. Elle a approfondi les personnages, et s'est notamment attardée sur les scènes les plus chargées d'émotions qui montrent que *Le Petit Chaperon rouge* ne se résume pas à un conte de fées, mais qu'il s'agit bien d'une histoire universelle qui parle du passage à l'âge adulte, d'amour et de courage.

Bonne lecture.

Catherine Hardwicke

Il était une Fois...

... une
petite Fille,

et puis
un loup.

Première partie

Perchée au sommet d'un arbre gigantesque, la petite fille voyait tout ce qui se passait en contrebas. Le village de Daggerhorn sommeillait au creux de la vallée. Vu d'en haut, on aurait dit un lointain pays étranger dont elle ne savait rien, un lieu sans épines ni barbelés où la peur ne rôdait pas tel quelque parent inquiet.

Valérie avait l'impression qu'elle pourrait se métamorphoser en animal, un faucon peut-être, qu'une vie difficile aurait rendu distant, solitaire et arrogant.

À sept ans à peine, Valérie se savait différente des autres habitants du village. Elle ne pouvait s'empêcher de tenir les gens à distance, y compris ses amis, même s'ils étaient formidables et très ouverts d'esprit. Sa sœur aînée, Lucie, était la seule personne au monde à laquelle elle se sentait intimement liée. Comme dans la chanson que fredonnaient les vieux du village, elles avaient grandi telles deux vignes entrelacées.

À part Lucie, elle n'avait personne.

Valérie se mit à scruter le sol sous ses pieds nus. Mais qu'est-ce qui avait bien pu la pousser à grimper au sommet de cet arbre ? Elle ne cherchait pas plus à braver l'interdit qu'à relever un défi : l'excitation que lui procurait autrefois l'escalade s'était dissipée un an plus tôt, le jour où elle avait enfin atteint la plus haute branche et s'était retrouvée la tête dans les nuages.

À vrai dire, Valérie étouffait au village. Il fallait qu'elle s'échappe, sans quoi elle sombrait dans une profonde tristesse qui menaçait de l'engloutir tout entière. Tout là-haut, au sommet de son arbre, elle sentait l'air frais sur son visage. Elle était invincible et ne se souciait jamais d'une chute éventuelle. C'était chose impossible dans cet univers sans gravité.

– Valérie !

La voix de sa mère, Suzette, s'éleva soudain à travers le feuillage, la tirant vers le sol telle une main pressante.

Il était temps de redescendre. Le ton de sa mère était sans appel. Valérie fléchit les genoux, s'accroupit, puis entama sa descente vers la demeure de sa grand-mère dont le toit en forme de clocher s'élançait vers le ciel. Il était recouvert d'une épaisse couche d'aiguilles de pin. On avait construit la maison au beau milieu des branchages, mais à la voir ainsi coincée parmi les rameaux, on avait l'impression qu'elle était venue se loger là au cours d'une tempête. Comment avait-elle pu arriver là ? Valérie n'avait jamais posé la question de peur qu'une explication ne vienne briser le charme qui entourait ce lieu.

L'hiver était proche et les feuilles avaient commencé à se détacher des branchages, facilitant la cueillette de l'automne. Vacillant sur leur tige, elles tombaient à mesure que Valérie descendait de son arbre. Elle était restée perchée là-haut tout l'après-midi à écouter le murmure des femmes en contrebas. Elles parlaient d'un ton plus prudent et d'une voix plus rauque qu'à l'accoutumée, comme si elles échangeaient quelque secret.

Alors qu'elle se rapprochait des branches basses qui frôlaient le toit de la maison arboricole, Valérie vit mère-grand qui s'avançait sous le porche. Ses pieds disparaissaient sous sa robe si bien qu'on aurait cru qu'elle flottait au-dessus du sol. Valérie n'avait jamais vu plus belle femme. Elle portait de longs jupons de soie qui oscillaient au rythme de ses pas. Tout comme la minuscule ballerine en bois que Lucie conservait dans sa boîte à bijoux, mère-grand avait la cheville charmante, délicate et, pour tout dire, si fine qu'elle menaçait de se rompre à tout moment, ce qui provoquait chez sa petite-fille un sentiment d'admiration mêlé d'effroi. Valérie, quant à elle, était indestructible. D'un bond, elle s'élança vers le porche et retomba sur ses pieds dans un bruit sourd.

Valérie n'était guère anxieuse. Contrairement à la plupart des petites filles aux joues rondes et roses, les siennes étaient lisses, pâles et plates. Elle ne se trouvait pas vraiment jolie, et ne songeait guère à son apparence de toute façon. Après tout, elle n'avait que sept ans. Pourtant on ne pouvait oublier sa chevelure aussi blonde que les blés, ses troublants yeux verts, comme animés d'un feu intérieur, et la sagesse de son regard qui la faisait paraître plus mûre que son âge.

– Allons, les filles! lança sa mère qui se trouvait encore à l'intérieur de la maison. Il faut rentrer tôt aujourd'hui, ajouta-t-elle d'un ton qui trahissait son angoisse.

Valérie se tenait maintenant devant la porte de la maison restée ouverte. Personne n'avait eu le temps de la voir descendre de l'arbre.

Elle aperçut alors Lucie qui se précipitait vers sa mère d'un air affairé, tenant à la main une poupée qu'elle avait habillée de chiffons dont sa grand-mère lui avait fait cadeau.

Valérie aurait voulu ressembler un peu plus à sa sœur. Elle lui enviait ses mains rondes, douces et légèrement dodues. Les siennes étaient trop fines, noueuses, anguleuses et râpeuses à force de callosités. Elle était persuadée qu'elle était indigne d'être aimée : jamais personne ne voudrait l'approcher.

Une chose était certaine : sa sœur aînée était bien meilleure qu'elle. Lucie était plus douce, plus patiente. Jamais elle n'aurait grimpé à l'arbre qui s'élevait au-dessus de la maison. C'était une personne sensée.

– Les filles! C'est un soir de pleine lune, s'écria leur mère, et c'est à notre tour, ajouta-t-elle d'une voix traînante et triste.

Valérie ne savait comment interpréter cette dernière remarque. Elle espérait qu'il s'agissait d'une surprise, qu'on leur offrirait peut-être un cadeau, mais c'est alors que des marques sur le sol en contrebas attirèrent son attention. Quelqu'un avait dessiné une flèche dans la terre.

Peter.

Les yeux écarquillés, elle descendit les degrés poussiéreux et escarpés de l'escalier. Elle voulait examiner ces traces.

Non, ce n'est pas Peter, songea-t-elle en constatant qu'on avait simplement gratté le sol ici et là.

Et si jamais?

Les traces continuaient jusque dans les bois. D'instinct, sans se soucier de ce qu'elle aurait dû faire ni de ce que Lucie aurait fait à sa place, elle se mit à suivre cette piste. Elle ne menait bien entendu nulle part. Les traces s'évanouissaient à quelque douze pas de là. Quelle idée saugrenue! songea Valérie, furieuse contre elle-même. Fort heureusement personne ne l'avait vue partir ainsi à la chasse aux chimères.

Peter était son meilleur ami. En guise de message, avec la pointe d'un bâton, il traçait des flèches dans la terre afin de la guider jusqu'à lui, le plus souvent au fond des bois.

Mais Peter avait disparu depuis des mois et Valérie ne parvenait pas à se résoudre à son absence. Ils étaient inséparables et elle avait l'impression qu'un lien avait été rompu, laissant deux brins orphelins s'effilocher au vent.

Contrairement aux autres garçons, Peter n'était pas taquin. Il ne s'amusait pas à jeter de la boue et comprenait les aspirations de Valérie, son besoin d'aventure. Lui non plus n'aimait guère se conformer à la règle. Et il ne lui avait jamais reproché d'être une fille.

— Valérie!

Cette fois-ci, c'était la voix de sa grand-mère. Mieux valait répondre sans tarder car, contrairement à sa mère, mère-grand était tout à fait capable de mettre ses menaces à exécution. Valérie se détourna du puzzle dont les pièces éparses ne recelaient aucun message et se hâta vers la maison.

– Je suis là, mère-grand, répondit-elle en s'adossant au pied de l'arbre.

Elle ferma les yeux pour mieux goûter le contact délectable de l'écorce rugueuse quand retentit soudain le grondement des roues du chariot, semblable à un roulement de tonnerre.

Mère-grand, qui avait également entendu ce vacarme, descendit l'échelle et prit Valérie dans ses bras. La petite fille sentit la fraîcheur de son chemisier de soie et les amulettes entremêlées contre son visage. Le menton posé sur son épaule, elle vit sa sœur Lucie descendre avec prudence, entraînant sa mère à sa suite.

– Soyez fortes ce soir, mes chéries, murmura mère-grand.

Cette dernière remarque était bien énigmatique, mais sa grand-mère la serrant si fort dans ses bras, Valérie ne put exprimer sa perplexité.

Elle associait une senteur particulière à chaque personne et à chaque lieu, si bien que le monde lui faisait parfois l'effet d'un jardin. Sa grand-mère avait un parfum de feuilles écrasées auquel se mêlait quelque chose de plus profond sans qu'elle parvienne à l'identifier.

À peine eut-elle desserré son étreinte que Lucie tendit à sa sœur un bouquet d'herbes et de fleurs qu'elle avait cueillies dans les bois.

Tiré par deux chevaux de trait musculeux, le chariot s'approchait de la demeure, roulant cahin-caha au milieu des ornières qui creusaient la route. Les bûcherons, qui semblaient taillés à même le bois, étaient assis sur des rondins fraîchement coupés tandis que des branchages trônaient en tas au centre du plateau. Ils avaient empilé les branches les plus fines au-dessus des troncs plus épais, si bien que, lorsque le chariot s'arrêta brusquement au pied de l'arbre de mère-grand, les rondins glissèrent vers l'avant du véhicule.

Le père de Valérie, qui jadis avait été bel homme, était assis à l'arrière. Il se leva, puis se pencha pour attraper Lucie. Il savait qu'il était inutile d'essayer de prendre Valérie dans ses bras : la cadette se tenait toujours à une distance respectable de cet homme qui empestait la sueur et la bière.

– Je t'aime, mère-grand ! lança Lucie par-dessus son épaule tandis que Césaire les aidait, elle et sa mère, à grimper dans le chariot.

Valérie, quant à elle, s'était débrouillée toute seule.

Un coup sec sur les rênes, et le chariot s'ébranla à nouveau. L'un des bûcherons se décala pour faire de la place à Suzette et ses filles quand, tout à coup, Césaire se pencha pour déposer un baiser théâtral sur la joue de son compagnon.

– Césaire, siffla Suzette en lui adressant un regard calme mais tout empreint de reproches tandis que les autres hommes reprenaient leurs conversations. Quelle surprise ! Tu tiens donc encore debout à cette heure avancée ?

Valérie avait déjà entendu ces reproches, toujours masqués derrière un mot d'esprit ou un ton faussement affecté, mais elle n'en était pas moins choquée par le mépris qu'elle y décelait.

Elle tourna les yeux vers sa sœur qui n'avait pas entendu leur mère. Lucie riait au bon mot que venait de lancer un autre homme. Son aînée n'en démordait pas : pour elle, leurs parents étaient amoureux, et l'amour n'avait que faire des grandes démonstrations. Il s'agissait d'être là jour après jour, de se rendre au travail et de revenir chez soi le soir. Valérie s'efforçait d'y croire, mais ne pouvait s'empêcher de penser qu'il y avait autre chose, que l'amour ne pouvait se résumer à des considérations pragmatiques.

Penchée au-dehors, Valérie s'agrippait aux barreaux à l'arrière du chariot en observant le sol qui filait à toute allure quand, soudain prise de vertige, elle se retourna vers l'avant du véhicule.

– Ma chérie, lui dit Suzette en la serrant contre son giron sans qu'elle n'oppose la moindre résistance.

Sa mère était belle, pâle, et sentait l'amande et la farine.

Le chariot émergea alors des bois de Black Raven et longea la rivière argentée dans un grondement de tonnerre. La silhouette sinistre du village se dessinait à l'horizon. Même à cette distance, Daggerhorn avait quelque chose d'inquiétant, hérissé de pilotis, piques et autres barbelés. La tour de guet du grenier à blé, point le plus élevé de la bourgade, s'élançait haut dans le ciel.

La peur : voilà la première sensation que l'on éprouvait en franchissant la crête.

Les habitants vivaient dans la terreur et ne s'estimaient jamais en sécurité, même au fond de leur lit. À chaque pas, au moindre détour, ils se sentaient vulnérables, à découvert.

Les villageois avaient fini par s'imaginer qu'ils méritaient ces tortures, qu'ils avaient commis quelque crime et qu'ils portaient quelque chose de mauvais en eux.

Valérie, qui avait observé les villageois se terrer chaque jour, se sentait différente. Bien plus que la nature sauvage, elle redoutait les ténèbres qui hantaient tout son être. Elle était la seule à éprouver ce sentiment.

Mis à part Peter, bien entendu.

Elle repensait à l'époque où il était encore là. Ils se sentaient invincibles lorsqu'ils étaient ensemble, transportés par une joie insouciante. À présent, elle en voulait aux autres villageois. Elle leur reprochait leur peur, et surtout la perte de son ami.

Une fois franchies les portes de bois massives, la bourgade de Daggerhorn ressemblait à n'importe quel autre village du royaume. Les chevaux soulevaient des nuages de poussière comme dans n'importe quelle ville, et tout le monde se connaissait au moins de vue. Des chiens errants vagabondaient dans les rues, le ventre vide et pendant. Ils avaient les flancs si décharnés qu'on aurait cru qu'ils avaient le pelage rayé. Des échelles reposaient tranquillement sur le porche des maisons. De la mousse s'insinuait dans les fissures des toitures pour ramper sur les façades sans que personne ne s'en soucie.

Ce soir-là, tous les villageois se pressaient pour rentrer leurs bêtes.

C'était la nuit du Loup, comme tous les soirs de pleine lune, et ce, depuis des temps immémoriaux.

On rassemblait les moutons pour les parquer derrière de lourdes portes. Les familles se passaient les poulets de main en main avant de les lancer au sommet des échelles. Les volatiles avaient le cou tendu à tout rompre, si bien que Valérie en venait à craindre de le voir se briser en plein vol.

À l'approche de leur demeure, les parents de Valérie se mirent à parler à mi-voix. Cependant, au lieu de grimper à l'échelle pour rejoindre le seuil de leur maison surélevée, Césaire et Suzette s'approchèrent de l'étable qui se trouvait juste en dessous, plongée dans la pénombre lugubre du bâtiment. Les filles se précipitèrent pour être les premières à saluer leur chèvre de compagnie. En les voyant, Flora se mit à taper des sabots contre les planches branlantes de son enclos, les yeux tout humides d'impatience.

– Il est l'heure maintenant, dit le père de Valérie qui venait de rejoindre ses deux filles, une main posée sur leurs épaules respectives.

– L'heure de quoi? demanda Lucie.

– C'est à notre tour.

Valérie s'éloigna de lui. Il avait un air désagréable, voire menaçant. Comme à l'accoutumée, Lucie attrapa la main de sa cadette pour l'apaiser.

Césaire n'était pas homme à mentir à ses enfants. Il tira sur le tissu de son pantalon, se pencha vers les deux petites filles et leur expliqua que Flora devait être sacrifiée ce mois-ci.

Valérie resta stupéfaite. Non, ce n'était pas possible! Submergée par le chagrin, Lucie s'agenouilla, en grattant de ses petits ongles le cou de sa chevrette, et lui tirant les oreilles comme seuls les enfants peuvent le faire sans qu'un animal ne se rebelle. Flora donna un petit coup de tête dans la paume de Lucie, testant les petites cornes qui venaient tout juste d'affleurer sur son front.

– Fais-lui tes adieux, Valérie, dit Suzette d'un air anxieux, puis elle posa la main sur le petit bras de sa fille après avoir adressé un dernier coup d'œil à la chevrette.

Mais la petite fille ne parvenait pas à s'y résoudre. Quelque chose la retenait.

– Valérie ? implora à son tour Lucie.

Tout comme sa sœur, sa mère la jugeait froide. Son père était le seul à la comprendre ; il lui adressa un signe de tête en entraînant la chèvre qu'il avait attachée au bout d'une cordelette. L'animal retroussait les narines, et son regard trahissait son malaise. Réprimant des larmes pleines d'amertume, Valérie se mit soudain à haïr son père pour sa traîtrise et sa pitié.

Mais elle était sur ses gardes. Elle avait toujours pris soin de ne jamais pleurer en public.

Cette nuit-là, elle resta éveillée dans son lit après que leur mère les eut couchées. Les rayons de lune traversaient la vitre de sa chambre, dessinant un gros pilier sur les lattes du plancher.

Elle s'efforçait de réfléchir. Césaire avait emmené Flora, leur chèvre adorée, celle-là même qu'elle avait vu mettre au monde, à même le sol de l'étable, tandis que bêlait la mère du petit animal encore tout humide.

Valérie savait ce qu'il lui restait à faire.

Les deux sœurs quittèrent donc la chaleur de leur lit et descendirent les barreaux de l'échelle du grenier pour gagner la porte d'entrée à pas feutrés.

– Il faut qu'on fasse quelque chose ! murmura Valérie d'un ton pressant, la main posée sur la poignée, puis, d'un geste, elle invita sa sœur à la rejoindre.

Lucie ne bougea pas d'un pouce. Elle secouait la tête, apeurée. Elle aurait tellement voulu que sa sœur reste en sécurité à l'intérieur de la maison, mais elle ne disait mot. Valérie, quant à elle, ne pouvait certainement pas se comporter comme son aînée qui restait blottie contre le chambranle en s'agrippant à sa peau de biche. Non, il fallait qu'elle agisse. Lucie avait toujours envié l'engagement de sa cadette tandis que Valérie admirait la retenue de sa sœur.

– Chutttt, ma douce Lucie, tout ira bien le matin venu, dit Valérie.

Elle aurait voulu prendre sa sœur dans ses bras pour la rassurer, mais elle n'en fit rien. Valérie tourna les talons sans plus tarder, pressa le loquet qui s'enclencha sans un bruit dans le chambranle de la porte, et la jeune fille s'enfonça enfin dans la nuit glacée.

Le village était particulièrement sinistre ce soir-là. À la lueur de la lune, tout avait pris la couleur d'un coquillage blanchi par le soleil. Les maisons massives ressemblaient à d'immenses navires tandis que les branchages saillants évoquaient des mâts couverts de barbelés sur fond de ciel nocturne. Valérie avait l'impression de découvrir un monde nouveau, elle qui n'avait jamais traversé seule ce village qu'elle croyait encore connaître quelques heures plus tôt.

Elle emprunta un raccourci en passant par les bois pour rallier plus rapidement l'autel sacrificiel. Elle sentait sous ses pieds les mousses qui avaient la texture du pain trempé dans du lait. Elle prenait garde de ne pas fouler les champignons semblables à des cloques maculées de taches brunes, comme de la poudre de cannelle.

Tout à coup, elle sentit quelque chose s'accrocher à sa joue, comme si une soie humide lui collait à la peau, mais ce n'était qu'une toile d'araignée. Elle eut aussitôt l'impression qu'une colonie d'insectes invisibles grouillait sur sa chair et essaya d'arracher en vain la toile dont les fils bien trop fins se dérobaient sous ses doigts.

La pleine lune luisait sans vie au firmament.

Lorsqu'elle atteignit la clairière, ses pas se firent plus prudents. Elle sentait monter en elle un malaise identique à celui qu'on éprouve en nettoyant un couteau affûté. Le moindre faux pas pouvait lui être fatal. Les habitants du village avaient creusé un piège dans le sol. Ils avaient ensuite planté des pieux aigus au fond du trou avant de les camoufler sous un faux tapis herbu. Valérie savait que la fosse n'était pas loin, mais elle ne l'avait jamais contournée sans avoir quelqu'un à ses côtés pour guider ses pas. Elle l'avait sans doute dépassée, mais comment en être sûre ?

À peine eut-elle entendu le bêlement familier de la chevrette qu'elle se précipita et aperçut Flora. La chevrette se trouvait un peu plus loin, seule, pitoyable, plantée sur ses petites pattes qui vacillaient dans le vent. Elle appelait à l'aide. Valérie s'élança vers la triste silhouette qui se débattait dans la clairière baignée par une lueur blanchâtre. Dès qu'elle vit Valérie, la chevrette entravée se dressa violemment sur ses pattes arrière et tendit son cou maigre vers la jeune fille.

— Je suis là, je suis là ! lança Valérie dans un cri étranglé.

À ce moment précis, elle entendit une créature se déplaçant à toute allure, bondissant avec fureur.

Dissimulée dans les ténèbres, la bête se rapprochait toujours plus. Valérie s'immobilisa, pétrifiée. Un silence de mort s'abattit soudain sur la clairière.

C'est alors que parut la bête.

Un éclair de jais jaillit dans la nuit et voilà que le Loup se tenait là, devant elle. Il avait l'échine aussi massive que monstrueuse et balayait la poussière de sa queue qui battait un rythme hypnotique. Valérie parvenait à peine à embrasser d'un seul regard ce monstre gigantesque.

La jeune fille laissa soudain échapper un soupir saccadé qui trahissait sa peur. Les oreilles du Loup se figèrent, frémirent, il tourna la tête et c'est alors que leurs regards se croisèrent.

Le fauve avait des yeux aussi féroces que fascinants.

Et il la regardait.

Mais ce regard avait quelque chose d'inhabituel. Jamais personne ne l'avait ainsi sondée, comme s'il découvrait en elle quelque chose de familier. Soudain terrassée par la terreur, incapable de soutenir cette scène plus longtemps, elle trouva refuge dans les ténèbres et s'effondra sur le sol.

Une ombre immense plana sur sa tête. Elle était si petite face à cette silhouette gigantesque qu'elle avait l'impression de s'enfoncer dans le sol ployant sous le poids de la créature. Elle frémit en imaginant le Loup en train de déchiqueter ses chairs de ses canines acérées.

Tout à coup, la bête se mit à rugir.

Valérie attendait qu'elle bondisse et lui lacère la peau de ses griffes, mais il n'en fut rien. Accroupie sur le sol, elle entendit des bruits de lutte et le tintement des clochettes de Flora, et ce n'est qu'alors qu'elle comprit que la créature s'était déjà éclipsée. L'animal grondait et grinçait des dents. Mais il y avait autre chose dont Valérie ne parvenait pas à identifier la nature. Elle apprendrait bien plus tard qu'il s'agissait du rugissement enragé de la bête qui se déchaîne.

Un long silence angoissé s'ensuivit, mais elle ne put s'empêcher de relever lentement la tête pour chercher Flora du regard.

La scène avait retrouvé son calme, mais il ne restait plus que la cordelette brisée qui gisait sur le sol poussiéreux, encore attachée à son pieu.

2

Valérie était assise au bord de la route, les jambes étendues sur le sol encore humide de rosée. Elle ne se souciait guère qu'on lui roule sur les pieds. À vrai dire, ce genre de choses ne la préoccupait pas. Elle était plus âgée à présent – dix années s'étaient écoulées depuis la terrible nuit où elle s'était retrouvée face à face avec le mal incarné. Elle était passée devant l'autel sacrificiel plus tôt dans la journée, mais elle n'avait pas daigné remarquer les os entassés, restes de l'holocauste de la nuit précédente. Comme tous les autres enfants du village, elle avait contemplé ce même spectacle chaque mois, et ce depuis sa naissance. À la longue, elle avait appris à ne plus y prêter aucune attention.

La plupart des enfants étaient obsédés par les nuits de pleine lune. Ils s'arrêtaient au pied de l'autel le lendemain du sacrifice et posaient des questions : *est-ce que le Loup est doué de parole ? Est-ce qu'il est comme tous les autres loups de la forêt ? À quel moment est-ce que le Loup redevient une personne normale ?* Les réponses qu'on leur donnait étaient souvent bien plus frustrantes que si l'on avait laissé leurs questions en suspens. Les parents s'efforçaient de protéger les enfants. Ils leur intimaient l'ordre de se taire et de ne plus en parler. Il arrivait malgré tout qu'ils laissent échapper quelque information : « Nous avons sacrifié l'une de nos bêtes au Loup pour qu'il ne vienne pas dévorer de jolies petites filles comme toi », leur disaient-ils en faisant mine de leur mordre le nez.

Depuis sa rencontre avec le Loup, Valérie ne posait plus aucune question. Le souvenir de cette confrontation la hantait, surtout la nuit. Elle se réveillait et regardait Lucie, qui n'avait aucune difficulté à trouver le sommeil et reposait bien trop calmement dans le lit qu'elles partageaient. Valérie la contemplait longuement, rongée par le désespoir et la solitude, jusqu'à ce que, submergée par une vague de panique, elle finisse par tendre le bras pour vérifier que le cœur de sa sœur battait encore.

– Arrête ça, tu veux !, rétorquait Lucie d'une voix endormie en écartant sa main d'un geste brusque.

Lucie n'aimait pas songer aux pulsations de son cœur qui lui rappelaient qu'elle était bien vivante, et donc mortelle. Elle n'était rien de plus qu'une créature de chair et de sang.

Valérie laissait courir ses doigts sur le sol glacé de la chaussée, palpant les sillons qui séparaient les anciennes et imposantes dalles de grès. Elle avait l'impression que la pierre pouvait s'effondrer d'un instant à l'autre, comme si le cœur en était putréfié. Encore un peu de patience, et elle pourrait bientôt effriter des morceaux entre ses doigts.

Après s'être nourries des rayons du soleil printanier en prévision de l'hiver, les feuilles des arbres avaient fini par virer au jaune.

C'était une belle journée, et il était d'autant plus aisé d'ignorer la nuit de pleine lune qui avait eu lieu la veille. Tout le monde s'affairait au village et se préparait pour la moisson. Les hommes couraient armés de faucilles rouillées tandis que les femmes se penchaient aux fenêtres des maisons, déposant des miches de pain dans les paniers des passants.

Valérie aperçut bientôt le beau visage épanoui de sa sœur qui revenait de l'atelier du forgeron où elle avait fait réparer un loquet. De jeunes villageoises traînaient derrière elle, se livrant à un étrange rituel. À mesure que le groupe se rapprochait, Valérie comprit enfin que sa sœur leur apprenait à faire la révérence.

Lucie était d'une douceur incomparable. Tout son être n'était que bonté. Sa chevelure était un mélange de blond et de roux. Elle n'appartenait pas à Daggerhorn, mais à quelque contrée soyeuse dont les cieux striés de jaune, de bleu et de rose évoquaient une aquarelle. Elle ne s'exprimait qu'en vers, d'une voix aussi douce qu'une chanson. Valérie pensait qu'on leur avait prêté Lucie, mais qu'elle n'appartenait pas vraiment à sa famille.

C'est chose singulière que d'avoir une sœur, songea-t-elle. *Car on passe sa vie à se dire qu'on aurait pu être elle.*

Lucie s'arrêta devant sa sœur, et sa suite l'imita aussitôt. Une petite fille aux genoux maculés de terre adressa un regard réprobateur à Valérie, sans cacher sa déception. Pourquoi n'était-elle pas plus semblable à sa sœur ? Les habitants du village avaient toujours perçu Valérie comme l'autre membre de la fratrie, celle qui n'était pas Lucie. Pendant ce temps, deux jeunes filles observaient un homme de l'autre côté de la route. Il s'efforçait d'attacher le joug de son bœuf à son chariot avec frénésie.

– Coucou! s'exclama Lucie, tout en gardant la main posée sur la tête d'une des petites filles de la troupe pour l'inviter à pivoter sur elle-même.

Mais cette dernière hésitait à s'exécuter de crainte de tourner le dos à son idole. Ses camarades commençaient à s'impatienter. Pourquoi Lucie ne s'occupait-elle pas également d'elles?

Valérie se gratta la jambe pour en détacher une croûte.

– Tu vas avoir une cicatrice, gronda Lucie en arrêtant la main de sa sœur.

Pour sa part, Lucie avait des jambes immaculées et parfaites. Elle les enduisait d'une décoction de farine de blé et d'huile, lorsqu'il en restait assez pour cet usage.

– Tu sais quelque chose à propos du campement? demanda Valérie en examinant ses propres jambes, couvertes de piqûres d'insectes, de griffures et autres tuméfactions.

– Tout le monde a le droit d'y aller! murmura-t-elle en se penchant vers Valérie. Bon, il faut vraiment qu'on y aille maintenant.

– Bien, il nous reste à convaincre mère…

– À toi l'honneur, Valérie.

– Tu as perdu la tête? Elle n'acceptera jamais si c'est moi qui demande. En revanche, toi, tu obtiens toujours tout ce que tu veux.

– Possible… répondit Lucie.

Elle avait les lèvres roses et charnues, et lorsqu'elle était nerveuse, elle se les mordillait tant qu'elles n'en étaient que plus colorées.

– Tu as peut-être raison, ajouta-t-elle avec un large sourire. De toute façon, j'ai une longueur d'avance sur toi.

C'est alors qu'elle tendit un panier à Valérie avec un air espiègle, mais sa sœur avait déjà deviné ce qu'il recelait. Elle avait humé l'arôme des gâteaux préférés de leur mère.

– Excellente idée ! Bravo ! s'exclama Valérie qui se releva tout en brossant le dos de sa tunique maculée de terre.

Ravie d'avoir vu juste, Lucie l'enlaça par la taille et elles raccompagnèrent ensemble les petites filles chez leurs mères respectives qui travaillaient au jardin. Les femmes du village étaient certes coriaces, mais même la plus bourrue d'entre elles ne pouvait s'empêcher de sourire à Lucie.

Chemin faisant, elles dépassèrent quelques cochons qui sifflaient comme des vieillards malades, une chevrette qui s'efforçait de suivre une troupe de poulets dédaigneux et enfin une vache qui broutait sereinement son foin.

Elles longèrent ensuite la rangée de maisons perchées sur pilotis – à les voir marcher ainsi, on aurait cru qu'elles s'apprêtaient à partir en balade. Elles arrivèrent enfin à l'avant-dernière demeure et se hissèrent en haut de l'échelle.

Le bois du vaisselier était si déformé que les tiroirs refusaient de se fermer et le lit de corde était hérissé d'échardes. La planche à laver que leur père avait confectionnée pour leur mère l'hiver précédent était déjà tout usée et il lui en faudrait bientôt une autre. Le panier qui servait à la cueillette des baies était peu profond afin d'éviter que les fruits ne soient écrasés sous leur propre poids. Voyant les quelques plumes de duvet qui flottaient dans un rayon de lumière, Valérie se mit à songer à leur propre enfance, lorsqu'elles sautaient toutes deux sur le matelas, dans un nuage de plumes.

Leur demeure n'avait rien d'original. À Daggerhorn, l'ameublement était rudimentaire et fonctionnel. Il n'y avait rien de superflu ou d'ornemental. Une table comportait quatre pieds et un plateau comme il se doit, et rien de plus.

Leur mère était, bien entendu, à la maison. Elle travaillait aux fourneaux, perdue dans ses pensées. Elle avait ramené sa chevelure en un chignon haut et peu serré dont quelques mèches plus courtes s'échappaient pour retomber sur sa nuque.

Avant l'arrivée des filles, Suzette songeait à son mari, jaugeant ses qualités et ses défauts. Elle lui reprochait avant tout son absence d'imagination. Il était inexcusable sur ce point. Elle avait cherché jadis à lui donner une chance de se racheter et lui avait donc demandé d'une voix pleine d'espoir : « D'après toi, qu'est-ce qu'il y a au-delà des murailles du village ? » Césaire avait continué à mâchonner, puis il avait dégluti et bu plusieurs gorgées de bière avant de lui répondre. On aurait dit qu'il réfléchissait. « À peu près la même chose, en plus grand, je crois », avait-il enfin rétorqué. Ce jour-là, Suzette avait bien failli se laisser choir sur le sol de dépit.

Les autres habitants du village les laissaient tranquilles, elle et sa famille. Suzette se sentait coupée du monde, comme une marionnette dont on aurait tranché les fils.

Elle était prise au piège d'un tourbillon sans fin, pensait-elle en remuant le ragoût. Plus elle se débattait, plus le courant violent l'attirait vers le fond, toujours plus loin dans l'abîme.

– Mère! s'exclama Lucie en avançant vers elle pour lui chatouiller le dos.

Suzette revint alors à la réalité, et prit conscience de la présence de ses filles et du ragoût qui mijotait sur le feu.

– Vous avez soif, les filles? demanda Suzette d'un ton enjoué tout en remplissant deux verres d'eau.

Elle ajouta une goutte de miel dans le verre de Lucie. Valérie, quant à elle, n'avait nul besoin qu'on adoucisse ainsi son breuvage.

– Une longue journée vous attend, dit Suzette en leur tendant leurs verres respectifs.

Suzette était ravie de pouvoir rester chez elle. Elle devait en effet préparer le repas des hommes qui rentreraient bientôt de la moisson. Elle reprit son travail aux fourneaux, remuant le ragoût dans une énorme casserole flanquée d'une poignée de part et d'autre de son ventre arrondi. Lucie avait toujours trouvé ce récipient bizarre car il était enflé en bas sans pour autant former une sphère parfaite. Or, elle n'aimait guère cette absence de symétrie. Valérie jeta un coup d'œil au mélange de flocons d'avoine brune et de graines grises et beiges qui contrastaient avec les pois, vert acide.

Lucie continua à bavarder, meublant le vide de la conversation, tandis que Valérie se mettait à l'ouvrage pour aider Suzette à couper les radicelles des carottes. Quelque chose ne tournait pas rond, songea Valérie. Pourquoi leur mère gardait-elle ainsi le silence ? S'armant de patience en attendant qu'elle sorte de son mutisme, comme elle avait appris à le faire par le passé, Valérie ajouta quelques légumes dans la casserole : du chou frisé, de l'ail, des oignons, des poireaux, des épinards et du persil.

Elle ne pouvait pas savoir que sa mère songeait encore à son mari. Césaire était un père aimant et un époux fiable qui lui apportait tout son soutien, mais Suzette avait d'autres aspirations. Sans cela, ses manquements ne lui auraient pas paru si terribles.

Suzette lui savait gré de la part de travail dont il s'acquittait, mais elle l'avait largement rétribué en retour en lui offrant un foyer bien rangé et en prodiguant tout son amour à leurs deux enfants. Il fallait bien qu'elle admette qu'il n'y avait pas de place pour l'amour dans le mariage car il s'agissait avant tout d'une obligation contractuelle où chacun s'aliénait à l'autre et réciproquement.

Satisfaite de la conclusion à laquelle elle était parvenue, Suzette se tourna enfin vers ses filles, troublée par le regard perçant de Valérie qui la scrutait comme si elle pouvait lire en elle à livre ouvert. Elle se demandait d'où lui venaient ces beaux yeux verts car, tout comme Césaire, Suzette avait les yeux noisette.

– Merci de m'avoir aidée, les filles, dit-elle en s'éclaircissant la voix. Mais comme je te l'ai déjà dit, et je te le répète, Valérie, il faudra que tu saches cuisiner lorsque tu fonderas ton propre foyer. Lucie, quant à elle, est déjà prête.

Lucie ressemblait à Suzette. Elle prévoyait tout à l'avance tandis que Valérie et Césaire se montraient plus impulsifs.

– Mais je n'ai que dix-sept ans. Inutile de s'énerver, dit Valérie en coupant lentement une pomme de terre en deux, tranchant d'abord la peau avant d'en entamer la chair veloutée.

Elle laissa choir les deux moitiés sur la surface irrégulière de la table.

Elle n'aimait pas songer à toutes ces choses sur lesquelles sa mère insistait tant.

– Tu es en âge de te marier, Valérie. Tu es une jeune femme à présent.

Après cette concession, les deux sœurs oublièrent leurs futures responsabilités domestiques, ne voulant certainement pas manquer une si belle occasion.

– Eh bien, mère, commença Lucie, nous allons bientôt partir pour la moisson.

– Oui, bien sûr. Ce sera votre première moisson, répondit Suzette avec fierté sans cesser de râper un chou.

– Quelques villageois resteront là-bas en fin de journée… Il y aura même des femmes parmi eux, ajouta Valérie.

– Ils se retrouveront autour d'un petit feu de camp, poursuivit Lucie.

– Hum, répondit Suzette dont l'esprit vagabondait à nouveau.

– La mère de Prudence emmène plusieurs autres filles avec elle… précisa Valérie.

– En fait, on voulait savoir si on pouvait y camper aussi, conclut Lucie.

– Avec la mère de Prudence ? reprit Suzette en essayant d'évaluer le seul élément concret qu'on lui ait donné jusqu'alors.

– Oui, confirma Valérie.

– Les autres mères ont déjà donné leur accord ? demanda encore Suzette qui semblait prête à accepter cet argument.

– Oui, répondit Valérie.

– Bien. J'imagine que c'est envisageable, dit Suzette d'un air absent.

– Merci, merci, merci ! répondirent les deux sœurs, pleines de reconnaissance.

Suzette comprit alors qu'elle venait d'accepter une escapade qu'elle aurait peut-être mieux fait d'interdire à ses filles.

– Je n'en reviens pas ! Elle a dit oui ! s'exclama Valérie.

– C'était sacrément bien joué. Tu ne lui as pas laissé le temps de réfléchir en opinant à chacune de ses questions.

Les jeunes filles cheminaient d'un pas tranquille, en longeant la route creusée d'ornières qui menait à la place du village.

– Et toi ? Quand tu lui as chatouillé le dos... c'était pas bien joué, ça ?

– Je sais qu'elle adore ça, répondit Lucie d'un ton satisfait en arborant un large sourire.

– Lucie ! s'exclama soudain leur amie Roxanne alors que les deux sœurs tournaient à l'angle de la rue. Ne me dis pas que tu as emporté toute ta garde-robe, dit-elle en plissant son front pâle.

Deux autres jeunes filles parurent alors derrière elle. Il s'agissait de Prudence et de Rose.

Lucie serrait son ballot dans ses bras. Valérie venait de s'apercevoir un peu tard qu'il était particulièrement rebondi.

– Tu vas le trimballer toute la journée, décréta Valérie.

– Ne compte pas sur nous pour le porter à ta place si jamais tu fatigues, gronda Prudence qui savait que Lucie se montrait parfois un peu trop ambitieuse.

– J'ai pris quelques couvertures supplémentaires, rétorqua Lucie en souriant, car il est vrai qu'elle était frileuse.

– Tu comptes avoir de la compagnie ? demanda Rose en haussant le sourcil.

Décidément, les trois amies ressemblaient vraiment à une triade de déesses antiques, songea Valérie. Roxanne avait les cheveux auburn et lisses. Ils étaient si fins qu'ils semblaient pouvoir tenir dans un fétu de paille. Elle avait quelques pâles taches de rousseur, semblables à ces pois aux contours irréguliers qui ornent parfois les ailes des papillons. Sous les multiples corsets, chemisiers et autres châles dont elle se couvrait, il était évident qu'elle n'aimait guère son corps.

Rose, en revanche, nouait à peine les attaches de son chemisier et ne s'empressait jamais de le réajuster si d'aventure il venait à bâiller un peu trop. Elle était jolie, avec sa bouche en forme de cœur et son visage anguleux. À vrai dire, elle se mordait les joues pour le rendre encore plus émacié. Rose avait une chevelure si sombre qu'il était difficile de dire si elle était noire, brune ou bleue en fonction de la lumière. Vêtue d'un petit haut un peu plus élégant, elle aurait presque pu passer pour une dame du monde… du moins, tant qu'elle n'ouvrait pas la bouche.

Prudence avait les cheveux châtain clair. C'était une beauté mélancolique qui se montrait souvent bien trop prompte à lancer quelque remarque acerbe, dont elle s'excusait la plupart du temps. Elle était grande, ce qui lui conférait un air légèrement impérieux.

Les cinq jeunes filles passèrent sous les portes du village, gravirent la colline qui menait au champ, et rejoignirent la parade des hommes qui n'étaient pas moins enthousiastes. Toute la bourgade semblait en alerte : l'excitation était presque palpable et flottait dans l'air ambiant tel le parfum enivrant de quelque épice mystérieuse.

– Saaa... lut, leur lança Claude, le frère de Roxanne, trébuchant à chaque pas à force de vouloir donner des coups de pied dans tous les cailloux qu'il rencontrait.

Claude avait les yeux vifs et gris. Il était à peine plus jeune qu'elles. Isolé des autres habitants, il avait toujours été quelque peu... différent. Il portait un unique gant en daim sans que l'on comprenne pourquoi et ne cessait de battre un jeu de cartes dont il ne se séparait jamais. Il retournait toujours les poches de son pantalon rapiécé, produit de l'assemblage de toutes les pièces de bure et de peau que sa mère avait pu trouver. On le taquinait à ce propos, mais il n'en avait cure. Il était fier de l'incroyable ouvrage de sa mère. Elle avait veillé tard pour coudre ce vêtement alors qu'elle travaillait déjà bien assez dur à la taverne – elle préférait plus volontiers les actes aux paroles pour témoigner de son affection.

On racontait que Claude était tombé sur la tête alors qu'il était encore nourrisson, ce qui expliquait son côté étrange. Valérie trouvait cette histoire ridicule. Claude était une belle âme.

Au lieu de se précipiter pour donner son avis à tout va, comme tous les autres enfants, il se contentait d'écouter avec attention. Les gens en concluaient qu'il était lent, mais à dire vrai il était bon. Il aimait les animaux et les hommes.

Claude ne lavait toutefois jamais ses chaussettes, et personne ne s'en chargeait non plus.

Tout comme sa sœur Roxanne, il était couvert de taches de rousseur, et lui en avait jusque sur les lèvres. Tout le monde les avait affublés du même sobriquet – Poil de carotte – mais Valérie n'avait jamais compris pourquoi. Par manque d'imagination, sans doute. Elle les surnommait pour sa part Soleils-couchants-de-six-heures, ou encore Brins-d'algue-au-fond-du-lac. Elle leur avait toujours envié leur chevelure qu'elle trouvait fort singulière. C'était la marque de Dieu.

Claude et Valérie écoutèrent les bavardages des autres filles. Elles parlaient des garçons des villages voisins qui viendraient aider à la récolte, mais Claude avait fini par perdre tout intérêt pour leur conversation, et il était tranquillement reparti vers le centre de la bourgade.

Lorsque les jeunes filles passèrent devant l'atelier prospère du forgeron, l'atmosphère se fit tout à coup plus pesante. Elles avaient le regard vague et le souffle un peu plus court, comme si elles étaient devenues un peu gauches. Les yeux de Valérie s'étrécirent. Ses amies étaient décidément bien décevantes. N'étaient-elles pas un peu plus fines ? Perdre la tête pour un garçon, vraiment !

L'objet de leur émoi se nommait Henry Lazar.

Henry était maigre, mais il avait fière allure, le cheveu court et le sourire facile. Il travaillait dehors, en compagnie de son père, Adrien, qui n'était pas moins bel homme. Ils réparaient les essieux des charrettes qui serviraient à transporter la moisson. Comme certains aiment à cuisiner ou à cultiver leur jardin, Henry adorait la complexité des serrures, et tout ce que ce genre d'orfèvrerie exigeait de planification, de conception et de fabrication. Il en avait montré quelques-unes à Valérie, des rondes et des carrées, en forme de tête de chat, ou semblables à une maison sens dessus dessous, telle que l'aurait dessinée un enfant, ou encore à des armoiries de famille. Il y en avait des noires, des dorées, et d'autres encore dont l'or transparaissait sous un vernis noirci.

Valérie le salua de la main sans hésiter, alors que ses amies se turent aussitôt, les yeux rivés à leurs chaussures, prises d'un soudain accès de timidité. Seule Lucie exécuta une révérence polie. Henry agita la tête avec un large sourire.

Rose était restée en arrière aussi longtemps que possible pour être sûre de croiser le regard d'Henry; elle le fixa si longuement que le jeune homme finit par s'en trouver gêné.

Mis à part Rose, elles voulurent jouer les indifférentes et poursuivirent leur conversation un rien empruntée. Aussi proches fussent-elles les unes des autres, le fait d'avouer leur attirance les aurait rendues vulnérables. Qui plus est, chacune d'elles pouvait se dire qu'Henry lui appartenait. Mais pourquoi ne réagissait-elle pas comme les autres?

s'interrogeait Valérie. Henry était certes beau garçon. Il était grand et gentil, mais il ne l'intimidait point, et il ne lui faisait certainement pas tourner la tête.

– J'espère que vous n'avez pas oublié qui sera là, les taquina Valérie.

– Il y aura forcément quelques beaux garçons, rétorqua aussitôt Lucie. C'est une règle statistique.

Les jeunes filles échangèrent des regards, puis, se prenant par la main, elles se mirent à sautiller en chœur. Libres ! Elles seraient libres toute la nuit.

Or, à Daggerhorn, une simple nuit de liberté était un trésor inestimable.

3

Il était si tôt que la lumière matinale colorait les chaumes d'une nuance de rose. Ils étaient si beaux qu'on aurait presque hésité à les faucher. Valérie et ses amies observèrent les hommes du village qui se tenaient là sans rien dire. C'était ridicule, mais personne ne voulait être le premier à briser cette parfaite étendue d'herbes sèches. Le travail ne pouvait attendre cependant, et ils finirent par se mettre à l'ouvrage.

À peine les hommes eurent-ils commencé à donner leurs premiers coups de faux qu'on entendit tout à coup le grondement des roues d'un chariot. La semaine précédente, le mariage qui avait été célébré au village avait très fortement impressionné les amies de Valérie et elles ne pouvaient s'empêcher de se demander si les occupants du véhicule allaient également changer le cours de leur vie. Quant aux autres faucheurs, plus mûrs, ils continuaient à travailler d'arrache-pied car ils connaissaient déjà la triste vérité : aussi bons fussent-ils, ils ne parviendraient jamais à combler ces jeunes filles.

Le chariot s'arrêta brusquement. La robe du cheval était si noire qu'elle se découpait telle une ombre chinoise sur la toile de fond des champs de blé dorés. Les filles quittaient déjà les meules de foin sur lesquelles elles étaient assises en agitant leur robe tandis que débarquaient les ouvriers venus des autres villages. Ils étaient énergiques, jeunes et puissants. Valérie était ravie pour ses amies qui étaient tellement excitées qu'elles en avaient le tournis. Elle savait qu'il n'y aurait personne pour elle, en tout cas pas parmi les garçons des villages. Il leur manquait juste... un petit quelque chose d'indéfinissable.

Les hommes descendirent en se protégeant les yeux du soleil. Ils transportaient des couvertures roulées et des vestes jetées négligemment sur leurs épaules.

Les plus jeunes dévisageaient les amies de Valérie. Ils connaissaient bien ce rituel. Un moissonneur particulièrement impatient s'arrêta tout net devant Roxanne. Surprise, elle retint son souffle, comme si elle craignait de troubler l'atmosphère.

– Salut, lui dit-il avec un large sourire un peu forcé, sans voir Prudence qui pinçait la cuisse de Roxanne.

– Bonjour, répondit Prudence à sa place.

Lucie baissa les yeux d'un air sage, tandis que Rose réajustait son corset pour rendre son décolleté un peu plus pigeonnant. Prudence parcourait du regard les garçons assemblés, jaugeant tour à tour leurs qualités (celui-ci avait certes la plus belle besace en cuir) et leurs défauts (mais c'était un grand échalas). Elle ne voulait pas se tromper dans son choix.

À peine les garçons s'étaient-ils éloignés que les jeunes filles se précipitèrent les unes vers les autres, manquant presque de se cogner la tête.

– Il y en a tant ! s'écria Roxanne en repoussant une mèche de cheveux tandis qu'elle reprenait son souffle.

– Ils sont juste assez nombreux, compléta Prudence qui avait déjà repéré les plus séduisants d'entre eux.

– Un chacune, et quelques autres en prime pour votre humble servante, commenta Rose en sautillant d'un pas léger.

– Valérie, tu n'as pas oublié la tisane, n'est-ce pas ? interrompit Lucie, perturbant un instant l'enthousiasme général.

– Non.

Lucie lui adressa un regard entendu car elle savait sa sœur fort oublieuse.

– Non, non, j'en suis certaine, ajouta-t-elle en lui donnant de petites tapes dans le dos.

Les jeunes filles reprirent leur conversation, revendiquant tel ou tel garçon sans s'inquiéter de l'avis des intéressés. Prudence estimait qu'elle méritait le moissonneur qui s'était adressé à Roxanne. Après tout, n'avait-elle pas été la première à lui répondre ? Valérie trouvait cette démarche quelque peu cavalière, mais Roxanne ne protestait pas. Elle avait déjà jeté son dévolu sur un autre garçon plus calme, et moins direct.

– Rose, regarde un peu ton mari qui passe ! lança Lucie en indiquant un moissonneur corpulent.

– Moi au moins, je ne me suis pas entichée d'un tondeur de moutons qui pourrait être mon grand-père, rétorqua Rose – son visage anguleux lui conférant bien malgré elle une expression de colère.

– Oh, mais qu'importe ! s'exclama Roxanne en secouant sa chevelure rousse. Henry est bien plus joli garçon que tous ces moissonneurs réunis.

– Tu sais très bien qu'il n'épousera jamais aucune d'entre nous, pauvres filles du village, rétorqua sèchement Prudence, comme elle en avait parfois l'habitude. Nous sommes bien trop peu fortunées.

Mais voilà que l'intendant, figure d'autorité du village chargée de superviser la moisson, se dirigeait vers elles. Les jeunes filles s'empressèrent de se rendre aux champs et de se mettre à l'ouvrage. Elles se balançaient sur leurs jambes longues et fines en ratissant l'herbe pour former des rangées qui sécheraient au soleil. Valérie aurait bien voulu partager l'enthousiasme de ses camarades et se sentir transportée de joie au point d'en avoir le vertige. Mais en dépit de ses efforts, elle ne s'était jamais vraiment intéressée aux choses de l'amour. Elle se sentait même abattue, comme si ses vacances venaient de prendre fin.

Prudence, quant à elle, était enchantée par l'indifférence de Valérie. *J'aurai ainsi d'autant plus de choix*, songea-t-elle en balayant du regard les hommes qui travaillaient aux champs. C'est alors qu'elle aperçut un autre chariot. Cette arrivée inopinée la surprit tant qu'elle n'eut même pas le temps d'échanger le moindre regard avec ses amies, qu'il s'arrêtait déjà. Elles l'avaient vu elles aussi. Lucie releva la tête tout en faisant mine de travailler alors qu'elle se contentait de soulever et reposer le même petit tas. Rose s'épongea le visage avec la doublure de sa jupe et Roxanne balaya d'un geste les cheveux qui lui collaient au visage. L'atmosphère était lourde et elle avait déjà le front collant de sueur.

Le cheval ralentit, puis s'arrêta. Les roues du chariot exécutèrent une ultime révolution, puis se calèrent dans une ornière. Valérie vit quelques hommes plus âgés sortir du véhicule en titubant ; elle reprit son travail armée d'un râteau à dents larges tandis que le reste des moissonneurs s'égaillait dans le champ. Elle devinait le regard de ses amies qui examinaient déjà les nouveaux venus.

Sans trop savoir pourquoi, elle releva la tête. Des années plus tard, alors qu'elle se remémorerait cet épisode qui devait changer à jamais le cours de sa vie, elle expliquerait que quelque chose avait attiré son regard, un peu comme si quelqu'un lui avait tapoté l'épaule. C'est alors qu'elle avait vu un jeune homme brun d'une beauté bouleversante.

Il avait l'air sauvage, le regard perdu, tout de noir vêtu, semblable à un étalon indomptable.

L'air se raréfia soudain.

Peter et moi avions passé la journée à courir l'un après l'autre dans les champs. Nous ramassions d'énormes champignons blancs dont les pieds charbonneux et tendres me retournaient l'estomac. Nous nous étions effondrés en arrivant sur la place du village et nous nous étions alors lancés dans un jeu de devinettes et de charades. Je n'avais jamais été très forte à cela. Je perdais le fil sans jamais savoir si nous en étions à la troisième syllabe ou à la deuxième du troisième mot, ou peut-être était-ce le cinquième d'ailleurs, mais, attends un peu, combien de mots y avait-il en tout déjà?

Mais le père de Peter avait surgi de nulle part et l'avait relevé d'un coup.

– Il est temps de partir maintenant, dit-il alors que s'élevaient des cris derrière lui.

– Escroc! Scélérat! Voleur!

Peter s'était retourné pour voir ce qui se passait tandis que son père le tirait par la main. Les habitants du village, assemblés, brandissaient des armes.

– C'est ça, dégagez! Et ne revenez plus jamais! hurlait un garçon de ferme en colère qui s'était lancé à leur poursuite, une torche enflammée à la main.

Père et fils avaient quitté le village sur-le-champ et Valérie n'avait jamais revu Peter depuis. À en juger par l'expression des villageois ce jour-là, mieux valait envisager le pire, et présumer qu'il était mort.

Mais voici qu'à présent...

Elle devait avoir perdu la tête. Cela faisait dix ans. Elle avait abandonné tout espoir et cessé de rechercher les flèches qu'il traçait jadis sur le sol. Comment ce garçon aurait-il pu être Peter...?

Les amies de Valérie qui avaient aussi vu le jeune homme échangèrent des regards inquiets. Il ne ressemblait à nul autre garçon. Il leur évoquait la lueur violette qui brûle à la base des flammes, la plus belle et la plus dangereuse de toutes les nuances. Il traversa les champs en gardant la tête baissée, les yeux rivés au sol, évitant de croiser le regard de quiconque. Il ne rendait manifestement de comptes à personne.

Lucie lança en vain quelques fétus de paille devant le visage de Valérie sans toutefois parvenir à la tirer de son état de stupeur.

Valérie se rapprocha de cette silhouette mystérieuse. Était-ce bien lui ? Tout à coup, l'intendant fondit sur elle en se frayant un chemin à travers un épais rideau de roseaux pour lui intimer l'ordre de rentrer aussitôt dans le rang. Valérie se demanda un instant si cet homme ne se doutait pas de quelque chose, s'il n'avait pas remarqué sa réaction, la manière dont elle avait rougi et dont son regard s'était adouci. Elle se sentait quelque peu honteuse, mais elle reprit bien vite ses esprits. L'intendant n'aurait aucune raison de chercher à les éloigner l'un de l'autre. Elle se montrait simplement curieuse, et repensait avec nostalgie à son ami d'enfance. Comme ils s'amusaient bien ensemble !

Après tout, ce n'était qu'un petit garçon avec lequel elle avait joué jadis, désormais juste un peu plus âgé, n'est-ce pas ?

L'intendant poursuivit sur sa lancée, les admonestant sans cesse d'aboyer en cadence si bien qu'on aurait pu croire qu'il leur contait une histoire. Valérie regarda le mystérieux jeune homme déposer son sac de vieille toile élimée scellé par un bout de ficelle qui s'effilochait. Il se mit alors à faucher les herbes en maniant son outil massif d'une main experte, le menton rivé au poitrail, tout entier absorbé par sa tâche.

Valérie aurait voulu pouvoir l'observer, mais le plus imposant des moissonneurs vint s'interposer entre eux, le torse dénudé et les bras boursouflés comme un chou-fleur. Lorsque cet homme monolithique ne lui obstruait pas la vue, c'était au tour de l'intendant de circuler dans les rangs pour inspecter les travaux en cours. Valérie ne pouvait guère qu'entrevoir l'objet de sa curiosité. Une main agrippant le manche du râteau... un mollet lisse et olivâtre... une mâchoire. Il fauchait en cadence. Il était puissant et couvert de sueur à force d'exercer ses muscles.

Valérie finit par trouver un angle de vue adéquat. Mais oui, c'était bien Peter! Elle en était désormais certaine, son cœur bondit dans sa poitrine, même après tant d'années. À l'époque, tout cela n'était qu'une amourette innocente entre deux enfants en bas âge, mais elle éprouvait désormais un tout autre sentiment...

Valérie repensa au temps où ils s'allongeaient sur le ventre, blottis contre les immenses racines du grand sapin, et grimpaient ensuite jusqu'à la cime de l'arbre pour contempler les bourgades qu'un beau jour ils partiraient visiter, abandonnant leur village derrière eux.

Mais Peter était parti tout seul.

Valérie voulait le rejoindre, apprendre à le connaître à nouveau. Était-il encore le même? Perdue dans ses pensées, elle avait encore les yeux posés sur lui lorsqu'il releva la tête, et leurs regards se croisèrent. Le jeune homme marqua une pause, auréolé de fétus de paille qui flottaient dans l'air, puis il se détourna. Ses yeux havane étaient d'un calme impénétrable.

Peter ne la reconnaissait-il donc pas? L'avait-il oubliée? Ou peut-être appartenait-il déjà à une autre femme?

Le râteau de Valérie resta un instant suspendu dans les airs comme si le temps s'était arrêté.

Que faire ? Aller lui parler ?

Mais comme si rien de tout cela n'avait eu lieu, voilà que Peter fauchait de plus belle, d'un geste rapide et puissant, dans un bruissement continu. Pas une seule fois il ne releva à nouveau la tête.

4

Valérie.

— À genoux sur le sol, elle mettait en gerbe des épis couleur de miel lorsqu'une puissante voix masculine s'éleva derrière elle. *Il se souvient donc*, songea-t-elle en se raidissant d'un coup, incapable de le regarder.

— Valérie !

Elle releva lentement la tête ; ce n'était qu'Henry Lazar qui lui tendait une cruche cabossée.

— Tout va bien, Valérie ?

— Oui.

— Je me demandais si tu n'étais pas devenue sourde à force de travailler si dur, lança-t-il en haussant ses sourcils bruns.

— Oh, mais non, pas du tout, balbutia-t-elle, encore choquée.

Elle ignora l'eau et attrapa l'épais maillet en cuivre qu'il tenait dans son autre main pour le presser contre sa joue, se délectant de la sensation du métal froid contre sa peau brûlante.

L'activité ralentissait peu à peu dans une nuée de poussière dorée. Valérie était soucieuse et voulait voir ce qui se passait derrière Henry, mais le jeune homme s'interposait sans cesse, l'empêchant d'apercevoir Peter.

Elle sentit le maillet s'échauffer au contact de sa chair en feu et il ne lui servit bientôt plus à rien. Elle le rendit à son propriétaire qui plissa des yeux avant de s'esclaffer. Elle se passa la main sur la joue et comprit en voyant sa paume noircie. Elle avait deux ronds noirs de suie de chaque côté du visage.

– Tu ressembles à une poupée de porcelaine, version dure à cuire, se moqua Henry.

À vrai dire, cette idée n'était pas pour déplaire à la jeune fille.

Valérie refusa le mouchoir qu'Henry lui tendit et s'essuya le visage sur le revers de sa manche. Elle savait fort bien que l'eau n'était qu'un prétexte. Il ne voulait pas être en reste. Il tenait à participer aux travaux des champs comme les autres. On ne le sollicitait guère, étant donné le statut de sa famille au village. Elle savait que c'était dur pour lui de rester ainsi isolé du reste de la société. Cependant, à peine eut-elle remarqué ses nouvelles bottes en cuir, aussi lustrées qu'un miroir, que s'estompa aussi sec le peu de compassion qu'elle pouvait encore éprouver pour lui. Il fallait avoir un cœur de pierre pour acheter pareilles bottes quand d'autres avaient à peine de quoi manger.

– Je sais qu'elles sont nulles, dit-il avec un sourire tranquille. C'est embarrassant, mais c'est un cadeau de ma grand-mère, ajouta-t-il.

Valérie comprit qu'elle ne s'était pas montrée très subtile.

Cela ne t'excuse en rien, songea-t-elle malgré tout. Elle avait envie d'en découdre. Elle cherchait à voir si Peter avait remarqué qu'elle discutait avec Henry, mais il semblait indifférent à la situation et n'avait pas levé les yeux une seule fois.

Henry marmonna quelque chose. Il devait proposer de l'eau aux autres. Toutes les jeunes femmes avaient cessé de travailler pour l'observer, mais voyant qu'il s'avançait, elles s'empressèrent de ramasser les chaumes coupés qui gisaient à leurs pieds. Valérie sentit son regard s'attarder sur elle un peu plus longuement qu'il n'aurait dû.

Elle était dans l'une de ses humeurs rebelles. Elle voulait qu'on la laisse en paix, mais elle ne parvenait pas à détacher ses yeux de Peter. Des rumeurs avaient circulé. Elle aurait vu le Loup, enfant, et n'avait plus jamais été la même après cette rencontre. Lorsqu'on lui posait la question, elle refusait de répondre, mais il était difficile de garder un tel secret dans une si petite bourgade. Tout finissait par se savoir.

Henry avait compris qu'elle n'était pas comme les autres filles de son âge, mais il s'était toujours senti quelque peu marginal lui aussi. Peut-être auraient-ils pu conjuguer leurs différences ?

❧

Le soleil de midi brillait au firmament, dardant le sol de ses rayons. Une odeur de brûlé s'élevait des champs rôtis.

À l'abri de la chaleur implacable, les travailleurs déjeunaient sous un bosquet d'arbres, en lisière de la forêt. Comme toujours, les hommes se tenaient d'un côté, et les femmes, de l'autre.

– Regardez-moi un peu, les filles ! s'écria Roxanne en virevoltant dans un nuage d'épillets qui retombaient tout autour d'elle en une pluie de confettis. J'ai l'impression d'être une vache.

– Tu es couverte de paille, gronda Rose en ôtant quelques fétus accrochés à sa chevelure.

– Arrête de virevolter comme une idiote, siffla Prudence. Tu veux vraiment que les garçons pensent que tu n'es qu'une petite fille ?

Mais Valérie n'écoutait déjà plus les jacasseries de ses amies. Elle observait Peter qui plaisantait avec les hommes réunis autour des barriques d'eau. Elle essuya longuement ses mains sur sa jupe en prenant garde de ne pas trop s'approcher de lui. Peter, qui attendait son tour pour boire, examinait quelque chose au fond de son sac, lorsqu'il leva soudain les yeux et croisa à nouveau son regard. Elle s'immobilisa. Devait-elle dire quelque chose ? Lui adresser un signe ? Au lieu de rester bêtement là sans rien faire, à le regarder ciller des paupières. L'avait-il seulement reconnue ?

Les moissonneurs se trouvant derrière Peter le poussèrent pour qu'il avance. Il jeta alors son sac sur son épaule et se fraya un chemin parmi les hommes affamés, négligeant son repas.

L'une des jeunes filles tira sur la jupe de Valérie et elle se laissa enfin choir sur le sol à contrecœur en le regardant s'éloigner.

Au bord de la rivière, quelques villageois s'accrochaient au bout d'une corde nouée à une branche en se lançant des défis. Oseraient-ils plonger dans l'eau froide ?

– Allez, Henry ! cria l'un d'eux.

Henry s'élança dans le vide en s'agrippant à la corde qu'il finit par lâcher une fois dans les airs. Il nagea quelques brasses et émergea enfin en claquant des dents. Un chien accourut en aboyant comme pour le réprimander. Henry l'appela, mais l'animal refusa d'obtempérer. Frigorifié, sentant son corps se raidir, il lui lança un bâton, mais le chien avait la tête ailleurs. Il regardait son maître se pencher pour boire une gorgée. C'était l'un des moissonneurs venus d'un autre village. D'autres hommes le rejoignirent sans se presser, le dos voûté et le pas traînant. Ils étaient épuisés après cette journée de dur labeur. Un grand brun se distinguait cependant du reste de ses compagnons.

Henry le reconnut aussitôt. C'était Peter !

Son pouls s'accéléra soudain. Que faire ? Il prit une grande inspiration, plongea sous la surface et le reste du monde s'évanouit. Il ouvrit les yeux pour contempler le calme des profondeurs verdâtres. Le courant n'était pas très fort à cet endroit et il se laissa porter par l'eau. Il aurait pu rester là à jamais, dans ce monde paisible, loin des mères défuntes et des assassins. *Je resterai donc ici*, décréta Henry.

Mais ses poumons ne l'entendaient pas ainsi. Il ressentit d'abord un léger tiraillement, puis une douleur plus insistante jusqu'à ce que sa poitrine menace d'exploser.

Il transperça la surface pour émerger à l'air libre, cligna des yeux, scruta la berge une première fois, cligna encore pour être bien certain de ce qu'il voyait.

Les ouvriers agricoles étaient partis.

Et Peter avec eux.

Quelques garçons s'étaient tus. Ils regardaient Henry d'un air anxieux. Tout était silencieux, mis à part le bruissement d'ailes d'un oiseau dans les pins avoisinants. Le père d'Henry semblait très inquiet. Il observait son fils depuis la berge, mais Henry refusait de croiser son regard. Il s'éloigna dans une course effrénée. Il était en excellente forme, mais il avait les muscles en feu, comme s'ils étaient sur le point de céder sous l'effort. Le contact de l'eau glacée avait quelque chose de réconfortant après le choc que lui avait causé la vue de Peter.

Il s'efforçait d'effacer le terrible souvenir du jour où Peter avait quitté la ville en nageant à en perdre haleine.

Mais quand bien même il aurait nagé jusqu'au bout du monde, cela n'aurait jamais suffi à brouiller l'image de son propre père, cet homme si coriace, si grand, si puissant, pleurant à chaudes larmes sur le corps inerte de sa mère étendu sur la route.

Peter était abasourdi. Henry Lazar lui avait lancé le même regard horrifié que ce jour fatidique, dix ans plus tôt. Il fallait qu'il s'éloigne avant qu'Henry n'émerge à nouveau des profondeurs. Il dit aux hommes qu'il était temps d'établir leur campement.

Pourquoi diable était-il revenu au village ? Pendant tant d'années, il avait évité Daggerhorn, qui portait le souvenir de ce terrible accident.

Peter se mit à marteler un pieu en cadence, l'enfonçant sans ciller dans la terre. Le rythme du maillet l'aidait à mettre un peu d'ordre dans ses pensées. Quelque chose à Daggerhorn l'avait toujours attiré, mais il redoutait ce lieu. Il avait peur d'être avec celle dont la vue lui était si chère. Ils n'étaient alors qu'enfants, et mieux valait en rester là et préserver ce précieux souvenir comme on garde une pierre polie.

En arrivant sur le chariot, Peter avait retrouvé le chemin qui menait au village comme dans un songe, attiré par une force irrésistible vers ce lieu qu'il avait si bien connu jadis. Chose étrange, les arbres, la moindre courbe sur la route, tout lui rappelait cette jeune fille aux immenses yeux verts.

Valérie était encore là.

Resplendissante de beauté.

Mais toutes ces images ravivaient le souvenir d'un passé qu'il s'efforçait d'oublier.

Le cor retentit dans les champs, signalant la fin du déjeuner. L'heure n'était plus à la contemplation du passé. Il était temps de se remettre au travail.

Pourquoi suis-je revenu ?

L'intendant, accablé de lassitude, formait des paires pour ramasser la moisson : une femme pour tasser l'herbe bien à plat sur le plateau des chariots et un homme pour lui tendre les brassées de foin. La barbe épaisse du magistrat s'était emmêlée dans la touffeur du jour, si bien qu'on aurait dit de la laine d'acier. Valérie regarda la rangée de chignons bien serrés alignés devant elle, puis détourna les yeux vers la gauche en quête de Peter.

Quelque chose au milieu du rang accrocha tout à coup son regard : Peter plongea ses yeux liquides au fond des siens et l'air parut s'électriser soudain. Sans réfléchir, elle céda sa place à quelques femmes impatientes, reculant ainsi de plusieurs rangs. Elle travaillerait avec Peter.

L'intendant circulait entre les deux rangées pour former les paires en tapotant sur l'épaule des moissonneurs et de leur compagne de travail.

– Toi et toi, marmonna-t-il d'une voix bourrue en touchant de sa paume rugueuse l'épaule de Valérie, puis celle de Peter.

Il poursuivit son chemin en répétant cette même phrase d'un ton monocorde, mais pour Valérie ces mots avaient quelque chose de magique comme s'ils avaient rendu tangible le lien qui les unissait l'un à l'autre.

Ils travaillèrent dur tout au long de l'après-midi, tout près l'un de l'autre. Le cœur de Valérie cognait contre sa poitrine. Elle aimait à sentir les gerbes que Peter venait tout juste de tenir dans ses bras.

Cependant, Peter ne lui adressa pas même un coup d'œil. Se serait-elle donc bercée d'illusions ? Non, car cette façon qu'il avait d'éviter son regard en disait bien plus long qu'il ne voulait le laisser paraître.

L'intendant circulait entre les rangs, inspectant systématiquement le travail, si bien qu'ils n'eurent pas l'occasion d'échanger la moindre parole, d'autant que personne ne les avait quittés du regard tout au long de l'après-midi. Valérie n'était visiblement pas la seule à avoir remarqué cet homme singulier, voire à s'être souvenue de son identité : chaque fois qu'elle se penchait vers lui, bien déterminée à lui dire enfin quelque chose, il fallait que quelqu'un vienne l'interrompre.

Le jour tirait lentement à sa fin et le ciel virait au vert-de-gris. L'intendant se tenait toujours là, non loin du chariot, les jambes croisées. Son imposant cheval à la robe sombre clignait des yeux avec lenteur, observant la scène lui aussi. Il n'y avait pas grand-chose d'autre à regarder en dehors des villageois qui se rassemblaient, hésitant à conclure cette journée de labeur. Plus vite tomberait la nuit, plus vite se lèverait le jour, et il faudrait alors recommencer.

Après s'être éreintés ainsi, ils étaient incapables de travailler. Ils marchaient les bras ballants, agrippant mollement des outils d'un autre temps. Ils se massèrent telle une nuée de criquets et partirent d'un rire tonitruant comme si rien n'avait d'importance. Les garçons jouaient à chat, s'esquivant les uns les autres, s'agrippant aux chemises de leurs camarades tandis que se réveillaient leurs jeunes corps après une journée de dur labeur. Ils buvaient tout en goûtant sur leurs mains endurcies le souffle de l'air frais où flottaient encore des fétus de paille.

Alors que Valérie entassait un ultime boisseau, elle vit Peter qui se penchait pour ramasser son sac : il s'apprêtait à partir.

C'était le moment ou jamais.

– Peter...

Il se redressa sans cesser de lui tourner le dos. Puis il pivota lentement et lui lança un regard qui la transperça tout entière.

– Tu te souviens de moi ? demanda-t-elle aussitôt.

Peter s'avança d'un pas. Elle sentit l'atmosphère s'embraser autour d'eux.

– Comment aurais-je pu t'oublier ?

Elle manqua de défaillir de joie.

Le surveillant fit sonner son cor dont l'appel retentit à travers les champs luisants, signal de la fin de la journée et du début des festivités autour du feu de camp.

Peter garda les yeux plongés dans les siens encore quelques instants, puis il s'éloigna sous le regard de Valérie, encore perchée sur le chariot, avant de s'évanouir parmi les arbres de la forêt.

5

Sur les berges de la rivière, un moissonneur plumait un poulet mort, jetant négligemment le duvet sur le sol. Pendant ce temps, les autres villageois faisaient rôtir un autre volatile à la broche. Le parfum entêtant des foins fraîchement coupés, roulés en balles irrégulières avait réveillé les instincts animaux des villageois. Ils palpitaient de désir malgré leur épuisement.

Valérie regarda les hommes qui installaient d'énormes tonneaux. Une fois vides, ils pourraient s'en servir pour exécuter des roulades à flanc de coteau. C'est dans un semblable tonneau que Peter et Valérie s'étaient cachés jadis, à l'abri du regard des adultes. Le monde extérieur n'était alors plus qu'un grondement sourd depuis les confins boisés où ils s'accroupissaient en gloussant.

Elle se souvenait parfaitement de ces moments passés avec Peter. Ces souvenirs étaient aussi denses et lisses que des œufs.

— *Comment aurais-je pu t'oublier ?*

Cette dernière phrase se substituait aux souvenirs anciens.

Alors que quelqu'un jouait une mélodie hypnotique à la flûte, le père de Valérie mangeait en cadence, mâchonnant à chaque nouveau trille.

— Ça facilite la digestion, disait Césaire, indiquant le flûtiste d'un signe de la tête.

Valérie ne l'avait pas vu de la journée.

Elle mordit dans une énorme cuisse de poulet. Sa deuxième part, à vrai dire.

— Ce n'est vraiment pas juste, dit soudain Prudence en enserrant la minuscule taille de Valérie entre ses deux mains jointes.

Rose entraîna les filles vers les berges de la rivière pour leur montrer une vieille barque que quelqu'un avait cachée entre les broussailles aquatiques au cours de l'après-midi. Le soleil en avait décoloré la coque grise mouchetée de fientes d'oiseaux et de traces d'eaux boueuses et brunâtres évoquant des taches de café.

— Voilà qui devrait faire l'affaire, dit Valérie en opinant du chef.

❦

Alors qu'elle revenait de la rivière, elle vit que Peter était de retour. L'intendant s'était planté devant lui.

— Nous abattons des sapins demain et nous aurions besoin d'un homme comme vous. Tu es engagé.

— Ouais, tu es quelqu'un de bien, ajouta Césaire sans y avoir été invité.

72

Valérie était certes surprise, néanmoins ravie que son père ait ainsi pris la parole.

Peter écoutait d'un air dubitatif.

– On te fournira une hache, ajouta l'intendant aux joues rouges et endurcies.

– J'ai la mienne, mais je veux être payé le double pour l'abattage.

L'intendant haussa le sourcil, mais il acquiesça à contrecœur. Après tout, ce garçon était vraiment efficace. Il avait fauché plus que quiconque.

– Fort bien, conclut-il en se détournant. Les hommes, sur les gros rochers de l'autre côté de la rivière ! Les femmes resteront de ce côté-ci.

La tradition voulait que les hommes et les femmes campent séparément.

Malgré ces dispositions usuelles, la mère de Prudence n'en était pas moins soucieuse. C'était la première année que sa fille se trouvait là, et on racontait qu'il y a bien longtemps, quelqu'un avait été tué par le Loup. Certains affirmaient qu'il s'agissait d'un enfant, d'autres, de trois petites filles qui s'étaient éloignées à l'occasion d'une baignade, et d'autres encore prétendaient qu'il s'agissait d'une femme qui s'était enfuie après avoir été surprise dans les bras de son amant.

Les légendes étaient si nombreuses que nul ne savait ce qu'il s'était vraiment passé, mais personne ne doutait qu'il soit effectivement arrivé quelque chose.

– J'espère que nous serons en sécurité ici. Mon mari pourrait peut-être rester avec nous ? demanda la mère de Prudence qui semblait toujours au bord des larmes.

– Mère ! s'exclama Prudence avec sévérité. Il n'y a aucune raison de s'inquiéter. Le Loup a dévoré l'agneau déposé sur l'autel hier soir. Nous sommes tranquilles pour un mois encore.

– Interdit aux hommes, intervint brutalement une autre femme. Tout ira bien.

– Très bien, les filles, conclut la mère de Prudence en attirant ses enfants vers elle pour leur prodiguer quelques conseils en privé. N'oubliez pas de glisser vos chaussures sous votre oreiller. Autant éviter de vous les faire voler pendant la nuit.

Les jeunes filles acquiescèrent avec un air faussement solennel. Elles avaient l'habitude des excentricités de leur mère.

– Attendez encore un peu. Il n'a pas encore chanté et il faut absolument que vous entendiez ça, cria un moissonneur qui gesticulait en direction d'un homme courtaud dont le nez en forme de bulbe ressemblait à un fruit accroché à son visage.

– Chante-nous une chanson. Allons ! ordonna l'intendant. Et pas de sottises !

– Je n'en ferai rien, répondit le moissonneur avec fausse modestie.

– Bien sûr que si !

– Oh, bon, d'accord. Dans ce cas... J'imagine que je pourrais faire un effort...

Il se mit à chanter une magnifique ballade. Les villageois s'allongèrent et se laissèrent emporter par cet air qui caressait les eaux de la rivière, s'enroulait aux troncs des arbres et rassemblait toute chose dans une même harmonie. Valérie se sentait enveloppée par la musique. Elle ferma les yeux, puis les rouvrit soudain. Quelqu'un s'était approché d'elle. Peter ! Il était si proche qu'elle percevait la chaleur de son souffle contre son oreille.

– Viens me retrouver plus tard.

Pleine de témérité, elle se tourna pour le regarder droit dans les yeux.

– Comment ?

Il était d'une beauté bouleversante, et dissimulait son regard sous une épaisse chevelure qui lui retombait sur le visage.

– Guette mon signal. J'aurai une lanterne.

Valérie se contenta d'acquiescer, stupéfaite de se voir réagir ainsi. Lorsqu'elle parvint à se reprendre, Peter était déjà parti.

Une fois les hommes embarqués pour rejoindre leur campement de l'autre côté de la rivière, les jeunes filles se rassemblèrent à l'intérieur de la tente qu'elles partageaient avec la mère de Prudence. Assises en rond, elles tressaient des couronnes qui serviraient à stabiliser les meules de foin en attendant que le sommeil terrasse enfin leur anxieuse chaperonne. Elles avaient installé leur campement sur un terrain lisse et travaillaient autour d'une grosse lanterne ornée de motifs variés qui projetaient des ombres sur le sol et sur la toile de la tente, ondulant au vent.

– La tisane, murmura Prudence en tendant la main, paume tournée vers le ciel.

Sa mère n'accusait pas le moindre signe de fatigue. Dire que la seule nuit où il fallait qu'elle s'endorme, elle restait en alerte ! De plus, Prudence voulait éviter que sa mère ne se réveille au moindre glissement d'une bûche. Valérie extirpa une blague du fond de son sac, laquelle recelait la tisane de sauge apaisante de sa grand-mère.

Prudence sortit de la tente pour préparer le breuvage soporifique, penchée au-dessus des braises mourantes du feu de bois, l'œil étincelant. Elle retourna sur ses pas et tendit à chacune des filles une tasse de thé ordinaire, gardant la mixture spéciale pour sa mère.

Les jeunes filles attendirent qu'elle daigne enfin boire sa tisane, s'efforçant de ne pas avoir l'air trop suspect.

— Merci, lui dit sa mère en portant la tasse à ses lèvres avant de la reposer aussitôt. C'est trop chaud ! s'exclama-t-elle en grimaçant.

Elles échangèrent quelques regards. Mais la mère de Prudence reprit vite sa tasse d'un geste nerveux.

Pendant qu'elle sirotait sa tisane, les jeunes filles se mirent à bavarder de tout et de rien. De prime abord, la potion ne semblait pas avoir grand effet, mais quelques instants plus tard, la mère de Prudence se pelotonnait déjà sous ses couvertures.

— Et maintenant, il est temps d'aller au lit, les filles, dit-elle en se haussant sur les coudes, le corps de plus en plus lourd.

Elle ne tarda pas à sombrer dans le sommeil et se mit à ronfler. Les jeunes filles ouvrirent le pan de toile qui refermait la tente et virent alors que le camp des hommes de l'autre côté de la rivière était plongé dans les ténèbres. Elles étaient impatientes de découvrir ce que leur réserverait cette nuit-là. Prudence toussa bruyamment pour s'assurer que sa mère était bien endormie. Comme cette dernière ne cilla pas, elles purent enfin parler sans réserve.

– Valérie ! J'ai vu qu'Henry t'avait regardée aujourd'hui, s'écria Roxanne qui ne contenait plus sa joie.

– Je ne sais pas quoi faire, se lamenta-t-elle. C'est bien ce qu'il m'avait semblé aussi. C'est un gentil garçon, mais… voilà…

– Gentil ? Valérie, il est riche !

– Je me damnerais pour être à ta place, dit Prudence d'une voix sombre. Tu ne devrais pas laisser passer pareille occasion.

– Je ne sais pas, répondit Valérie qui songeait à ce qu'elle avait ressenti en voyant Peter. Ça ressemble à quoi, l'amour ?

– Si tu t'interroges, c'est que tu n'es pas amoureuse, rétorqua sèchement Lucie.

Valérie se sentit blessée par cette remarque inhabituelle. Les gens s'attachaient certes immédiatement à sa sœur, mais il lui manquait quelque chose pour que les garçons s'amourachent d'elle. Valérie savait que c'était un sujet sensible, et elle préféra ne rien dire, étonnée au demeurant par son propre tact.

– Tu te rends compte ? Peter est de retour ! s'écria Roxanne tout en peignant de ses doigts sa chevelure de feu pour en retirer les derniers fétus de paille.

– Non, dit Valérie, ravie de pouvoir changer de sujet, jusqu'à ce qu'elle comprenne qu'elle ne pouvait guère se montrer plus franche. Vraiment, je ne sais pas quoi en penser, dit-elle en secouant la tête.

– Il est si beau garçon.

– Moi, je trouve qu'il a l'air d'un brigand ! s'écria Lucie qui brandit une faux imaginaire tout en imitant son port majestueux, ce qui ne manqua pas de déclencher l'hilarité générale.

– Vous croyez qu'il a déjà tué des gens ? demanda Prudence qui avait gardé son sérieux.

– Qui par exemple ? lança Roxanne.

– Des femmes.

La réponse de Prudence mit visiblement Roxanne mal à l'aise.

– Je ne comprends pas comment tu as pu être sa meilleure amie, poursuivit Prudence.

– Ils étaient inséparables, ajouta Lucie avec une pointe de rancœur.

Voilà qui était bien étrange, songea Valérie. Tout d'un coup, sa sœur ne semblait plus la même.

– Avant qu'il ne devienne un meurtrier, intervint Prudence, ravie de cette dernière pique.

Elles se mirent à réfléchir. Valérie avait toujours redouté d'apprendre les détails de ce qu'il s'était passé. C'était un accident. Lorsque Peter et son voleur de père s'étaient enfuis du village, leur cheval s'était cabré, effrayé par la foule en colère et les torches enflammées, frappant mortellement la mère d'Henry de ses sabots. Elle ne savait pas grand-chose de cet incident car elle était trop jeune à l'époque pour qu'on le lui raconte. Plus tard, le sujet était devenu tabou. Ainsi allaient les choses à Daggerhorn. Les traumatismes finissaient par passer. C'était une question de survie, mais Valérie savait bien qu'Henry ne s'en était jamais remis.

– Attendez. J'ai quelque chose pour vous, dit Prudence en tirant quelques bocaux de son sac.

Elle avait volé de la bière aromatisée à l'écorce de chêne que son père brassait dans une grande citerne au fond de sa cabane de berger.

– Je me suis dit qu'il ne remarquerait pas quelques litres en moins, dit-elle.

Les jeunes filles burent à tour de rôle de petites gorgées du liquide, mais Rose était sans conteste la plus enthousiaste de toutes.

– J'ai entendu dire qu'on pouvait en perdre la vue, gronda Lucie avant de s'emparer du bocal.

– Beurk, on dirait des flocons d'avoine pourri! s'exclama Valérie en recrachant aussitôt son breuvage.

– Parfait! Ça en fera d'autant plus pour nous, rétorqua Prudence, vexée.

Elle n'aimait pas cette boisson non plus, mais elle avait malgré tout la vague impression que la remarque de Valérie éclairait son père d'un jour peu flatteur.

– Roxanne? demanda Rose en lui tendant le bocal d'un ton badin car elle connaissait déjà sa réponse.

– Oui, moi aussi j'ai entendu cette histoire de cécité. Sinon, j'en aurais pris moi aussi, s'empressa-t-elle d'ajouter, se sentant soudain prise au piège.

– À ta guise, répondit Rose avec un haussement d'épaules. Tu sais, Valérie, Henry t'a peut-être regardée, mais il m'a touché l'épaule en passant ce matin à l'église, ajouta-elle, subitement rendue plus téméraire par l'alcool.

Rose mourait d'envie de partager cette information avec ses camarades.

– Tiens donc, il t'aurait donc touchée ? demanda Roxanne.

– Très doucement et avec une grande délicatesse, répliqua-t-elle en alliant le geste à la parole. Tu crois qu'il flirtait ? demanda-t-elle dans un rare moment d'honnêteté un brin naïve.

– J'en suis certaine ! s'écria Roxanne, très optimiste.

Lucie était rose d'embarras. Elle n'avait jamais été très à l'aise lorsqu'il s'agissait de parler des garçons.

– Il faudra bien que tu les affrontes un jour, Lucie, gronda Roxanne. Allons, il y en a bien un que tu trouves beau, n'est-ce pas ?

Lucie vira à l'écarlate, puis elle éclata de rire. Elle sourit, se pencha, puis enfouit son visage dans le giron de Valérie.

La conversation ralentissait peu à peu à mesure que le ciel s'obscurcissait. Elles n'avaient pas besoin de parler lorsqu'elles étaient ensemble, paisibles, à l'affût des bruits de la nature.

Valérie posa les yeux sur Lucie qui s'était endormie sur ses genoux, la joue sur ses mains jointes. Elle avait parfois l'étrange impression que c'était elle l'aînée.

– Est-ce que vous vous demandez parfois à quoi ressemble Henry... ? demanda Rose en se penchant vers ses camarades.

– Comment ça ? répliqua Roxanne, perplexe, en fronçant son nez couvert de taches de rousseur.

– Sans ses vêtements ? finit par lancer Rose.

– Ah ! Non ! Et toi ?

– Eh bien oui, puisque je vous le demande, rétorqua-t-elle, en agitant ses cheveux avec un sourire diabolique.

Elle l'imaginait bien entendu au coin du feu, allongé sur une peau de bête, entouré de multiples chopes de vin.

– Moi, j'ai déjà vu mon père tout nu, intervint Prudence.

Les jeunes filles partirent d'un rire strident, à la fois ravies et dégoûtées, mais elles se calmèrent bien vite. Malgré la tisane, la mère de Prudence pouvait très bien sortir de sa torpeur.

Lucie, qui était toujours blottie contre sa sœur, se réveilla en entendant leurs cris, au moment même où Valérie aperçut le signal de Peter : une lanterne dont vacillait la faible lueur de l'autre côté de la rivière.

– Allons-y !

– Rien ne presse, commenta Lucie dont les yeux s'étrécirent soudain.

Elle connaissait trop bien sa sœur.

– Parce que... chercha Valérie, parce qu'on perd du temps. Il faut qu'on traverse la rivière maintenant, avant que l'effet de la tisane ne s'estompe.

Les jeunes filles échangèrent des regards, puis scrutèrent les eaux froides qui léchaient les berges du cours d'eau. Valérie avait raison.

Il était temps.

6

La barque glissait sur l'eau, entraînée par le courant, et les jeunes filles qui ramaient ne se doutaient pas le moins du monde que Valérie les orientait en direction du signal de Peter. La lueur avait disparu, mais elle avait gardé l'œil rivé sur l'endroit où elle l'avait vue vaciller la première fois. Elle savait très exactement où elle devait se rendre malgré les ténèbres.

Roxanne se pencha nerveusement par-dessus bord et contempla son reflet brouillé dans l'eau mouvante qui ressemblait à du sang noirâtre, même si elle tentait de se convaincre qu'il s'agissait plutôt de jus de mûre.

Prudence en profita pour faire tanguer l'embarcation, déséquilibrant Roxanne qui retomba sur son siège en hurlant.

Elle partit d'un rire mesquin, l'œil enflammé par une cruelle envie de la taquiner, mais Roxanne la fusilla du regard et l'éclaboussa en retour.

Il y avait trois feux de camp cachés sous les arbres en haut des berges, elles se mirent donc à ramer avec dextérité dans cette direction. Elles savaient faire des choses dont étaient incapables les autres filles de leur âge. Elles tiraient sur les rames, et la barque glissait sur la rivière tel un oiseau solitaire.

L'idée qu'elles pussent se faire prendre leur traversa brièvement l'esprit, mais elles chassèrent bien vite ces pensées. Elles étaient jeunes et libres, et cela valait la peine de prendre un tel risque.

Tout à coup, apercevant à nouveau le signal intermittent de Peter, Valérie fit virer la barque à gauche, déséquilibrant Lucie qui perdit sa rame. Alors qu'elle s'efforçait de la récupérer, elle se pencha un peu trop et fit tanguer leur embarcation.

Voyant l'eau qui s'engouffrait dans la barque, elles poussèrent des cris stridents. Hélas, elles avaient probablement donné l'alerte.

– Tout le monde à l'eau, et retournez la barque ! Cachez-vous sous la coque ! s'écria Valérie qui savait toujours ce qu'il fallait faire lorsque les autres se trouvaient prises au dépourvu.

Elles prirent une grande inspiration avant de plonger dans l'eau, retournant la barque au passage. Une fois sous l'eau, elles s'agrippèrent les unes aux autres et remontèrent pour respirer dans la poche d'air logée sous l'embarcation. Leurs jupes flottaient derrière elles semblables à des linceuls.

Elles étaient furieuses. Elles avaient les cheveux dégoulinants et leur robe était complètement trempée. Dire qu'elles s'étaient si bien apprêtées pour les garçons !

Voilà qu'elles se retrouvaient dans le monde crasseux et bleuté d'une barque pourrissante en train d'agiter furieusement les jambes pour avancer, invisibles sous la coque. Mais elles prirent bien vite conscience du comique de la situation et partirent d'un fou rire incontrôlable entrecoupé de quelques cris stridents. Elles tentaient de se retenir, en vain ! Elles avaient l'impression d'être à l'intérieur d'un coquillage.

– Il faut qu'on trouve une solution, et sans faire de bruit, leur dit Valérie qui avait repris son rôle de cheftaine et elle leur intima l'ordre de se taire.

Elles tendirent l'oreille, à l'affût du moindre bruissement sur les berges.

Roxanne opina d'un air grave, comme si Valérie venait de faire preuve d'une grande sagacité.

Prudence leva les yeux au ciel, exaspérée par le commandement tyrannique de Valérie.

Après quelques instants, sans qu'on entende le moindre bruit, Valérie décréta que la voie était libre.

– Très bien, c'est parti. Un, deux, trois, on lève ! ordonna-t-elle sur un ton bien plus comminatoire que ne l'exigeait la situation.

La barque bascula sur le côté avec un bruit sourd. Elles pataugèrent dans les eaux peu profondes jusqu'à la berge, tirant le bateau au fur et à mesure qu'elles avançaient. Elles se trouvaient bêtes à marcher ainsi d'un pas lent et d'autant plus humiliant que leurs jupes gorgées d'eau entravaient chacun de leurs pas.

– Par ici, murmura Peter.

Les jeunes filles scrutèrent les ténèbres en vain, puis échangèrent des regards avant d'amarrer leur barque à un arbre. Était-ce leur chevalier servant attitré qui les attendait un peu plus en amont ? se demandaient-elles en silence.

Valérie chercha Peter du regard tandis qu'elles remontaient la berge en pataugeant. Les feux de camp dansaient dans le champ. Elles se rapprochèrent de l'un des campements. Elles se sentaient crasseuses. Lucie se précipita la première, mais rebroussa bien vite chemin.

— C'est le père de Rose, dit-elle.

— Hé ? Qui va là ? s'éleva une voix parmi les hommes assis en rond autour du feu de camp.

— Veuillez nous pardonner, répondit Lucie en imitant la voix d'une vieille femme tandis que les autres s'efforçaient d'avoir l'air rabougries en se pelotonnant les unes contre les autres, contenant à grand-peine leurs gloussements.

Les garçons devaient se trouver autour du feu suivant d'où montaient des étincelles virevoltantes.

Valérie constata en s'approchant que Peter ne figurait pas parmi eux. Malgré leur surprise, les moissonneurs étaient très heureux de voir les jeunes filles.

— Vous avez parcouru tout ce chemin pour venir jusqu'ici ?

— Ouais !

— Comment ça se fait ?

Elles échangèrent un regard étonné. *Ne savaient-ils donc pas pourquoi ?*

— Hum...

— Désolées, intervint Lucie. Nous venons toujours de ce côté-ci lorsque nous campons à la belle étoile.

Ce n'était pas vraiment un mensonge puisqu'elles n'avaient jamais campé de leur vie.

Les garçons se regardèrent d'un air perplexe.

– Mais personne n'y trouve à redire, répondit enfin l'un d'eux.

Les jeunes filles haussèrent les épaules. Ces garçons n'étaient décidément pas très malins, mais ils étaient distrayants. Ils rirent de bon cœur en voyant leur tenue débraillée et complètement trempée, mais se comportèrent néanmoins en véritables gentlemen, s'efforçant de ne pas trop lorgner sur le chemisier de Rose qui bâillait bien plus encore qu'à l'accoutumée. Rose, quant à elle, ne cherchait pas à corriger sa mise.

Elles se séchèrent au coin du feu et Lucie se mit à tresser des couronnes de trèfles et de brins d'herbe de ses petits doigts agiles.

– Hélas, il n'y a pas de fleurs par ici, se lamenta-t-elle. Il faudra donc s'en passer.

Mais à mesure que son ouvrage avançait, son humeur s'égaya peu à peu.

L'un des moissonneurs, promis à Prudence ou à Rose, selon celle que l'on interrogeait, sortit son crincrin. Ce n'était pas un musicien très doué, mais cela n'avait guère d'importance. Pendant que les jeunes filles l'écoutaient jouer, le feu crépitait, crachant de fines cendres qui voletaient dans les airs et venaient parfois se loger dans leurs yeux.

Rose dansa pieds nus à côté du violoniste en agitant sa jupe pour encourager les autres à la rejoindre. Ses cheveux noirs luisaient à la lueur des flammes. Prudence et Roxanne se tenaient par la main, en effectuant une ronde timide. La chose aurait été plus simple, songea Rose, si elles avaient bu un peu plus de bière avec elle. Lucie se leva et déposa ses couronnes de trèfles sur la tête de sa sœur et de ses amies, puis retourna s'asseoir, peu satisfaite de la façon dont elle avait refermé l'une d'elles.

– Était-ce toi qui agitais ta lanterne ? demanda Rose au violoniste à voix basse et sur le ton de la confidence.

– Une lanterne ? Mais où ça ?

Rose fit la moue. Raté, songea-t-elle.

Tous ces jeunes gens étaient bien trop occupés pour remarquer Valérie qui s'éclipsait dans les ténèbres.

❧

Elle descendit le champ à tâtons. Elle sentait la pointe rugueuse des herbes sèches contre ses paumes, mais si par mégarde elle tirait sur les tiges, les plantes ne manquaient pas de lui entailler douloureusement les chairs.

Elle scrutait le vide à la recherche de Peter, mais en vain. Elle ne voyait ni n'entendait rien. Elle aimait la solitude, et la recherchait même le plus souvent, mais elle se sentait stupide et pitoyable à attendre ainsi comme si on l'avait abandonnée. Quelle idiote ! Quel mufle ! songea-t-elle, subitement submergée par un sentiment de haine, et elle rebroussa chemin en direction du feu de camp en se jurant que jamais plus on ne l'y reprendrait. C'est alors qu'elle aperçut la lueur vacillante d'une bougie dans la forêt. Elle prit une grande inspiration et sa rancœur se dissipa aussitôt.

Valérie s'aventura dans la forêt obscure qui s'anima soudain. Quelques insectes et oiseaux lançaient des appels, et leurs chants entremêlés produisaient d'étranges harmoniques et de surprenantes dissonances. Elle sentait l'odeur subtile et légèrement sucrée des sous-bois la nuit, entendait le craquement des feuilles sèches sous ses pieds.

La bougie avait disparu.

– Peter ? lança Valérie dans un murmure.

Elle avançait avec prudence et se demandait même si elle n'avait pas imaginé cette lueur. Peut-être était-elle tout à fait pitoyable après tout ?

Tout à coup, elle sentit la moiteur d'un souffle lourd contre son dos. Elle retint sa respiration.

– Viens, monte ! lui dit une voix masculine alors qu'elle s'apprêtait à se retourner.

C'était le museau de velours d'un cheval. La silhouette de Peter qui tenait mollement les rênes se découpait contre le ciel nocturne.

Valérie prit la main tendue. Elle était rugueuse, calleuse et chaude, et tenait fermement la sienne. L'instant d'après il la hissait sur la monture. Le corps de la jeune fille vint tout naturellement se lover contre le sien. Elle lui enlaça la taille, timidement d'abord, puis elle resserra son étreinte dès que le cheval se mit en mouvement et entra prudemment dans la clairière. Sans échanger aucune parole, elle épousait les gestes de Peter qui se baissait pour esquiver les branches basses. Pourquoi aurait-elle besoin de connaître ce Peter-là ? Tout était très bien ainsi, et peut-être valait-il mieux ne rien savoir après tout...

Peter trouva enfin ce qu'il cherchait. Il s'agissait d'un sentier qui traversait la forêt. Le cheval se mit au trot et ils s'élancèrent à travers bois, libres et véloces, serrés l'un contre l'autre. Valérie se souvint de la joie électrique qu'elle ressentait en sa compagnie lorsqu'ils étaient encore jeunes et couraient à toute allure à travers la forêt et que l'air sifflait à leurs oreilles. Elle éprouvait le même sentiment à présent, mais il y avait quelque chose de bien plus intense encore...

Le cheval accéléra, et le martèlement de ses sabots se substitua aux battements du cœur de Valérie. Le vent s'engouffrait dans sa chevelure. Ils étaient tous trois si proches et si puissants qu'il lui semblait pouvoir chevaucher les airs ainsi, à jamais.

Au bout d'un temps, Peter fit exécuter un demi-tour à sa monture et lui donna quelques instants de répit, laissant l'animal avancer au pas, à l'écoute de sa lourde respiration. Ils n'avaient toujours pas rompu le silence presque palpable.

– Hé! Mais c'est mon cheval! Revenez par ici! s'écria soudain un homme dans la nuit.

Valérie n'avait pas songé un seul instant que Peter ait pu emprunter ce cheval et elle se surprit à sourire, incrédule. Peter était donc vraiment un brigand.

– Je t'attendrai pendant que tu ramènes le cheval en douce.

– Ne bouge pas d'ici, lui dit-il en l'aidant à descendre de la monture.

Elle le regarda s'éloigner, le cœur lourd, comme si quelque rosier avait pris racine en son sein et cherchait à y déployer son feuillage.

Peut-être était-ce cela, l'amour ?

Elle cherchait à raviver le souvenir de l'empreinte du corps de Peter. Il sentait le cuir et le vernis, ce garçon téméraire, ce voleur de chevaux. Elle attendait son retour en se demandant ce que lui réserverait la suite de cette aventure.

Entendant des branches se briser avec fracas, elle scruta les ténèbres tout autour d'elle, mais en vain. Elle leva les yeux et vit quelques lambeaux de ciel nocturne à travers l'enchevêtrement des branchages. Les nuages se fondaient dans l'obscurité jusqu'à disparaître dans le néant quand la lune perça soudain le voile cotonneux accroché au firmament.

Valérie mit quelques instants à comprendre.

C'était soir de pleine lune et elle était rougeoyante.

Comment diable était-ce possible ? C'était à ne rien y comprendre ! La pleine lune avait pourtant eu lieu la nuit précédente...

Son sang ne fit qu'un tour. Les anciens en parlaient parfois d'une voix hésitante, mais se taisaient en grommelant dès qu'on leur posait la question. Personne ne savait y répondre. Une chose était certaine : c'était un signe de mauvais augure, au même titre qu'un chat noir ou un miroir brisé.

La lune sanglante.

Un grognement monstrueux retentit dans le lointain.

Valérie s'élança aussitôt et se précipita hors du bois, filant vers les berges du fleuve qui grouillaient déjà de monde alors que chacun courait se mettre à l'abri. On aurait dit un essaim d'abeilles aux abois.

Tout le monde s'était dispersé et s'entassait dans les embarcations, ramant déjà vers le village. Valérie vit alors Roxanne et Rose qui pataugeaient paniquées en direction d'une barque qui venait de quitter la berge. Quelques moissonneurs avaient déjà réussi à s'y hisser et il ne restait plus beaucoup de place à l'intérieur. Valérie se lança à leur poursuite, éclaboussant tout sur son passage.

– Les filles, attendez !

– Monte ! s'écria Roxanne en la tirant par la main pour l'aider à embarquer.

– Attendez ! Où est Lucie ?

– Elle est partie dans la première barque avec Prudence, rétorqua Roxanne en indiquant un autre esquif qui était déjà parvenu au milieu du fleuve.

– Bon, tu montes à la fin ? lui lança l'un des moissonneurs en repoussant la barque loin de la berge.

Face au danger, toute galanterie s'évanouissait.

Une fois à bord, elle se tourna vers la terre ferme qui s'éloignait à mesure que les moissonneurs ramaient avec acharnement. Il y avait un autre bateau stationné, et à peine assez d'hommes pour le remplir. *Peter y trouvera une place*, se rassura Valérie qui sentait l'angoisse monter en elle.

<hr />

– Mais la pleine lune, c'était hier soir, protesta l'un des villageois qui s'entassaient dans les chariots.

L'intendant s'était assuré que tout le monde serait prêt au moment où les hommes débarqueraient enfin sur la berge. À peine les chariots de bois grinçants eurent-ils franchi l'en-

ceinte du village qui s'effondrait que les hommes se hâtè-
rent de refermer les portes derrière eux.

– Nous aurions dû être en sécurité ce soir.

– La lune sanglante est de retour !

Le chariot filait désormais vers le centre du village dans
le brouhaha général car tout le monde parlait en même
temps d'un ton perplexe.

Quelques hommes plus âgés se disputaient avec véhémence en cherchant à savoir combien de fois ils avaient vu
pareille lune – deux, peut-être trois fois dans leur vie.

– C'est la nuit du Loup ! Tout le monde à l'abri ! criait-on
à chaque nouvel arrêt le long des rangées de maisons.

Valérie sauta du chariot et fonça chez elle en espérant que
Suzette était encore endormie en dépit du vacarme, mais sa
mère l'attendait sur le pas de la porte, enveloppée dans son
châle bleu pour se protéger du froid. Sa chandelle vacillante
illuminait le porche, éclairant Valérie par intermittence.

– Oh, Dieu merci, soupira-t-elle en voyant sa fille et
avant de descendre à l'échelle.

– Mère ? s'enquit Valérie qui se demandait si elle savait
déjà qu'elle s'était absentée du camp des femmes avec sa
sœur Lucie.

– Votre père est parti vous chercher, les filles !

– Désolée.

Suzette ne semblait pas au courant.

– Où est Lucie ?

– Elle est partie avec Prudence, répondit Valérie, plutôt
satisfaite de pouvoir lui dire la vérité sans pour autant
dénoncer ses camarades.

– Je suis certaine que ton père s'arrêtera chez la mère de Prudence en chemin, dit Suzette, soulagée, en jetant un dernier coup d'œil à la route. Allez, on va te mettre au lit maintenant.

⌘

Allongée dans leur grenier, Valérie pensait à Lucie. Elle entendit le crépitement de la pluie qui vira bien vite à l'averse de grêle qui semblait s'abattre sur le sol par pan entier. L'hiver approchait, et l'orage était glacé, rugissant comme une divinité courroucée. Elle était inquiète pour Peter. C'est alors que des éclairs zébrèrent le ciel, bien vite engloutis par les ténèbres. La lune s'était drapée d'un voile de nuages orageux; on aurait cru qu'une traînée sanglante souillait les cieux.

Cette nuit-là, Valérie rêva qu'elle volait.

7

À l'époque j'étais encore petite, dit Suzette assise sur un tabouret bas. J'avais onze ans quand j'ai vu la lune sanglante pour la première fois. J'étais jeune et folle amoureuse d'un garçon. C'était presque une histoire d'amour. Enfin, s'il n'avait pas été si méchant, évidemment... ajouta-t-elle en enroulant une longue mèche de cheveux autour de son doigt comme une adolescente.

Perdue dans ses pensées, Valérie n'écoutait pas. Ce matin-là, les frayeurs de la nuit passée lui semblaient triviales et la panique, injustifiée. Il restait des corvées à exécuter. Les idées se bousculaient dans sa tête alors qu'elle pétrissait une boule de pâte peu élastique et gorgée d'amidon. Elle n'était plus inquiète pour Peter car il semblait savoir des choses que les autres ignoraient.

Valérie avait l'impression qu'il pourrait l'initier à ses secrets et lui ouvrir les yeux sur le monde. Il était capable de donner forme aux choses, de la même façon qu'il sculptait autrefois les saints patrons dans des blocs de bois.

Mais il n'était venu que pour la moisson… et sa famille ne la laisserait jamais rester en sa compagnie à cause du passé.

Elle abaissa la pâte de tout son poids, agacée au-delà du raisonnable par la difficulté de la tâche. Quelle barbe de rester enfermée ainsi par une si belle journée! Et dire que l'automne avait pris fin la veille, que l'hiver commençait déjà. Ce matin-là, elle s'était réveillée en sentant la fraîcheur de l'air sur la plante de ses pieds. Elle aimait cette sensation. Des voix retentirent soudain au-dehors sans qu'elle puisse les identifier jusqu'à ce qu'elle reconnaisse enfin le rire bravache de Rose. Elle tendit l'oreille à l'affût de la voix de Lucie. Sa sœur était bien plus douée qu'elle aux fourneaux. Elle aidait d'ordinaire sa cadette à terminer sa pâte une fois qu'elle avait achevé son propre travail. Elle s'en était tirée à bon compte en passant la nuit chez Prudence.

— Bon, conclut Suzette en voyant que Valérie ne l'écoutait pas. Je pense que nous avons confectionné assez de biscuits, déclara-t-elle en frappant la table de ses paumes. On… on va garder ta pâte pour plus tard, ajouta-t-elle en jetant un coup d'œil au rectangle fort peu appétissant que sa fille tenait entre les mains.

Mais Valérie rêvassait. Suzette enveloppa la douzaine de biscuits à l'orge encore chauds dans un linge doux et blanc pour les apporter aux hommes. Valérie était encore tout entière habitée du rêve de la nuit précédente, aussi frais et acidulé que le citron qu'elle avait goûté un jour à l'occasion d'une fête foraine.

– Valérie, tu veux bien nettoyer ici et passer le balai pendant que j'apporte ça aux hommes ? lui dit sa mère d'un ton las. Et tu peux aller nous chercher de l'eau, s'il te plaît ?

– Oui, dit-elle, peut-être un peu trop vite. Oui, j'y vais.

Valérie commença à tirer sur la corde pour remonter le seau du fond du puits. Elle songeait déjà au rafraîchissement qu'elle s'apprêtait à apporter à Peter, à la manière dont il la regarderait tout en buvant, les yeux rivés sur elle. Alors qu'elle imaginait son regard pénétrant, elle lâcha soudain la corde et le seau retomba avec fracas contre les parois de pierre du puits. Surprise, elle se précipita pour rattraper la corde au moment même où le seau s'enfonçait dans l'eau. Elle remonta calmement le récipient, puis s'en alla rejoindre les hommes qui abattaient des arbres.

Le parfum piquant du bois fraîchement coupé lui envahit soudain les narines.

L'intendant avait assemblé un groupe de bûcherons bien entraînés qui cognaient lourdement contre les arbres. Il n'était pas homme à laisser passer une telle opportunité : s'il y avait de la main-d'œuvre à bas prix au village, autant l'employer. Les bûcherons travaillaient de conserve, exécutant les mêmes gestes, vêtus des mêmes habits. Seul Peter se distinguait du lot. Il avait jeté sa chemise noire par-dessus son épaule, révélant son torse halé et musculeux.

Adossée contre un arbre, Valérie admirait son corps magnifique se courber à chaque coup de hache. Il y avait quelque chose d'illicite à contempler cette scène, mais après tout, elle avait toujours eu le sentiment qu'il lui appartenait.

En voyant les reliefs du repas préparé par sa mère qui jonchaient le sol, elle se sentit soulagée car cela signifiait que Suzette était déjà partie.

– Ces acacias sont maléfiques, dit Peter à l'intendant en indiquant les épineux d'un geste de la main. Il faut les arracher, conclut-il en plantant sa hache dans une souche avant d'aller chercher une scie.

À peine arrivée sur les lieux, Valérie s'empara de la hache du jeune homme et partit se cacher derrière un arbre.

Un bûcheron qui travaillait là venait de cesser son travail, son outil en équilibre sur l'épaule ; il lui adressa un sourire complice en indiquant d'un geste qu'il ne dirait mot.

Valérie lui rendit son sourire.

Mais quelqu'un avait négligé ses devoirs… Césaire était affalé contre un arbre. Le regard vide et une bouteille à la main, il portait maladroitement des cuillerées de ragoût à sa bouche, manquant le plus souvent sa cible.

Valérie détourna les yeux comme toujours. Son père, débraillé, n'était plus bon à rien. Il buvait à s'en rendre invalide, mais c'était aussi un homme des bois, un chasseur fort et honnête. Il était à la fois sa fierté et sa honte. La jeune fille était aux prises avec des émotions contradictoires.

À la longue, elle commençait à se demander pourquoi Peter mettait aussi longtemps à remarquer qu'on lui avait volé sa hache ; c'est alors qu'il reparut et se rendit aussitôt à sa cachette. Son pouls s'accéléra soudain. Il était manifestement heureux de la revoir et il avait pourtant l'air sombre. Valérie s'attendait à un accueil plus chaleureux.

Il y avait quelque chose qui clochait, il n'était pas homme à s'offusquer du tour qu'elle venait de lui jouer.

Peter l'entraîna un peu plus loin sous la canopée pour échapper aux regards des curieux. Elle lui caressa la tête : dans l'air frais, il avait les cheveux si secs et si épais qu'elle aurait presque pu les compter un par un.

– Peter.

Mais il lui demanda de garder le silence en frôlant à peine ses lèvres du doigt. Se méprenant sur son intention, Valérie eut un mouvement d'agacement. Elle n'était pas très encline à obéir, mais elle était bien trop joyeuse de le voir et oublia bien vite ce geste inopportun.

– Pourquoi ce visage chagrin ? demanda-t-elle malgré elle d'un ton enjôleur.

Elle était transportée de joie et ne pouvait se retenir. Elle avait l'impression que son cœur s'apprêtait à s'épanouir comme une fleur.

– Rends-moi cette hache.

– Tu me donnes quoi en échange ? poursuivit-elle.

Il s'avança vers elle, mais elle recula en direction d'un sapin. Il s'approcha plus près encore, sans toutefois que leurs corps ne se touchent. Voyant son air grave, elle finit par céder, pressant la hache contre son torse pour mieux sentir la chaleur de son corps envahir ses doigts.

– Valérie... Ils ne t'ont donc rien dit ? demanda Peter d'un air triste.

– Quoi ? sourit-elle.

Il était encore plus beau lorsqu'il était inquiet. Son comportement était-il agaçant ? Elle aurait bien voulu pouvoir en juger à travers les yeux d'un autre.

— Allons... De quoi s'agit-il ? demanda-t-elle avec impatience.

— J'ai entendu ta mère parler à ton père, dit Peter avant de s'arrêter pour palper le tissu de sa robe bleu ciel déchirée à l'épaule.

— Et alors ? pressa-t-elle en tirant à son tour sur l'accroc - elle ne se souciait guère de ses vêtements à vrai dire.

— Valérie, Valérie, on t'a promise à un autre, finit-il par lui dire en se rapprochant un peu plus d'elle.

Elle laissa retomber sa main et fixa son visage halé sans rien dire.

— À... Henry Lazar, articula-t-il au prix d'un immense effort.

Valérie sentit se nouer ses entrailles.

— Non, dit-elle, incrédule. Non, non, non !

Peter garda le silence. Il aurait tant voulu pouvoir lui dire ce qu'elle attendait de lui.

— Peter, c'est impossible !

— Si, et crois-moi, l'accord est conclu.

Conclu ?

— Et... et si... je ne sais pas, moi...

Les mots se bousculaient dans sa tête. Elle cherchait tous les moyens possibles de défaire ce nœud dont elle ne voulait point.

— Qu'est-ce qu'on fait ? demanda-t-elle alors en s'adossant contre l'arbre.

Peter allait et venait d'un air sombre et révolté.

– Veux-tu l'épouser ? demanda-t-il alors en se pressant contre elle.

– Tu sais très bien que non.

– Vraiment ? Est-ce que nous savons encore qui nous sommes l'un et l'autre ? Cela fait bien longtemps, et j'ai changé, tu sais.

– Oui, vraiment, insista-t-elle. Je sais fort bien qui tu es. Nous sommes toujours les mêmes.

Une passion aussi violente que subite avait sans doute quelque chose de ridicule, mais tels étaient ses sentiments. Elle était heureuse en compagnie de Peter. Elle lui prit la main et la serra dans la sienne.

– Très bien. Il y a peut-être une solution dans ce cas... dit-il en regardant la ligne bleutée des collines à l'horizon.

Ses traits s'étaient détendus à présent.

Valérie lui adressa un regard interloqué.

– Nous pourrions nous enfuir, dit-il.

Il venait de formuler ce qui n'était encore qu'une idée naissante dans son esprit tourmenté. Leurs fronts se touchaient presque à présent.

– Tu pourrais t'enfuir avec moi, reprit-il avec un grand sourire sombre et terrifiant, comme si ses actes ne pouvaient avoir de conséquences.

Oui, elle voulait le rejoindre dans ce monde sans vagues.

– Où irions-nous ?

Il lui effleura l'oreille de ses lèvres.

– Où tu voudras, dit-il. À la mer, en ville, dans les montagnes...

N'importe où... avec lui...

– Tu as peur ? s'enquit-il en reculant d'un pas.

– Non.

– Tu quitterais ton foyer ? Ta famille ? Ta vie ?

– Je… je crois que oui. Je ferais n'importe quoi pour être avec toi, laissa-t-elle échapper, prenant simultanément conscience qu'elle disait vrai.

– N'importe quoi ?

Valérie fit mine de réfléchir un instant, juste pour la forme.

– Oui, répondit-elle enfin d'un air presque timide.

– Vraiment ?

– Oui.

Peter prit le temps d'absorber ces dernières paroles. C'est à cet instant précis qu'ils entendirent le souffle d'un cheval. Il y avait un chariot attaché au loin et il n'y avait personne en vue. On l'avait laissé sans surveillance. C'était un véritable appel du destin.

– Si nous devons partir, il faut le faire maintenant, dit-elle en lui ôtant les mots de la bouche.

– Tu as raison. Nous serons déjà à une demi-journée d'ici avant que quiconque ne remarque notre absence, répondit-il avec un sourire canaille.

– Dans ce cas, partons.

– Premier arrivé au chariot ! lança-t-il en l'attrapant par la main, et il l'entraîna dans sa course par ce bel après-midi étincelant.

Elle laissa retomber son seau sur le sol avec fracas.

Un jour, songea-t-elle, *Peter et moi, nous habiterons dans une maison, et puis nous aurons un verger, et puis un petit cours d'eau où nous irons nager et nous baigner. Le*

soleil chantera l'après-midi. La nuit, les oiseaux se blotti-
ront la tête sous l'aile en attendant le matin.

La scène se précisait à mesure qu'elle accélérait.

Telle une graine de pissenlit, Valérie se laissait porter par le vent. Elle se sentait pousser des ailes.

✻

C'est à peu près au même moment que Claude découvrit quelque chose d'inattendu.

Ce jeune homme tranquille remarquait ce que personne d'autre ne voyait : la manière dont les branches battaient au vent, telles des ailes d'oiseaux, la façon dont les blés se balançaient comme une mer par temps d'orage. Il voyait ce qui se terrait dans l'ombre et même au-delà.

Il prenait les mystères très au sérieux, et il s'efforçait de les comprendre. C'était précisément parce qu'il y avait des choses insondables qu'il y avait tant de beauté dans le monde. Il avait du mal à se concentrer car il essayait de tout embrasser d'un seul geste et ne savait où donner de la tête.

Il transportait une blague en peau dans laquelle il déposait les baies et les pétales dont il appréciait tout particulièrement les pigments, car loin de se contenter de remarquer les choses, il en fabriquait également.

Ce jour-là, il avait bâti un grand épouvantail tout maigre coiffé d'un chapeau à bords flottants dont il avait façonné le corps avec du chaume. Une touffe de blé ébouriffée lui servait de tête. Claude tournait autour de sa créature en tapant dans ses mains, attendant qu'elle réagisse, qu'elle s'éveille à la vie. Il était sorcier et avait foi en la magie.

Claude sortit son jeu de tarot dont il avait peint lui-même les figurines avec des matériaux chapardés dans une cuisine : du vinaigre sombre et du vin, du jus de betterave et des bouts de carottes écrasées. Il avait étudié le jeu qu'avait apporté un marchand ambulant au village. Malgré sa palette rudimentaire, il était parvenu à colorier chaque carte avec précision, si bien que chaque personnage vibrait d'une touche singulière. Il fit se matérialiser une carte derrière la tête de l'épouvantail. C'était un tour auquel il s'était entraîné. Alors qu'il la contemplait, il se rendit compte que la terne lumière du matin avait cédé le pas au soleil de l'après-midi. Surpris d'être resté aussi longtemps dehors, il reprit le chemin de la maison tout en continuant à trier ses cartes.

Tout à coup, l'une d'elles s'échappa du jeu et tournoya dans le vent. C'était la Lune. Aveuglé par le soleil, il s'élança à sa poursuite en grimaçant et parvint à un endroit où les blés étaient couchés.

C'était taché de sang.

Claude en sentait l'odeur qui flottait encore dans l'atmosphère. Quelque chose de mal s'était déroulé en ces lieux, mais il arrivait trop tard.

Il suivit le trajet de la carte d'un pas hésitant, puis s'arrêta net en découvrant l'atrocité de la scène.

C'était une vision bien trop horrible.

Des chairs déchiquetées, mais surtout l'ourlet souillé d'une robe jaune. La lame de tarot était tombée face vers le haut, juste à côté d'une main inerte.

Il s'attarda un moment, le corps raidi par la peur, puis il partit vers le village en courant, trébuchant sur les irrégularités du sol et les nœuds des racines affleurantes. Derrière lui, l'épouvantail acquiesçait dans le vent, tout à la fois aveugle et omniscient.

❧

Valérie courait vers le chariot, le corps libéré de toute entrave. Elle se sentait invisible, comme l'une de ces fleurs nichées au milieu des broussailles que personne ne semble remarquer.

Le monde lui appartenait, et tout n'était que beauté : la chevelure ébouriffée de Peter, le bois du siège sur lequel elle venait de sauter, le scintillement des rênes huilées sous le soleil.

DONG !

DONG !

DONG !

Le troisième coup retentit au clocher du village, puis tout redevint calme. Quelqu'un était mort au village. Valérie se figea aussitôt.

DONG !

Le quatrième coup brisa le silence et le sol se déroba sous ses pieds, révélant ses entrailles sanguinolentes.

Valérie et Peter échangèrent des regards perplexes jusqu'à ce qu'ils comprennent enfin.

Le quatrième coup ne pouvait avoir d'autre sens : le Loup avait frappé.

Elle n'avait jamais entendu ce signal, mis à part le jour où ils avaient fait sonner la cloche pour rire.

Mais cette fois, Valérie savait que sa vie ne serait plus jamais comme avant.

Deuxième
partie

8

Claude reprit son souffle au bas de l'escalier de la bruyante taverne dont l'entrée lui demeurait interdite. À travers la vitre, il voyait les énormes piliers qui soutenaient des chandelles de la taille de bûches, les tables chevillées les unes aux autres dont les plateaux portaient les cicatrices des fonds de bocks. La lumière filtrait à travers les jarres de vin suspendues, dessinant des disques d'un rouge profond sur les tables juste en dessous.

Claude voyait tout, mais ne parvenait pas à articuler le moindre mot. Il s'avança sur le seuil et attendit qu'on le remarque.

Marguerite, la mère de Roxanne, travaillait dur, portant deux plateaux sur chaque bras tout en esquivant les ivrognes chahuteurs. Elle s'arrêta un court instant en passant devant lui.

– Je travaille, lui dit-elle en le laissant à la porte de la taverne.

Il avait l'air dégoûté.

Le bruit était assourdissant. Ne sachant que faire, et craignant que personne ne l'écoute, le jeune homme se mit à hurler. Il avait le visage d'un homme âgé : deux rides profondes reliaient la base de son nez aux commissures de ses lèvres. Il avait la peau abîmée, ce que les gens n'aimaient guère car c'était la marque d'une âme imparfaite. C'est pourquoi personne ne voulait l'écouter.

Marguerite revint à toute allure, alertée par son cri.

– Comment oses-tu ? lui demanda-t-elle avec cruauté, rompant le silence qui s'était abattu sur la salle.

Claude se tut aussitôt. Il respirait lourdement tandis qu'il sentait rougir son visage parsemé de taches de rousseur. Pensant qu'il ne les dérangerait plus, Marguerite se détourna, s'apprêtant à rentrer dans la salle, quand Claude s'agrippa brusquement à l'un des plis de sa jupe.

– Enfant maudit, marmonna-t-elle.

Les clients de la taverne se turent à nouveau, sous le choc. Claude s'était montré bien trop violent avec elle. Il se tenait là, stupéfait par son propre geste, sous les regards des clients.

Un ricanement déchira le silence, déclenchant l'hilarité générale, mais Claude sentait la peur dissimulée derrière ces rires. Sa propre mère se méfiait de lui et le considérait comme un étranger. Elle ne comprenait pas d'où il était venu.

Aurait-il effrayé le Loup de la sorte ?

À présent, Marguerite se trouvait tout aussi embarrassée que lui, et Claude battit en retraite.

Cet effort l'avait épuisé. Il s'apprêtait à partir quand il se retourna d'un coup. Il aurait voulu pouvoir dire : « Lucie gît dans le champ de blé, le corps en charpie. »

Mais c'est à peine s'il parvint à articuler en bégayant:
« Lel... Lel... Le Loup. »

Il eut enfin l'attention de tous, et le glas sonna quelques
instants plus tard.

≈∾

La cloche sonnait plus fort, enchaînant ses quatre coups,
à mesure que Valérie s'approchait de la longue file de villageois. Elle courait à travers champs, slalomant entre les
meules rassemblées la veille.

– Je ne crois pas ce garçon, disait quelqu'un.

– Bien sûr que non. Nous savons tous fort bien que
cela fait vingt ans que le Loup n'a pas frappé. Il n'a jamais
rompu la trêve, répondit un autre en hurlant pour couvrir
la clameur tout en se hâtant à travers les champs détruits.
Il aura sans doute vu un chien sauvage et l'aura pris pour
un loup.

Les enfants tiraient leurs mères par la main pour qu'elles
se dépêchent. Ils voulaient connaître la cause de tout ce
remue-ménage et craignaient d'avoir manqué quelque chose
sans trop savoir quoi.

Valérie courait au-devant eux. Lorsqu'elle atteignit le
centre du champ, elle aperçut plusieurs villageois qui se
trouvaient déjà là, divisés en petits groupes. Ils se turent
avec respect et s'éloignèrent en la voyant. Une femme
réprima un sanglot en reniflant. Valérie ne voyait rien derrière les capes grises et brunes des badauds attroupés, mais
elle retrouva bientôt Roxanne, Prudence et Rose qui se serraient dans les bras les unes des autres.

– Qui est-ce ? demanda-t-elle.

Elles se tournèrent vers elle sans jamais se lâcher les mains.

Aucune d'elle ne parvenait à lui dire la triste vérité.

La foule s'écarta alors pour que Valérie puisse enfin voir sa mère et son père qui se tenaient seuls face à la scène.

– C'est ta sœur, indiqua Roxanne, mais Valérie avait déjà compris.

Elle se précipita sur le corps sans vie de Lucie en trébuchant, serrant de désespoir la paille déchiquetée entre ses poings, incapable de toucher son cadavre.

Lucie portait sa plus belle robe, mais le tissu, qui n'était plus qu'un tas de loques éparses, couvrait à peine sa nudité. Ses nattes à quatre brins qu'elle avait si soigneusement tressées la veille n'étaient plus que mèches emmêlées.

Elle portait encore sa couronne de trèfles sur la tête. Elle était restée accrochée à ses cheveux. Valérie ôta son châle pour en couvrir le cadavre de sa sœur, puis elle prit sa main et la pressa contre sa joue. Quelques lambeaux de papier gisaient au creux de sa paume glacée, recelant son dernier secret. On aurait dit les restes d'une note à l'écriture indéchiffrable. Elle en fourra les morceaux dans sa poche.

La main de Lucie, froide et humide de rosée, était poisseuse de sang coagulé. Valérie céda enfin au chagrin, et se laissa emporter dans les abysses de la douleur loin de la clameur du monde.

Des mains anonymes tentèrent de l'arracher à la contemplation de sa sœur défunte, mais elle ne parvenait pas à lâcher prise car elle ne savait pas si l'âme de Lucie avait déjà quitté son corps, ni combien de temps il lui faudrait pour s'en échapper. Il fallut la contraindre à quitter les lieux : elle avait les genoux maculés d'un mélange brunâtre de sang et de terre et des larmes roulaient sur ses joues.

Alors qu'on entraînait Valérie au loin, les premiers flocons de la saison se mirent à tomber.

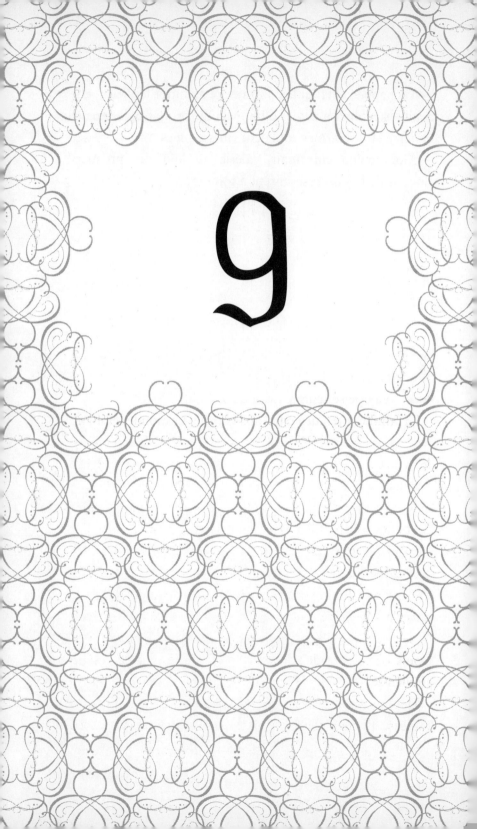

9

Une heure plus tard, la maison était déjà remplie de villageois si bien qu'on pouvait à peine respirer. Valérie se sentait vidée de ses forces.

La famille se tenait à part, abasourdie. Le monde semblait avoir connu un profond bouleversement. L'un des membres de la famille avait disparu mais rien n'avait changé dans leur demeure. La corde tendue en travers de la pièce ployait sous le poids du linge. Les biscuits séchaient sur leur grille. Tout était tel qu'ils l'avaient laissé avant de sortir.

Suzette s'était postée à côté de la porte, scrutant le paysage extérieur car elle ne pouvait tolérer la vue à laquelle elle tournait le dos. Les flocons de neige ressemblaient à des éclats de verre tombés du ciel. Sa mère était-elle déçue de se retrouver avec la moins jolie, la moins aimante et la moins obéissante de ses deux filles, s'interrogeait Valérie en silence.

De l'autre côté de la pièce, Césaire buvait à grandes goulées. Il était tourmenté, mais stoïque, refusant tout réconfort, même de la part de sa femme. Valérie aurait voulu qu'il se montrât moins dur envers lui-même. Il se comportait comme s'il était responsable de la mort de Lucie, faute d'avoir su la protéger.

Les villageois en deuil se pressaient dans la pièce, sans but, encore sous le choc. Leurs condoléances étaient ternes et conformes à ce que l'on dit d'ordinaire en ces circonstances.

– Elle est plus heureuse là-haut.

– C'est une bonne chose qu'il vous reste encore Valérie.

– Vous pourriez toujours avoir un autre enfant…

Claude et les autres jeunes filles s'occupaient du cadavre de Lucie. Ils lui lavaient le visage et les mains avec tendresse, le cœur retourné dès lors qu'il fallait soulever ses membres empesés. Il leur paraissait obscène de couvrir de fleurs Lucie pour l'embellir.

Valérie se tenait à leurs côtés, sans broncher. Ses amis auraient voulu l'aider, mais ne savaient comment s'y prendre. Presque effrayés par la profondeur de son chagrin, ils préféraient la laisser en paix.

Les habitants du village savaient qu'ils auraient dû lui parler, mais que dire ? Ils pensaient à elle, et peut-être était-ce suffisant. Ils restaient assis dans les coins, échangeant des murmures coupables, incapables de s'absorber dans le deuil, comme s'ils étaient inquiets en songeant à la nuit à venir. La lune sanglante se lèverait une seconde fois ce soir-là. Les aînés s'accordaient au moins sur ce point. Les hommes regardaient leurs propres filles en se demandant qui serait la prochaine victime.

– Pou… pou… pourquoi est-ce que le Loup nous déteste ? finit par demander Claude, et pour une fois, les gens se turent pour l'écouter.

Personne n'était en mesure de répondre à cette question pourtant simple.

Roxanne rompit le silence en toussotant poliment quand un coup à la porte dissipa quelque peu la tension.

– Ce sont les Lazar ! s'exclama la mère de Valérie.

Toutes les jeunes filles relevèrent la tête pour voir défiler les trois générations de la famille Lazar : madame, son fils Adrien, le veuf, et son propre fils, Henry. Rose esquissa un sourire en direction du plus jeune d'entre eux, mais Henry n'avait d'yeux que pour Valérie. Constatant qu'elle ne daignait pas lui adresser le moindre coup d'œil et cherchait à l'éviter, il s'inclina avec respect mais garda ses distances.

Henry savait qu'elle n'était guère encline à exprimer ses émotions.

Valérie sentait que sa mère n'était pas ravie de la manière dont elle traitait celui auquel elle avait été promise et elle-même aurait tant voulu éprouver de la colère à l'égard du jeune homme, mais en vain. Elle savait que son affection était mâtinée de pitié. Elle interrogea son père du regard et, voyant qu'il acquiesçait, elle se retira au grenier et se réfugia dans le lit qu'elle avait partagé avec Lucie. Elle caressa avec douceur les fleurs de maïs dont Lucie avait orné son côté du lit.

Valérie ployait sous le poids du chagrin et c'est à peine si elle pouvait encore respirer.

Mme Lazar réajusta sa chevelure grise en inspectant la maison d'un air réprobateur. Cette vieille dame ne savait plus se comporter en public et la manière qu'elle avait de fixer les gens en mettait plus d'un mal à l'aise. Qui plus est, elle exhalait une odeur d'ail et d'amidon.

– Toutes mes condoléances, dit-elle à Suzette, terrassée par la douleur.

Adrien s'avança à son tour pour serrer la main de Césaire. Il était encore bel homme. Son visage viril était taillé à la serpe et strié de ridules.

– Lucie était une fille bien, dit-il.

L'emploi de l'imparfait ébranla Césaire qui n'était pas encore prêt à admettre sa disparition.

Claude, qui cherchait à inclure Mme Lazar dans le groupe, ou bien peut-être par pure espièglerie, s'amusait à faire apparaître et disparaître une lame de tarot derrière l'oreille de la veuve, laquelle ne tarda pas à le chasser d'un geste de la main.

La carte partit valdinguer dans la pièce.

Changeant de tactique, elle leva sa tasse de thé et feignit de l'ignorer.

Valérie tourna le dos à la scène qui se déroulait en contrebas et s'enfouit dans son lit. Elle respirait le parfum de sa sœur, l'arôme des flocons d'avoine, du lait chaud. C'était la fragrance de quelqu'un en qui elle pouvait avoir confiance, mais elle savait que cette odeur s'estomperait à la longue. Elle déplaça un morceau de bois révélant une cachette dans le plafond et en retira un brin de lavande enveloppé dans du velours.

Valérie se souvenait du temps où leur mère les emmenait faire de longues promenades. Elles dépassaient les champs dont les blés ondulaient au vent pour arriver enfin à une clairière illuminée par la lavande. Les deux sœurs se lançaient alors dans la cueillette des fleurs que Lucie transportait dans sa jupe jusqu'à s'en écorcher les doigts. Elles rejoignaient alors leur mère en pleurant, mais Suzette n'oubliait jamais son baume apaisant.

Valérie se tourna à nouveau vers la pièce principale en contrebas. Elle aimait à rester ainsi en position de spectatrice, en surplomb, détachée du reste des hôtes. Elle percevait des bribes de conversation, voyait défiler des visages, mais elle avait du mal à croire qu'ils étaient vraiment là. Les habitants du village se coupaient la parole sans parvenir à exprimer quoi que ce soit de cohérent. Elle se laissait bercer par le bourdonnement des voix, enveloppée par le brouhaha ambiant.

Le cadavre de sa sœur trônait tel un meuble dans la pièce du bas. Tout le monde lui rendait un dernier hommage, comme il se doit. Les villageois tournoyaient autour de Lucie, partagés entre le devoir de regarder ce corps sans vie et l'impression de se comporter en voyeurs, avant de s'éloigner bien vite.

Assise sur un tabouret bas, non loin du feu, Suzette observa longuement Henry. Ce garçon la rendait manifestement nerveuse. Il semblait parfois à Valérie qu'elle l'aurait voulu pour elle-même, et non pour sa fille.

Valérie se tourna sur le côté et se laissa emporter au loin par la fatigue, sombrant dans un sommeil apaisant.

Valérie se réveilla hantée par le souvenir de la soirée où Lucie était rentrée à la tombée de la nuit. Elle s'était faufilée derrière sa sœur aînée et s'était jetée sur elle en imitant le grognement du Loup.

Ce qui était une affaire de vie ou de mort pour leurs parents n'était qu'un jeu pour les deux petites filles. Valérie avait certes consolé sa sœur en pleurs, mais elle avait compris ce jour-là qu'elle avait quelque chose d'un prédateur, elle aussi. Cependant, depuis qu'elle avait assisté au sacrifice de Flora, elle n'avait jamais plus terrorisé sa sœur.

Valérie se laissa tourmenter par ce souvenir pendant quelques instants, rouvrant cette plaie ancienne pour en faire jaillir le sang. Elle jeta un coup d'œil en bas et vit que les Lazar se trouvaient encore là et que ses amies somnolaient sur des tabourets. Assise seule à la table, Suzette la regardait timidement, baignée dans la lumière sinistre d'une unique chandelle. Constatant que sa fille était réveillée, elle la rejoignit au grenier.

— Valérie, j'ai de bonnes nouvelles à t'annoncer malgré ces temps difficiles, lui dit-elle en grimpant à l'échelle jusqu'à ce qu'elle parvienne au même niveau que sa fille.

— On m'a déjà informée que j'avais été promise à Henry Lazar. Contente-toi de me dire si c'est bien vrai, murmura Valérie.

— Oui, Valérie, répondit-elle après avoir repris contenance tout en faisant rouler son alliance entre son pouce, son index et son majeur. Oui, c'est la vérité, conclut-elle avec une joie feinte.

Valérie crut bien qu'on venait de lui arracher le cœur. En cet instant marqué par le chagrin, elle comprenait combien elle tenait à Peter. Elle l'avait perdu de vue dans l'agitation de la journée. Il lui manquait terriblement, mais compte tenu des circonstances, elle se sentait coupable d'éprouver un tel sentiment.

– Mère, je crois que le moment est mal choisi pour parler de tout cela.

– Tu as raison, admit tristement Suzette. Non, ce n'est vraiment pas le moment et nous aurons tout le loisir d'en discuter plus tard.

Elle caressa la chevelure de sa fille. Le son de sa voix réconfortante agaçait pourtant Valérie.

– Mais il n'en reste pas moins vrai qu'Henry est ton fiancé à présent. Tu devrais accepter ses condoléances.

– C'est à peine si je le connais ! rétorqua Valérie en regardant son beau visage plein de bonté miné par le souci.

– Tu apprendras à le connaître. C'est à cela que sert le mariage.

– Pas maintenant, mère, répondit-elle enfin.

Non, elle ne l'épouserait pas, c'en était trop pour elle.

– Il faut que je te dise quelque chose... insista encore Suzette. Je n'étais pas amoureuse de ton père lorsque nous nous sommes mariés. J'en aimais un autre.

Valérie fixa sa mère.

– Sa mère refusait que nous soyons ensemble, mais j'ai peu à peu appris à aimer ton père et il m'a donné deux filles magnifiques. Descends maintenant, s'il te plaît.

– Je t'ai dit non ! rétorqua Valérie en ravalant les questions qu'elle aurait voulu lui poser.

Suzette connaissait bien ce trait de caractère. Il était inutile de poursuivre plus avant. Elle redescendit en bas de l'échelle en arborant un air faussement enjoué, ce dont Valérie n'aurait jamais été capable.

Henry, qui avait observé cette scène tendue, se tourna vers Césaire.

– Venez avec nous à la taverne, lui dit-il en posant la main sur son épaule. Nous laisserons les femmes à leur chagrin, ajouta-t-il avec sa grâce ordinaire.

Adrien semblait ravi de pouvoir s'échapper de l'atmosphère oppressante de la maison. Aussi gentil fût-il, il n'avait jamais été très expansif. Valérie savait qu'il avait toujours été bon avec elles. Qui plus est, la mort de Lucie avait dû raviver le souvenir du décès de sa propre femme. La situation ne devait pas être facile pour lui.

Henry fit un signe de la tête en direction du grenier en enfilant son long manteau de cuir, puis il emboîta le pas à son père qui quittait les lieux.

– Je n'arrive pas à croire qu'elle n'est plus là.

Valérie finit par descendre pour rejoindre le cadavre de Lucie. Elle avait pleuré toutes les larmes de son corps et se sentait complètement vidée.

Suzette emballait les vivres qu'on leur avait apportés. Les plats portaient la marque d'une ou deux entames, mais personne n'avait vraiment faim à cette heure. Les autres jeunes filles étaient encore assises là, entourant Valérie, mais elles ne disaient pas grand-chose et tripotaient ce qu'elles avaient à portée de main pour se donner une contenance et ne pas se sentir totalement inutiles.

Roxanne palpait tristement les longs jupons de laine de Lucie. Prudence convoitait en secret la cape en peau de mouton dont elle caressait la toison avec l'espoir que quelqu'un la lui offrirait spontanément.

– Comment se fait-il que personne n'ait rien vu la nuit dernière ? lança Mme Lazar en clignant des yeux. Tu n'étais donc pas avec elle ? demanda-t-elle à Valérie.

Valérie se mit à nouer des rubans dans les cheveux de sa sœur sans pour autant lui répondre. Elle songeait aux lambeaux de papier qu'elle avait trouvés dans la main de Lucie, mais les morceaux ne s'ajustaient pas et la rosée avait dissous le message. Il devait s'agir d'un petit mot, mais quel était son contenu ? Était-ce une invitation à se rendre dans les champs ? Qui l'avait rédigée dans ce cas ?

Le sol semblait se dérober sous ses pieds et Valérie ne parvenait pas à se concentrer sur le visage de Mme Lazar. Les hôtes passaient devant ses yeux tels des chevaux de bois sur un manège.

– La bête l'aura attirée au loin, intervint Suzette d'un air égaré, peu encline à aborder ce sujet.

– Elle était avec toi, dit Roxanne en se tournant vers Prudence. J'en suis sûre. Je l'ai vue dans ta barque.

– Elle était bien avec moi, mais elle m'a dit qu'elle partait te retrouver.

– Je ne comprends pas pourquoi elle a dit une chose pareille. Ce n'est pas vrai.

– Peut-être était-elle partie voir un garçon, insinua Prudence.

– Ma fille ne s'intéressait pas aux garçons, rétorqua aussitôt Suzette.

– Elle s'était entichée de mon petit-fils, intervint Mme Lazar. Elle avait pour habitude de venir le voir et elle le suivait comme un petit chien. Si elle venait de découvrir qu'Henry était promis à sa sœur…

Ses paroles s'imposaient à l'esprit de son auditoire comme des évidences.

– Voilà qui a dû lui briser le cœur, dit Roxanne, songeuse.

– Elle a peut-être choisi la mort plutôt que de vivre sans lui, ajouta Rose dans un murmure enflammé. Elle est partie en quête du Loup.

– Non, c'est impensable, coupa Suzette d'une voix sévère.

– Elle ne m'a jamais confié de tels sentiments, songea Valérie à voix haute.

Elle se sentait trahie au plus profond de son être. Comment avait-elle pu se montrer aussi aveugle ? Sa sœur avait aimé Henry en silence. Était-elle au courant de leurs fiançailles ? Avait-elle entendu leurs parents en parler ? C'était possible, mais peu probable étant donné qu'elles étaient toujours ensemble. Cette nouvelle lui aurait-elle brisé le cœur ?

– Ne t'inquiète pas, ma pauvre enfant, lui dit Mme Lazar qui semblait peu préoccupée par la mort de Lucie. Je sais que tu es inquiète, mais Henry n'a jamais eu d'yeux que pour toi. Tu es… tu étais la plus jolie des deux, conclut-elle en caressant la joue de Valérie.

La démarche de la vieille femme avait quelque chose d'arachnéen.

Suzette aurait bien aimé que leurs hôtes s'en aillent à présent, mais elle venait d'entendre quelqu'un qui grimpait à l'échelle extérieure. Elle ouvrit la porte d'entrée malgré ses réticences, sortit sur le porche et la referma derrière elle pour ne pas laisser entrer la neige. Reconnaissant l'épaisse chevelure de jais de Peter même après toutes ces années, elle regretta aussitôt son geste, car hélas, c'était bien lui.

– C'est pour Lucie, dit-il d'une voix calme, la main éclairée par la flamme vacillante d'une chandelle dorée et marquée à l'effigie d'un saint.

– Va-t'en.

– Je viens présenter mes hommages, dit-il en s'efforçant de rester poli car il avait anticipé la réaction de cette mère endeuillée.

– Je devine ce qui t'amène ici. Je viens de perdre une fille, dit-elle la main posée sur la poignée de la porte, et je refuse d'en perdre une deuxième.

– Attendez.

– Elle est tout ce qui me reste et toi, tu n'as rien à lui offrir.

Peter savait qu'elle disait vrai. Valérie méritait mieux, mais il ne pouvait l'abandonner ainsi.

– J'ai un métier. Le même que votre mari.

– Je sais fort bien combien gagne un bûcheron. Henry Lazar est sa seule chance de connaître une vie meilleure, poursuivit-elle en l'interrompant alors même qu'il s'apprêtait à protester.

Peter contempla le regard angoissé de Suzette. Ses paroles résonnaient au plus profond de lui-même : non, il ne pouvait pas lui offrir une vie confortable.

– Si tu l'aimes vraiment, dit Suzette dont la voix se brisait, laisse-la en paix.

Ils se regardèrent, les yeux pétillants d'émotions contradictoires, et ce fut Peter qui céda le premier. Il battit en retraite, furieux de se voir congédier ainsi, tout en comprenant cette réaction.

Suzette rentra à l'intérieur et referma la porte contre laquelle elle adossa. Elle dirait au reste de leurs hôtes qu'il s'agissait d'un ouvrier agricole venu présenter ses hommages.

Alors qu'il descendait l'échelle, Peter ressentit comme un soulagement malgré l'intensité de la douleur.

C'était un homme de conviction qui croyait à la valeur des choses. C'était là quelque chose de sacré.

Cependant, rien ni personne n'avait jamais eu pareil prix à ses yeux.

10

Peter traversa le village silencieux. La neige amortissait tous les bruits et la tristesse ambiante était presque palpable. Les hommes se trouvaient à la taverne tandis que les femmes étaient encore enfermées chez elles à pleurer Lucie. La ville était unie et belle dans cette quiétude générale.

Il pénétra dans la taverne par la porte de derrière et vit qu'un candélabre brûlait toujours dans le même coin, dégoulinant d'une cire qui s'accumulait sur le sol, formant une tour de plus en plus haute. Personne ne se souciait de nettoyer l'endroit, et certainement pas Marguerite, qui avait déjà bien assez à faire.

Il se souvint du long après-midi qu'il avait passé en compagnie de Valérie, tapis dans un tonneau cerclé de métal. L'avait-elle gardé en mémoire ?

Il longea le mur du fond et surprit la conversation du père Auguste avec l'intendant.

– J'ai demandé de l'aide, déclarait le prêtre local d'une voix pleine d'anxiété.

Il était grand et se tenait bien droit. Il avait l'air déterminé, mais il n'en demeurait pas moins frêle et maigre.

L'intendant croqua dans l'oignon qu'il venait de peler en regardant le prêtre. Il attendait d'en savoir plus.

– À quelqu'un de proche de Dieu, poursuivit le saint homme qui portait autour du cou une ampoule remplie d'eau bénite fixée à une chaîne. Le père Salomon, dit-il en brandissant le pendentif comme pour se rapprocher de son idole.

Un silence s'abattit sur la salle. Le père Salomon... C'était un homme de légende : prêtre chasseur de loups-garous, il avait occis plus d'une de ces bêtes au sein du royaume. Il était plein de ressources, courageux et rusé. Il ne reculait devant rien pour éradiquer le mal. Les marchands ambulants racontaient qu'il se déplaçait accompagné d'une petite armée composée d'hommes venus d'Espagne, d'Afrique du Nord et d'Extrême-Orient.

– Qui vous a permis de le convoquer ? demanda l'intendant en se plantant devant le père Auguste.

– La plus haute autorité qui soit, à savoir Dieu.

– Occupez-vous de l'au-delà, rugit l'intendant en retroussant ses manches, mais laissez-moi me charger de la vie ici-bas.

– Mais le Seigneur...

– Cette affaire ne concerne que le village, dit soudain Adrien en repoussant sa chaise avec détermination. Nous le tuerons nous-mêmes.

L'intendant acquiesça sans cesser de mâchonner son oignon.

Césaire laissa échapper un léger sifflement comme s'il cherchait à se rafraîchir le palais après avoir avalé une gorgée brûlante. Les villageois se tournèrent vers lui car, après tout, il s'agissait de sa fille et il hocha la tête en signe d'approbation.

– Le père Salomon nous priverait de la vengeance qui nous revient, continua Adrien.

– C'était votre fille, mais… implora le père Auguste en regardant Césaire.

– Nous sommes là pour venger une injustice, persista Adrien. Aujourd'hui, nous devons rester unis. Nous combattrons non seulement pour laver les crimes passés, mais pour voir renaître notre avenir. Montrons à la bête que nous refusons de vivre dans la terreur.

Adrien se rapprocha du bar d'un pas ample et s'accouda au comptoir.

– Le père Auguste a peut-être raison, commença Henry d'un air songeur en se levant du banc sur lequel il était assis. Nous devrions peut-être attendre.

Au fond de la taverne, Peter réprima un accès de fou rire. Henry s'agrippa rageusement au bord d'une table tandis qu'Adrien lançait un regard plein de mépris au jeune homme qui se moquait ainsi de son fils.

– Peut-être, mon fils, déclara Adrien d'une voix calme, le courage te fait-il encore défaut ?

– Tu veux partir chasser le Loup, mon père ? rétorqua-t-il en plissant les yeux, piqué au vif. Eh bien, allons-y ! conclut-il après avoir repris son souffle.

L'intendant, qui avait une imposante stature et des mains immenses, reposa violemment sa chope sur la table.

– Cela fait trop longtemps que nous tolérons cette situation. Nous allons recouvrer notre liberté ! dit-il en ralliant les hommes à sa cause, puis il extirpa un poignard en argent de sa ceinture et le planta dans la table.

Les autres hommes saluèrent ce geste en levant le poing.

– Oui, mort au Loup ! hurla-t-il.

– Buvons à la mort du Loup, dit Césaire avant de vider son verre d'un trait.

Le crépuscule venait de tomber. Il était temps de se mettre en route et ils s'égrenèrent en file indienne hors de la taverne pour se préparer à la chasse.

– Attendez ! Nous devrions attendre le père Salomon ! chevrota le père Auguste dont les cris hystériques se perdirent dans un concert de voix graves et de chopes entrechoquées.

Césaire marqua une pause avant de se diriger vers la porte. Il remplit à nouveau sa chope et en versa le contenu sur la tête du père Auguste au passage, mettant un coup d'arrêt à ses protestations.

❦

Les hommes se précipitèrent hors de la taverne dans la lumière grisâtre. La neige crissait sous leurs pas. Ils chahutaient, lançaient leurs chapeaux en l'air et faisaient tournoyer leur veste au-dessus de leur tête. Ils se sentaient investis d'une mission grandiose.

Alertées par la clameur, les femmes sortirent de leur demeure et se mirent à leur courir après, rebroussant parfois aussitôt chemin pour emporter quelques vivres empaquetés ou encore une écharpe chaude. La neige tombait plus dru à présent : l'hiver était plus précoce qu'à l'accoutumée.

Ce sera moi qui le tuerai, songeait chaque homme. *Oui, ce sera moi.* C'était à peine s'ils voyaient encore leur femme et leurs enfants, et ils mettaient un point d'honneur à ignorer l'inquiétude qui se lisait sur leur visage.

Valérie, que le vacarme avait également attirée sur le porche, cherchait Peter du regard. Elle était certes furieuse qu'il ne soit pas venu la réconforter, mais elle ne voulait pas le laisser partir sans lui dire au revoir.

Elle l'identifia sans tarder dans la foule car sa chevelure noire et sa cape sombre se détachaient nettement sur le manteau de neige. Les paroles de sa mère continuaient à résonner dans sa tête. Serait-ce si mauvaise chose que de se marier par amour alors que sa propre mère n'en avait pas eu le loisir, et de connaître une passion qu'elle n'avait jamais connue ?

Peter s'arrêta dans une cabane en apercevant Valérie. Son visage s'était-il tout à coup assombri en la voyant, ou bien était-ce un effet de la lumière déclinante ? s'interrogea Valérie. Chassant ces pensées, elle descendit de son échelle et le rejoignit dans l'abri poussiéreux et tout tendu de toiles d'araignées.

– Sois prudent, dit-elle en lui touchant les doigts. Je viens de perdre ma sœur et je ne supporterai pas de te perdre toi aussi.

Peter retira sa main, laissant les doigts de la jeune fille se refermer sur le vide impalpable. Il la regarda longuement, mais réprima son envie de sentir à nouveau le contact de sa peau. Il fallait qu'il soit fort.

— Je sais, mais, Valérie, tout cela est mal.

— De quoi parles-tu ?

— Nous ne pouvons pas faire ça.

Valérie ne comprenait pas. Elle ne voyait que le visage tourmenté de Peter. *Je le sauverai*, songea-t-elle.

— Il faut que tu acceptes cette union, que tu épouses Henry.

Interloquée, elle secoua la tête en grimaçant comme si elle venait de croquer dans un fruit amer et peinait à déglutir.

— Mais je veux être avec toi, et personne d'autre, dit-elle.

Elle se sentait idiote, mais elle était sincère. Non, elle ne pouvait pas le perdre lui aussi.

— Ta sœur vient de mourir...

— Non, non, comment oses-tu ?

Peter n'avait même pas pris la peine de lui présenter ses hommages et voilà qu'il se servait de la mort de Lucie.

— Valérie, ne réécris pas l'histoire, dit-il d'une voix plus dure. Ce n'était rien de plus qu'une aventure.

Piquée par ces mots, elle recula d'un pas.

— Tu n'y crois pas un seul instant ! persista-t-elle.

Peter ne bronchait pas et gardait un visage austère et inflexible. Il refusait de la regarder, mais il se laissa aller à caresser d'un doigt une mèche de sa longue chevelure blonde. Comment aurait-il pu résister ?

Sentant la colère monter en elle, Valérie le repoussa brutalement et se précipita dans la foule avant de rebrousser chemin vers sa maison. Elle avait l'impression que ses forces l'avaient abandonnée.

– Valérie, je te cherchais justement.

C'était Henry Lazar. Elle croisa son regard brun à contrecœur, frappée par le contraste qui opposait les deux hommes. Henry avait de grands yeux ouverts et généreux qui ne dissimulaient rien… ou peut-être n'y avait-il tout simplement rien du tout derrière cette façade…

Elle jeta un coup d'œil en arrière, mais ne trouva pas la moindre trace de Peter, elle s'efforça de reprendre contenance.

– J'ai confectionné quelque chose pour toi.

Henry voyait bien qu'elle avait l'esprit ailleurs, mais il poursuivit malgré tout.

– Je suis désolé, je sais que le moment est mal choisi. Avec ce que tu traverses… J'aurais dû attendre… dit-il en apercevant Peter qui se mêlait à la foule. Mais au cas où je ne reviendrais pas, je veux te donner ceci.

Valérie était bien déterminée à ne pas l'aimer, ni même à l'apprécier. Ni son charme ni sa douce honnêteté ne pourraient l'émouvoir.

Il plongea néanmoins la main dans sa poche pour en extirper un fin bracelet de cuivre martelé. C'était un bijou simple et élégant sur lequel se dessinait un motif alternant petites cavités et crêtes délicates.

– Mon père m'a appris à fabriquer et à perfectionner ce bijou pour pouvoir l'offrir un jour à la femme que j'aime.

Valérie ne put s'empêcher d'être émue par ce geste. Voilà qu'on lui offrait un présent alors même qu'elle se trouvait dépossédée de tout.

– Tu connaîtras à nouveau la joie, dit-il d'un air entendu en fermant le bracelet sur son poignet. Je te le promets.

Elle se sentit étrangement consolée.

Adrien s'approcha, posa la main sur l'épaule d'Henry et lui fit signe de rejoindre la troupe tapageuse qui se dirigeait vers la porte du village. Henry pressa la main de Valérie, se redressa et se fondit dans la foule.

Elle resta en arrière avec les femmes plus âgées qui regardaient partir les hommes. Cette séparation entre les sexes la hérissait car elle brûlait de s'emparer d'une arme elle aussi. Elle voulait agir, tuer, laisser libre cours à sa colère.

Elle repéra son père qui marchait à grand-peine derrière elle, perdu dans les plis de son lourd manteau. Elle se précipita vers lui.

– Je t'accompagne, dit-elle.

– Non.

– Mais c'était ma sœur.

– Non, Valérie. Ce travail n'est pas fait pour les femmes, rétorqua-t-il en jetant sa hache sur son épaule.

– Tu sais très bien que je suis plus courageuse que la plupart de ces hommes. Je peux…

Césaire l'interrompit soudain en l'agrippant par le bras. Elle ne lui avait pas connu une telle force depuis son enfance, alors qu'elle était encore cette petite fille qui levait les yeux vers cet homme qui reposait sur le trône suprême de la paternité.

– Je m'en occupe, dit-il, le regard fou. Tu ne peux pas partir. Nous n'avons plus que toi. Tu comprends ?

En cet instant, Valérie retrouvait le père qu'elle admirait jadis. Il était de retour, avec toute sa puissance, et voilà qu'il lui réchauffait le cœur.

Elle acquiesça.

– Bien.

Césaire relâcha son emprise.

Valérie vit s'éteindre peu à peu les forces de son père telle la flamme vacillante d'une chandelle, et c'est un homme triste qui lui sourit en haussant les épaules avec cet air qui semblait vouloir dire : *Oui, je sais que je suis le dindon de la farce, mais au moins, j'en suis conscient.*

– Si je ne devais jamais revenir, je te lègue mon pot de chambre, ma fille, plaisanta-t-il.

Mais Valérie n'était pas d'humeur à rire. Elle le regarda disparaître au sein du groupe.

Il est incapable de faire ne serait-ce qu'une entaille dans un tronc d'arbre, pensa-t-elle. *Comment pourrait-il affronter une bête vorace ?*

Elle retourna dans la maison, songeant au mélange de sauge qu'elle détenait encore dans son sac.

⁂

Une fois que toutes les femmes furent rentrées chez elles et que sa mère fut plongée dans un profond sommeil, Valérie fit ce qu'elle avait à faire. Elle enfila sa cape grise aux pans élimés, au col de cuir râpé et dont le maillage était truffé de nœuds.

Elle savait où se rendaient les hommes, là où le Loup avait établi sa tanière. Elle avait vu les os qui jonchaient la piste menant au mont Grimmoor et aux bois de Black Raven. Elle suivit les hommes à travers le village désert en se cachant dans les allées obscures pour ne pas être vue.

Elle tendait l'oreille et restait à l'affût, suivant un chemin parallèle, observant le comportement des hommes lorsqu'ils sont seuls et semblables à une meute de loups.

Claude parut dans le costume de guerre de fortune qu'il avait assemblé à partir de vieilles casseroles et autres poêles, armé d'une fourche et d'un couteau de cuisine.

– Je... Je... Je viens aussi, avait-il déclaré avec sincérité en agitant les mains comme un oiseau paré à prendre son essor.

– Les bêtes ne sont pas autorisées, ricanèrent les hommes en l'écartant de leur chemin.

Roxanne se précipita derrière lui pour le ramener à la maison. Valérie était désolée pour Claude, mais il devait rester à l'abri.

Elle aperçut Césaire qui rattrapait Adrien en tête de la troupe. Il avançait courageusement, l'air imposant et furieux, chassant la neige devant lui à chaque pas.

– Un petit remontant? dit-il tandis que des vapeurs d'alcool s'échappaient du goulot de sa flasque.

Adrien déclina en levant la main. Césaire haussa les épaules et but une longue gorgée.

– Merci de défendre ma Lucie, dit Césaire.

– Nous serons bientôt de la même famille, acquiesça Adrien. Vous auriez fait pareil.

Valérie ne les avait jamais vus se comporter de façon aussi amicale. Qui aurait cru que l'homme le plus riche du village et l'ivrogne local pussent trouver un terrain d'entente? Un homme riche pouvait-il convoiter le bien d'un ivrogne et vouloir l'ajouter à la collection familiale? Les yeux de Valérie s'étrécirent. *Je ne suis donc qu'une chose qu'on échange.*

Un lapin blanc passa non loin d'elle, à peine visible sur la neige. Elle aperçut le reflet de ses yeux noirs et humides, mais le moment n'était pas aux distractions.

Peter et Henry marchaient d'un pas lourd et morose de part et d'autre du sentier. Ils étaient au coude à coude, aucun ne voulant se faire distancer par son rival.

Ils se méfiaient l'un de l'autre, mais n'osaient se regarder que lorsqu'ils étaient sûrs que l'adversaire avait les yeux tournés.

Valérie marchait d'un pas vif et léger pour éviter de trahir sa présence. Elle leva les yeux vers la lune écarlate et renflée dans le ciel nocturne, porteuse de quelque mauvais présage.

Valérie espérait qu'elle ne perdrait personne d'autre ce soir-là.

11

Mère-grand savait que les hommes étaient en route. Elle avait perçu l'envol des corbeaux qui venaient de quitter les sous-bois recouverts d'une couche de neige étincelante. Elle sortit sur le porche pour les attendre.

Ils ne tardèrent pas à arriver. Ils levèrent les yeux vers elle comme on contemple une déesse inquiétante. La flamme de leur torche vacillait à chacun de leurs déplacements tandis qu'ils se pressaient pour apercevoir mère-grand. C'était une créature de légende qui vivait hors du temps. Elle était encore jeune et belle malgré les années et le chagrin qui avait marqué son visage ce jour-là. Elle s'était tressé les cheveux avec de la corde grise, mais ses joues souillées de larmes ne portaient pas la moindre ride. Il n'était pas surprenant qu'on l'accusât de sorcellerie. Elle descendit une chandelle à la main pour éclairer les barreaux de l'échelle.

– Mon fils, dit-elle à Césaire en l'embrassant. J'ai entendu ce qui était arrivé à Lucie. Promets-moi d'être prudent, mon garçon, conclut-elle avant de lui tendre le petit paquet qu'elle avait préparé pour lui.

– Ne t'inquiète pas. Le Loup ne s'intéressera pas à moi. J'ai la chair bien trop coriace.

Mère-grand remonta à l'échelle le cœur gros, puis elle regarda le groupe se remettre en route. Celui qui fermait la marche changea subitement de direction et se mit à grimper à l'échelle qui menait à sa cabane. Mère-grand sentait le craquement du bois qui ployait sous le poids de ce visiteur inattendu. Il était rapide et ne tarda pas à émerger à hauteur de la plateforme.

Elle frémit en le voyant.

Il s'avança vers elle d'un pas majestueux, ôta sa capuche et...

Valérie! C'était Valérie.

Elle secoua la tête et se mit à rire de soulagement.

– Ma petite chérie, mais qu'est-ce que tu fais là ?

– Pourquoi n'irais-je pas avec eux ? C'était ma sœur après tout.

Mère-grand poussa un soupir et la prit dans ses bras.

– Tu es déjà gelée dans cette cape légère. Je ne crois pas que tu y arriveras.

– Eh bien, j'imagine que non, dit Valérie en frissonnant tandis que sa grand-mère la conduisait à l'intérieur dans un cliquetis de charmes et autres amulettes.

Elle se sentait rassérénée à l'abri de cette demeure, perchée entre les arbres. Des branches traversaient le toit et des pissenlits d'hiver pointaient entre les lattes du plancher. La maison arboricole était remplie de curiosités. Il y avait une sorte de nid dans chaque recoin. Des plantes montaient depuis les fondations. Valérie parcourut le petit intérieur du regard : il y avait des coquilles semblables à des oreilles géantes, un coussin à épingles serties de nacre, une tasse en corne, des patates douces séchées, les serres d'un vautour. L'ourlet effiloché des tapisseries poussiéreuses figurant un paon rose et bleu aux tons passés frôlait des rangées sans fin de fioles aux bouchons de liège vissés de travers qui menaçaient de sauter à tout moment. Une énorme bouilloire frémissait sur le poêle.

Valérie adorait le mode de vie de mère-grand, même si les habitants du village s'en moquaient bien volontiers tandis que d'autres l'accusaient d'avoir attiré le Loup dans la région. Tel était le prix à payer pour cette liberté.

– Tu auras besoin de sommeil, dit-elle en lui tendant une tasse de sa fameuse tisane de sauge.

Valérie ignora son breuvage et se posta à la fenêtre pour regarder les hommes qui cheminaient à travers la forêt obscure. Elle se trouvait juste en face de la corniche. Le vent glacé soufflait dans les arbres par bourrasques lourdes de neige humide qui courbaient la flamme des torches que brandissaient les hommes comme des bougies sur un gâteau d'anniversaire. Elle vit alors le dernier chasseur gravir le rocher escarpé et disparaître dans la grotte. Son père tenait l'une de ces torches, tout comme l'homme qu'elle aimait. Leurs flammes n'étaient plus que des points lumineux dans le lointain. Valérie sentit son estomac se nouer et s'éloigna de la fenêtre.

Lequel d'entre eux reviendra sain et sauf ? Y aura-t-il ne serait-ce qu'un seul survivant ?

Une autre bourrasque de vent lui mit soudain les nerfs à vif. Elle sentait vibrer le tronc épais et les lourdes branches de l'arbre. La facilité avec laquelle le vent faisait vaciller la maison arboricole sur ses fondations l'effrayait.

Plus rien ne tournait rond.

Lucie n'était plus.

Elle se trouvait désormais bien au-delà des limites du grenier, du village, de cette terre et de ce monde-là. Elle était ailleurs et nulle part.

– Je suis sa sœur. J'aurais dû être avec elle, s'exclama Valérie en s'enfonçant dans le canapé.

– Inutile de battre ta coulpe, répondit mère-grand en posant un bol de ragoût sur le feu.

Elle se pencha pour y saupoudrer quelques herbes amères écrasées dont la saveur laissait à penser qu'elles n'étaient pas comestibles.

– Évidemment, comme disait toujours ma propre grand-mère : « bon pain...

– ...chasse tous les chagrins », compléta Valérie.

Mère-grand esquissa un faible sourire.

– Tu as encore froid ?

En effet, elle était encore gelée.

Sans dire un mot, mère-grand la laissa seule dans la pièce. Valérie contempla les grosses branches qui ployaient sous la neige et décrivaient des huit dans le vide sous l'action du vent. Sa grand-mère reparut tout à coup derrière Valérie, munie d'une cape dont elle lui couvrit les épaules.

– Comment te sens-tu ainsi ?

Il s'agissait d'un magnifique chaperon rouge vif.

– Mère-grand...

Valérie n'avait jamais vu pareille couleur. C'était le rouge des pays lointains et des rêves, venu de par-delà les mers... Un rouge que Daggerhorn n'avait jamais vu et qui n'appartenait pas à cet endroit.

– Je l'ai confectionné pour ton mariage.

Valérie regarda son bracelet.

– J'ai l'impression que c'est le mariage d'une autre. J'ai l'impression d'avoir été vendue.

Les paroles de Peter la hantaient, mais elle se garda bien d'en parler. Elle savait que ses parents n'appréciaient pas Peter, mais peut-être que s'il vengeait la mort de Lucie et revenait au village après avoir occis le Loup... Valérie se mit à imaginer la rédemption de Peter, mais leurs derniers échanges qui l'avaient tant blessée lui revenaient à l'esprit. Il était futile de rêver de la sorte.

– Il y a quelqu'un d'autre, n'est-ce pas ? demanda mère-grand en se penchant vers elle.

– Il y avait bien quelqu'un, en effet... dit lentement Valérie. Mais ce n'est peut-être plus le cas.

Mère-grand acquiesça comme si elle avait parfaitement compris ce discours énigmatique.

– Je n'arrive pas à croire qu'il ait pu m'abandonner aussi aisément.

– Tu ne connais peut-être pas toute l'histoire, suggéra-t-elle en sirotant sa tisane, mais Valérie secoua la tête pour rejeter cette idée.

– Peut-être. Je n'ai aucune envie de penser à cela de toute façon.

– J'aimerais tant que tu puisses suivre ton cœur, dit enfin la vieille femme.

Valérie crut déceler une étincelle de colère dans les yeux de sa grand-mère.

– Il y a peu de chances pour que cela arrive, répondit-elle, le visage assombri. Ma mère ne s'intéresse qu'à l'argent et mon père est trop ivre pour remarquer quoi que ce soit.

– Toi au moins tu n'as jamais mâché tes mots, lui dit sa grand-mère avec un sourire.

Elles goûtèrent le silence qui suivit, soupesant le poids de ce qu'elles venaient de dire avant tant de légèreté. Les clochettes que mère-grand accrochait à l'extérieur tintèrent dans le vent.

– Lorsque j'étais jeune, le Loup attaquait des familles entières. Il les attirait dans la nature sauvage.

– Comment? demanda Valérie qui songeait aux bouts de papier qu'elle avait trouvés dans la main de Lucie.

– Personne ne le sait.

– Mais les meurtres ont cessé lorsque vous avez commencé à sacrifier des animaux pour l'apaiser, dit Valérie qui se réchauffait les mains avec sa tasse brûlante.

– Oui, mais après une longue période de brutalité. C'est là que nous avons commencé à sonner les cloches de l'église. Quatre coups. Chaque mois. Je pensais que ce temps était révolu, dit-elle en baissant ses yeux emplis de larmes.

Il avait été un temps où Valérie n'avait aucune idée de ce que signifiaient ces cloches.

Nous avions cinq ou six ans. Je me trouvais aux marges de la place du village où j'attendais Peter, mais il n'était pas là.

– *Attention à ta tête!*

J'avais levé les yeux et vu que Peter avait grimpé en haut du clocher.

Furieuse qu'il ait pu y penser avant moi, j'avais escaladé les avant-toits de l'église pour le rejoindre, refusant son aide. Nous étions si semblables.

Nous étions assez petits pour tenir sous la cloche d'étain. C'était notre monde à nous qu'aucune loi ne régissait. Peter m'avait lancé:

– *Sonne-la.*

– *Juste une fois?*

– *Le glas du Loup. Quatre fois, quatre coups.*

Peter avait le don de faire ressortir ce qu'il y avait de pire et de meilleur en moi.

J'avais saisi le battant et j'en avais frappé l'intérieur de la cloche par quatre fois.

DONG! DONG! DONG! DONG!

Le son du glas avait plongé le village dans le chaos. La mâchoire serrée, les pères dépassaient les femmes frénétiques et déchaînées, les mères comptaient leurs enfants en les poussant vers la taverne.

Le bruit nous avait fait sortir de sous la cloche et quelqu'un nous avait repérés.

– *La fille du bûcheron!*

Je vis alors ma mère qui me cherchait en contrebas, livide de terreur. Lorsqu'elle m'aperçut, son expression passa de la déception à la rage. Mes parents m'entraînèrent loin de Peter qui tapait du pied dans la poussière tandis que la place se vidait et que la journée de travail reprenait son cours.

Tout avait changé à présent. Valérie se laissa choir sur les genoux de mère-grand.

Elles avaient parlé jusqu'au milieu de la nuit sans s'en apercevoir.

Elle commençait à s'assoupir lorsqu'un bruit la réveilla soudain.

Une goutte.

Ce n'était que le bruit d'un linge mouillé suspendu à un crochet. Valérie respira, soulagée. Les lattes du parquet craquaient et se déplaçaient comme si elles étaient animées d'une volonté propre.

Mère-grand vit que Valérie ne parvenait pas à trouver le sommeil. C'est la nuit que les pensées sombres vous tiraillent l'esprit.

— Bois ta tisane, ma chérie.

— Ma sœur est morte… dit Valérie en s'efforçant d'accepter la boisson.

— Je sais, ma petite. Bois encore un peu.

La vieille bouilloire lui avait conféré un goût ferreux.

Elle sentit ses paupières s'alourdir et se fermer sur ses yeux secs et endoloris. Elle pensait à la mort de Lucie et contemplait la scène comme on fixe le bout d'un tunnel.

— Le Loup a tué Lucie…

Le sommeil l'emporta enfin tel un souffle mortifère.

12

Une fois que les hommes furent parvenus jusque dans les entrailles de la montagne, un silence angoissé prit le pas sur les vantardises de la taverne. Ils atteignirent enfin un embranchement.

– Par ici, les gars, dit l'intendant en indiquant d'un coup de tête l'une des galeries qui s'enfonçait dans le repaire enténébré.

Il s'était tourné pour faire face à la petite troupe prise en étau entre Henry et Peter. Malgré la lumière des torches, le visage des hommes restait trouble dans la nuit d'encre de la caverne. L'air était rance, lourd et âcre.

– Ce n'est pas sûr, marmonna un tanneur sans grande conviction. On ne voit pas ce qu'il y a de l'autre côté du coude.

– Nous prendrons l'autre galerie, déclara Peter en faisant signe à son groupe.

Henry adressa un regard à son père. Même s'ils peinaient à l'admettre, Peter avait raison. Un groupe d'une vingtaine d'hommes ne pourrait pas manœuvrer dans une caverne obscure. Henry regrettait de n'avoir pas parlé le premier.

– Oui, dit-il pour ne pas être en reste malgré tout. Il faut que nous nous séparions.

– Comme il vous plaira, rétorqua l'intendant avec arrogance en avançant seul pendant que les autres hommes étudiaient cette alternative et choisissaient leur camp. Une poignée d'entre eux, satisfaits par le commandement de l'intendant, décidèrent de lui emboîter le pas. Peter, Henry, Adrien et tous ceux qui préféraient mener plutôt que de suivre la direction d'un chef, se retrouvèrent seuls, un peu pantois. Henry aurait au moins tout le loisir de garder Peter à l'œil.

Il espérait que son père lui laisserait la direction des opérations, mais après avoir inspecté ses hommes, Adrien prit le contrôle de la situation. Les bûcherons étaient avec eux. Aussi tenaces que la bardane, ils ne lâchaient pas Peter d'une semelle. Césaire, qui traînait à l'arrière pour boire une dernière gorgée débilitante de sa flasque gainée de cuir, finit par se décider : il suivrait le groupe commandé par l'intendant. Il se mit à courir à petites foulées pour les rejoindre.

Désormais seuls, Adrien, Henry, Peter et les bûcherons avancèrent prudemment. Les bûcherons s'efforçaient de marcher d'un pas léger, mais ils étaient imposants et bourrus. Ils n'avaient jamais vraiment appris à marcher sur la pointe des pieds.

Henry fit tressaillir Peter en se rangeant soudain à ses côtés.

– Ça pourrait devenir dangereux ici, dit-il en craquant une allumette. Tu devrais faire attention à toi.

– Surveille plutôt tes propres arrières ! rétorqua Peter, d'un air manifestement menaçant, et ce en dépit de la pénombre, en indiquant la flamme qui avait déjà consumé la moitié de l'allumette.

– Bien, dit Henry en secouant l'allumette qui venait de lui brûler les doigts.

Avant que leur rivalité ne connaisse une nouvelle escalade, le groupe atteignit un autre embranchement dont les deux galeries semblaient tout aussi peu rassurantes. Elles étaient plongées dans le noir le plus complet.

– Il faut fouiller tous les recoins, déclara Peter en indiquant aux bûcherons qu'ils devaient à nouveau se détacher du groupe. Nous emprunterons le chemin le plus en pente.

– Non, interrompit Henry qui voulait marquer son désaccord et l'empêcher de prendre des décisions à sa place. Il faut que nous restions groupés à partir de maintenant.

– Peut-être que tu devrais rentrer chez toi et attendre le père Salomon, lui lança Peter qui s'engageait déjà sur la voie la plus escarpée.

Les bûcherons échangèrent des regards entendus à la suite de cet affrontement verbal. Voulaient-ils vraiment s'en remettre à un jeune homme orgueilleux ? Ils se retournèrent vers Henry et Adrien dont les silhouettes se découpaient en amont, puis ils suivirent Peter d'un pas hésitant. Henry sentit le regard de son père peser sur ses épaules. *Pourquoi ne l'avait-il pas suggéré le premier ?*

Peter souriait en silence, ravi d'avoir remporté cette manche. Sa troupe le suivait de près. Il éclairait les parois et le sol de sa torche à l'affût du moindre mouvement.

À mesure qu'ils s'avançaient pas à pas dans un passage plus étroit, les bûcherons sentaient la peur monter en eux. Ils s'attendaient à voir le Loup bondir sur eux pour les emporter dans les ténèbres de la mort. Une douce brise se mit à souffler. On aurait dit qu'une créature maléfique et insatiable remuait dans l'obscurité.

Quelques instants plus tard, un bûcheron surpris par un gros rocher protubérant laissa tomber son arc. Le bruit retentit faiblement à travers les galeries. Les hommes étaient en proie à des peurs irrationnelles, mais fort heureusement, Peter gardait la tête froide. *Continue à marcher*, songeait-il, *attends que se produise un changement dans l'atmosphère, de sentir cet instant de calme qui précède l'attaque.*

C'est à ce moment précis qu'une puissante bourrasque s'engouffra brutalement dans la galerie, emportant toute la troupe dans les limbes.

❦

Loin de là, Henry vit les parois s'évanouir, comme prises au piège d'un cocon de nuit, lorsque frappa la rafale de vent, charriant avec elle des débris de terre qui l'aveuglèrent aussitôt.

Dans la panique, il n'entendit que des hurlements et le bruit sourd des fuyards qui martelaient le sol de leurs pieds.

C'est alors que sa torche s'éteignit.

L'intendant fut le premier à repérer la trace triangulaire, le demi-cercle composé de quatre taches arrondies. Détail plus inquiétant encore, elles étaient surmontées de quatre minuscules encoches. À la lumière de sa torche, il contemplait l'empreinte sanglante du Loup. Il se pencha au-dessus du sol tandis que ses hommes se rassemblaient autour de lui lorsqu'il entendit soudain un hurlement qui remontait des entrailles de la caverne.

Le Loup venait d'attaquer.

L'intendant était prêt. Il avait aussitôt compris d'où provenait ce cri perçant.

– Courez ! hurla-t-il.

La plupart des hommes le suivirent, mais certains d'entre eux firent aussitôt volte-face et prirent la direction de l'entrée de la caverne. Leurs cris se répercutaient à travers les méandres de la caverne en un écho sans fin.

Au fond, tout au fond de la galerie, songea l'intendant. *On est trop loin pour que le premier embranchement fasse office de raccourci. Il doit y avoir une autre voie. Le sol n'est pas stable ici, la vase, trop meuble. Attention à ne pas glisser. Ne trébuche pas sur les rochers qui affleurent de part et d'autre du chemin.*

Il avait la respiration lourde et le pas sonore. *De la lumière. Cours vers la lumière. Peut-être qu'il y a quelque chose là-bas. Oui, une ouverture, une chambre, droit devant !*

L'intendant pénétra dans la grotte en trébuchant avec ses hommes à sa suite. La neige s'engouffrait en tourbillonnant par une brèche qui s'ouvrait dans le plafond au-dessus de leur tête telle une plaie rougie par la lune sanglante. Scrutant les alentours, il découvrit des objets aux formes imposantes et contournées.

S'agissait-il de formations rocheuses ? De stalagmites ?

Il s'approcha, à l'affût du moindre mouvement.

Mais non, ce n'étaient pas du tout des roches.

Il venait de découvrir des ossements, humains qui plus est, empilés en un tas de plus de trois mètres de haut. Ils étaient d'un blanc si pur qu'on aurait presque pu croire qu'ils avaient été peints. L'intendant se planta devant la tour morbide, soudain calmé.

Il leva les yeux vers le plafond de la caverne. Où était donc passé le Loup ? Il ne pouvait pas être sorti… Mais la vue de tous ces crânes aux orbites vides l'obligea à baisser les yeux. Ils avaient le visage fendu d'un rictus et semblaient railler son calvaire sans toutefois lui fournir le moindre indice.

Cependant, il tomba sur quelque chose d'autre en inspectant le sol de la grotte.

Adrien !

Son corps gisait sur le sol, froid et sans vie, atrocement déchiqueté par le Loup.

L'intendant prit une longue inspiration. Il sentait la stupeur silencieuse des hommes qui se trouvaient derrière lui. Il trouverait le Loup et lui ferait payer ses crimes. Mû par une agressivité soudaine, l'intendant se mit à marcher d'un pas lourd, comme s'il se délectait à arpenter ainsi l'antre de la bête. Oui, il la traquerait jusqu'au bout.

Il se voyait déjà couvert de gloire quand il entendit quelque chose derrière lui.

Un grondement sourd.

Il pivota sur lui-même et se retrouva nez à nez avec une gueule écumante, hérissée de crocs menaçants et de canines énormes et luisantes.

L'intendant vit soudain son poignard se matérialiser dans sa main sans vraiment comprendre comment il était arrivé là. Les poils de la bête se dressèrent sur son échine tandis que la bave toxique de son horrible gueule s'écoulait sur le sol de la grotte. Leurs yeux se croisèrent et c'est alors que le temps s'arrêta.

Soudain, le monstre bondit, prêt à massacrer sa prochaine victime.

13

*B*ANG!

Valérie se réveilla d'un cauchemar, les cheveux collés au crâne alors qu'il faisait pourtant frais dans la pièce. Les premières lueurs du matin avaient la couleur de l'ardoise.

Elle essaya de retrouver ses marques. Non, elle n'était pas dans son lit, mais dans la maison de mère-grand, et sa sœur était morte. Le bruit qui l'avait tirée de son sommeil provenait de la chambre de sa grand-mère.

– Mère-grand ?

Valérie traversa la maison. Elle sentait sous ses pieds nus l'air frais qui s'insinuait sous les lattes du plancher.

– Mère-grand ?

Sa grand-mère était encore dans son lit, son corps svelte enfoui sous les couvertures. Les bords d'un couvre-lit en soie couleur pêche voletaient dans la brise. Un volet se rabattit violemment contre l'encadrement de la fenêtre restée ouverte.

Quelqu'un était-il entré ?

Valérie s'avança pour refermer la fenêtre. À l'extérieur, la forêt paraissait morose. Les arbres ployaient sous le poids de la neige.

Elle se tourna vers mère-grand dont la silhouette semblait étrangement allongée. On aurait dit qu'on avait écartelé son corps.

Elle se rapprocha encore. La forme se mit à bouger, puis se releva lentement. Valérie connut un instant de frayeur et recula, prête à s'enfuir.

Mais ce n'était que mère-grand. La vieille femme cligna des yeux et lui adressa un sourire.

❧

Après avoir avalé un petit déjeuner froid, Valérie se hâta de rentrer chez elle en traversant les bois emmitouflée dans sa vieille cape et son nouveau chaperon pour se protéger de l'air glacial.

– Mère ? dit-elle en franchissant le seuil de la maison.

Suzette releva la tête. Elle était assise sur une chaise, le regard rivé sur la cheminée où ne brûlait aucun feu. Misérable, accablée par le chagrin.

Valérie eut un pincement au cœur. Elle aurait dû rester avec sa mère à attendre le retour de son père.

– Est-ce que papa… ? demanda-t-elle à contrecœur.

– Il va bien, dit Suzette en contemplant ses mains. Les hommes sont de retour et ils sont à la taverne.

Valérie acquiesça, incapable de demander des nouvelles de Peter.

– Mais tu es magnifique, s'exclama Suzette en remarquant son chaperon rouge, les larmes aux yeux.

Alors qu'elle s'apprêtait à monter au grenier, sa mère se leva et lui saisit le bras.

– Valérie, qu'est-ce que tu portes au poignet ?

– Rien du tout. Un cadeau d'Henry, répondit-elle avec embarras en essayant de le cacher.

Elle ne voulait pas qu'on la considère déjà comme une femme et elle n'était certainement pas prête à recevoir des bijoux de la part d'un homme. Et elle souhaitait encore moins qu'on remarque qu'elle portait le cadeau d'Henry.

Mais il était encore plus embarrassant de laisser paraître ainsi son trouble, et elle finit donc par le montrer à sa mère qui l'examina longuement.

– Valérie, écoute-moi bien. Porte ce bracelet. Ne l'enlève pas. Tu es désormais sa promise.

Valérie acquiesça d'un air gêné, puis elle grimpa à l'échelle du grenier. À l'abri de cet espace qui n'appartenait qu'à elle seule, elle changea de vêtements et se mit à admirer son nouveau chaperon rouge, fascinée par sa vibrante beauté.

La plupart des chaperons étaient ordinaires, laineux et taillés dans un tweed rigide. En revanche, celui-ci n'était ni rugueux ni empesé. Il était incroyablement fin, presque fluide et frais au toucher comme si l'on avait tissé ensemble des pétales de rose.

Au contact de cette étoffe, elle se sentait encore plus forte qu'auparavant. Ce vêtement avait quelque chose de presque trop naturel, comme une seconde peau qui lui aurait toujours appartenu. Elle se sentait forte et furtive. Elle avait envie de bondir du haut du grenier telle une panthère pour s'en aller courir à en perdre haleine, traverser le village, longer la forêt où il pleuvait et rejoindre enfin les champs ensoleillés.

Elle se faufila en silence à l'insu de sa mère jusqu'à la porte d'entrée et se rendit à la taverne.

⌘

Les hommes exhalaient une odeur épicée, mélange de terre et de sueur. Ils étaient revenus du mont Grimmoor sans repasser par chez eux. Valérie percevait le flux d'adrénaline qui battait encore dans leurs veines. Elle contourna la foule et s'adossa contre un mur pour écouter.

Comme toujours à l'occasion de tels rassemblements, elle s'asseyait seule. Quelques villageois remarquèrent sa nouvelle coquille rouge vif. Elle attirait l'attention, mais ce n'était pas pour lui déplaire. Elle se sentait en sécurité enveloppée dans son chaperon. À partir de maintenant, elle ne le quitterait plus jamais.

La taverne était un véritable site archéologique : la crasse qui s'y accumulait recelait toute l'histoire du village. Les hommes avaient gravé leurs histoires sur les murs de l'établissement depuis qu'on les avait cloués ensemble : des initiales, évidemment, mais aussi des spirales, des visages, des flèches et puis des lapins, des serpents, des trèfles, des cercles entrelacés et des croix rayonnantes. Les coussins des boxes étaient sales à force d'avoir tant servi. D'énormes chandelles à la cire d'abeille posées sur les tables suintaient à grosses gouttes, formant de durs caillots de lave orangée sur les plateaux. Ils restaient ainsi figés des mois durant jusqu'à ce que quelque buveur nerveux tente de les gratter de ses ongles crasseux. Les massacres de cerfs accrochés au mur d'en face semblaient sourire comme s'ils avaient emporté dans la mort quelque secret terriblement alléchant.

Valérie scruta la pièce et vit son père, puis Peter enfin, superbe après ce retour héroïque même s'il ne daignait pas lever la tête. Elle se sentit tout d'abord soulagée, puis furieuse. Pourquoi se préoccupait-elle tant de lui ? Comment pouvait-elle aimer un homme qui ne l'aimait pas en retour ?

C'est alors qu'elle s'aperçut qu'Henry manquait à l'appel.

L'intendant trônait à une table, entouré d'admirateurs, la tête du Loup embrochée sur une pique à ses côtés. Les hommes qui s'étaient rendus dans les grottes, et même ceux qui avaient fui en grand nombre, se sentaient autorisés à partager sa gloire pour avoir contribué à cette victoire. L'intendant racontait toute l'histoire, comment il s'était faufilé sur la pointe des pieds et comment il avait porté le coup fatal, en frappant la table de sa chope au moment crucial. Les femmes ne tarissaient pas d'éloges tandis que la bière écumante dégoulinait le long de son épaisse barbe. Face à son sourire satisfait, Valérie n'éprouvait que mépris. Les femmes se pendaient à son cou, louant son abnégation, le félicitant d'avoir vengé la mort de cette pauvre fille alors que Lucie n'avait pas grand-chose à voir avec tout cela.

Le tenancier de la taverne, homme chauve dont le crâne formait un pli à la base de la nuque, écoutait son récit, complètement fasciné. Sa femme s'occupait du bar tandis qu'il restait assis là en transe. Elle était tombée enceinte jadis et n'avait jamais retrouvé sa taille de jeune fille. Le tavernier, quant à lui, n'avait aucune excuse pour avoir engraissé de la sorte.

L'intendant termina son spectacle en regrettant la perte qu'ils venaient de subir, et c'est alors qu'il révéla le secret qui planait dans l'air... Adrien avait péri pour la gloire, lui aussi. Valérie ferma les yeux. Elle comprenait pourquoi Henry ne se trouvait pas avec eux. Elle était soulagée d'apprendre qu'il s'agissait du père, mais elle éprouvait néanmoins de la compassion pour le fils, désormais orphelin.

Elle jeta un nouveau coup d'œil en direction de Peter, mais il avait encore les yeux rivés au sol.

Tout le monde s'était rassemblé à la taverne car personne ne voulait rentrer chez soi. Alors que l'intendant contait son triomphe, la ville avait le cœur à la fête. Un couple partageait une même chope immense. Deux villageois étaient assis côte à côte sur un banc juste à côté du feu.

On vidait le Loup de ses entrailles devant la taverne. Les enfants observaient la scène avec une joie mêlée d'horreur, choqués par leur bonne fortune. Leurs parents étaient bien trop satisfaits pour leur rappeler de se tenir à l'écart de la scène.

Le soleil brillait haut dans le ciel alors même que des flocons de neige continuaient de tomber. La mort de Lucie et d'Adrien semblait presque justifiée face au sentiment de liberté dont se sentaient habités les villageois. La transaction n'était pas si injuste après tout : seuls deux d'entre eux avaient péri au cours des vingt dernières années, et le village n'aurait plus jamais besoin de faire de sacrifices à partir d'aujourd'hui. Ils pourraient désormais remiser par-devers eux le chapon le plus gras, et travailler dehors jusque tard dans la nuit. Tout redevenait possible, et ils allaient pouvoir mener une vie normale à nouveau.

Ils étaient heureux de se dire que l'argent ne faisait pas exception, car l'homme le plus riche du village était tombé au champ d'honneur. Quant à eux, ils avaient été épargnés, mais peut-être le méritaient-ils après tout ?

La mort de deux villageois n'était qu'un mince tribut.

Mais ce tribut n'a rien de dérisoire, songea Valérie.

Claude parut à la fenêtre. Il embua la vitre en grimaçant et son image se brouilla. Valérie aperçut cependant la char-rette sur laquelle le croque-mort transportait le cadavre d'Adrien.

Seule sa tête était visible, les yeux fermés à jamais dans un repos éternel. Le sang s'était lentement écoulé de son corps tel un sirop, maculant son linceul.

Mme Lazar suivait le cortège, gémissant de douleur. Elle vit Valérie derrière la vitre et ne la lâcha plus des yeux jusqu'à ce qu'elle disparaisse de l'encadrement de la fenêtre.

Les hommes aux doigts crasseux ôtèrent leurs chapeaux en signe de respect.

– À Adrien, dit Césaire qui comprit en levant son verre que la beuverie n'était pas forcément du meilleur goût. À son sacrifice.

– À Adrien, répondirent les autres villageois en levant leur verre à leur tour.

Après avoir vérifié si Peter remarquait son départ, Valérie s'éclipsa. Henry lui avait présenté ses condoléances, et elle se devait de lui rendre la pareille. Elle ne savait que lui dire, mais elle savait où le trouver.

⤔

La porte de la forge était restée ouverte et Valérie pénétra dans cette caverne dont les entrailles ardentes rougeoyaient derrière un épais rideau de fumée. Henry ne la remarqua pas tout de suite. Il était à demi nu et martelait le métal d'où jaillissaient de méchantes étincelles. Elle se sentit soudain misérable. Son puissant torse lui rappelait la chaleur du poitrail dénudé de Peter contre lequel elle s'était blottie la veille.

Elle songea aux fiançailles que Suzette avait arrangées. Le piège se refermait sur elle : il lui était impossible de s'enfuir à présent et d'abandonner Henry à sa peine. Au demeurant, elle se sentait coupable d'avoir pu même l'envisager.

On avait transporté le corps d'Adrien dans la maison. Il reposait sans doute au grenier, juste au-dessus de leur tête, mais elle ne leva pas les yeux.

– Henry... Ton père était un homme courageux.

Le jeune homme continua d'attaquer le métal à coups de marteau. Il frappait brutalement sur l'enclume. Valérie n'était pas certaine qu'il l'ait entendue, mais il s'arrêta soudain, le bras suspendu face à la fournaise qui crépitait devant lui.

– J'étais si proche que j'aurais pu sentir son odeur, dit-il avec colère. Mais j'avais peur. Je me suis caché.

CLANG !

– J'aurais dû faire quelque chose.

CLANG !

– J'aurais dû le sauver.

Henry était en train de mettre en pièces tous ses projets encore inachevés. Ils le resteraient désormais à jamais.

– J'ai perdu quelqu'un moi aussi, Henry. Je sais ce que c'est. S'il te plaît, éloigne-toi du feu.

Henry ne broncha pas.

CLANG !

– Henry, je t'en prie.

Une étincelle ardente jaillit de la forge et atterrit sur son bras, brûlant sa chair, mais il ne fit rien pour l'ôter, cherchant à se punir.

– Valérie, va-t'en ! rugit-il soudain en agitant le bras en direction de la porte. Je ne veux pas que tu me voies dans cet état.

Valérie comprenait son besoin de solitude. Elle s'exécuta, incapable d'oublier l'image du jeune homme couvert de suie, le visage furibond, baigné par la lueur rougeoyante de la forge.

⁂

Valérie s'apprêtait à quitter la boutique quand elle tomba soudain sur Suzette, assise sur un rondin. L'œil larmoyant, sa mère fixait l'étage supérieur du bâtiment où gisait le corps d'Adrien enveloppé dans son linceul. Elle s'approcha de sa mère et lui prit la main, geste que Suzette ne sembla guère apprécier. Valérie vit alors qu'elle tenait quelque chose qui étincelait à la lumière.

C'était un magnifique bracelet de cuivre martelé.

Il était identique à celui que lui avait confectionné Henry.

Déconcertée, Valérie vérifia qu'elle portait bien toujours le sien, puis elle posa la main sur le bijou de sa mère.

– Je me demandais s'il ne fallait pas y ajouter un fermoir, marmonna Suzette en retirant vivement sa main, surprise, avant de se lever précipitamment.

Mais Valérie lui emboîta le pas.

Suzette tenta de lui dire quelque chose, mais les mots s'étranglèrent dans sa gorge.

C'est alors que Valérie fit le rapprochement.

– Mère, tu m'as dit que tu avais aimé quelqu'un jadis avant de te marier. C'était le père d'Henry, n'est-ce pas ?

Elle ne lui répondit pas, mais son silence en disait long.

Elle pressa le pas en traversant la place, mais Valérie ne la lâchait pas d'une semelle. Deux charpentiers érigeaient un bûcher avec des branchages pour y brûler le corps du Loup alors qu'un groupe de villageois sortait de la taverne en brandissant la tête du monstre au bout d'une pique.

Valérie frémit, songeant aux images d'Adrien qui devaient peupler les pensées de sa mère, à ce qu'il avait dû lui dire, à toutes ces déclarations qui résonnaient encore dans son esprit. Combien de fois avait-elle songé à lui ? Comment aurait-il pu en être autrement ?

Rêvait-elle de lui dans son sommeil ? Le revoyait-elle lui offrir ce bracelet martelé avant de l'aider à en sceller le fermoir ? Lorsqu'elle lavait le linge sur sa planche creusée de sillons, imaginait-elle ses mains se posant sur son corps ? Étant donné la complexité de l'esprit humain, il était certain que ses deux enfants avaient dû lui évoquer quelque image cristalline d'Adrien sans même qu'elle en ait vraiment conscience. Valérie s'efforçait d'imaginer les souvenirs que sa mère conservait dans cet écrin dont elle seule détenait la clef. Personne d'autre ne saurait ce qu'il recelait. Les secrets d'Adrien s'étaient éteints à jamais au fond des grottes du mont Grimmoor.

Valérie prit soudain conscience de quelque chose d'atroce.

– Mère, pourquoi est-ce que tu as insisté pour ce soit moi, et non Lucie, qui épouse Henry ? C'était elle, l'aînée, et selon toute logique, elle aurait dû être sa promise. Pourquoi ?

Suzette ralentit le pas et se détourna de sa fille. Les mots s'étranglaient dans sa gorge.

– Je pense que tu sais déjà pourquoi.

– Dis-le-moi. Je veux que tu me le dises toi-même, insista Valérie qui voulait tirer toute cette affaire au clair.

Sa mère était en larmes et se mordait les lèvres.

– C'est moi l'enfant, et non l'inverse. Comporte-toi en adulte ! C'est le moins que tu puisses faire !

– Lucie n'était pas la fille de ton père. C'était la demi-sœur d'Henry.

Le sang de Valérie se figea soudain. Non, c'était impossible, et pourtant cela semblait plausible.

Les preuves étaient là depuis toujours.

Juste sous leurs yeux. Seul leur manque de vigilance les avait rendues invisibles.

Alors que continuait de se dérouler dans sa tête le fil de cette sombre histoire surgit soudain un autre doute.

– Et moi ? Suis-je bien la fille de papa ? demanda Valérie d'une voix qui n'était pas la sienne.

– Oui, tu es sa fille, par le sang et par l'éducation qu'il t'a prodiguée, la rassura-t-elle. J'étais déjà enceinte de Lucie lorsque nous nous sommes mariés, ton père et moi.

– Est-ce que papa est au courant pour Lucie ?

– Non, répondit-elle d'un air implorant. Promets-moi que tu ne lui en diras rien.

Elle se calma en voyant le visage de Valérie. Sa fille ferait tout pour épargner son père.

– Sache bien ceci malgré tout, poursuivit Suzette d'un air grave. Ce n'est pas que j'étais incapable d'éprouver quelque amour pour ton père, j'étais simplement déjà amoureuse d'Adrien.

Valérie était submergée par la tristesse de sa mère. Elle sentit tout à coup le poids des ans sur ses jeunes épaules : elle venait de quitter à jamais le monde de l'enfance. Elle voyait le moment où s'était fourvoyée sa mère et elle ne pouvait s'empêcher de penser que sa mère avait commis une erreur en épousant son père.

Des larmes perlèrent à ses yeux. Elle regrettait ce qui s'était passé pour sa mère, pour son père.

Avant que Valérie n'ait le temps de répondre, un attelage étincelant passa à vive allure. Il était aussi sinistre qu'élégant, et venait d'un autre monde lointain.

Le père Auguste traversa la cour de l'église en toute hâte.

– Il est arrivé ! criait-il à tue-tête.

Tout doux, grogna le cocher en direction des che-
– vaux, et l'attelage noir s'arrêta sans le moindre
à-coup.

Valérie entendit le martèlement des sabots sur le sol
enneigé tandis qu'une douzaine de soldats à l'air féroce arri-
vaient, chevauchant de puissants étalons. Leurs armes luisaient dans le soleil de l'après-midi. Un arbalétrier masqué
chevauchait un majestueux coursier blanc. Il était coiffé
d'un casque lourd et portait à l'épaule une arme massive.
Cette troupe effrayante tirait derrière elle un énorme éléphant de métal monté sur roues ainsi que plusieurs chariots
chargés de tout leur attirail : des armes et des livres, des
instruments scientifiques et d'autres équipements encore.
Taillé en un seul bloc grossier, l'éléphant était monstrueux.
Il avait la trompe recourbée et l'œil menaçant. À quoi pouvait-il bien servir ? s'interrogeaient les habitants du village.
Il semblait en effet étrange que ces hommes imposants
emportent pareil jouet avec eux. Valérie remarqua une

porte à charnières aménagée sur son ventre métallique et se mit à frémir en imaginant les tortures auxquelles cet engin était destiné.

Elle vit alors ses amies de l'autre côté de la rue, mais avant même qu'elle n'ait le temps de traverser pour les rejoindre, la caravane s'était déjà arrêtée sur la place. Elle salua néanmoins Roxanne d'un signe de la tête, mais ni Rose ni Prudence ne remarquèrent sa présence.

Le cocher semblait quelque peu nauséeux d'avoir conduit sur une route aussi cahoteuse. Leur voyage avait été long et ils avaient chevauché à vive allure. Les fringants destriers manifestaient leur agacement, le regard las. On n'entendait plus que le cliquetis des rênes alors que la foule amassée sur la place attendait qu'il se passe enfin quelque chose.

Les femmes observaient la scène depuis le porche de leur maison ou bien cachées derrière leurs rideaux. Elles cherchaient à voir ce qui se dissimulait derrière les barreaux de fer en forme de croix qui ornaient les fenêtres des carrosses. La taverne s'était vidée de ses hôtes et les hommes attendaient de voir si le nouveau venu serait bien à la hauteur de sa réputation. Daggerhorn n'en était plus à une déception près.

Peter se tenait à l'écart. Il était loin de Valérie. Les deux jeunes gens ne daignaient pas s'adresser le moindre regard, ravis de pouvoir se concentrer sur la scène.

Cela n'en valait sans doute pas la peine, songea Valérie. Mais pourquoi subirait-elle les souffrances qu'avait endurées sa mère en secret, toutes ces années durant ? L'amour, le désir... tout cela était si terrible. Elle oublierait Peter comme elle oublierait Henry. Elle vivrait sans dépendre de personne, recluse au fond des bois, à l'instar de mère-grand. Elle en avait assez de l'amour.

Un pauvre âne opprimé s'écarta du chemin en clopinant d'un air piteux, songeant sans doute qu'il aurait été plus fortuné s'il avait été un cheval. Les enfants avaient déposé de petits objets, des glands et des poupées en feuilles de maïs dans les sillons parallèles que les roues du chariot avaient tracés dans la neige ; ils s'égaillèrent dès qu'ils virent que l'armée s'était assemblée sur la place.

Quelques hommes massifs déchargèrent les chariots, détachant les malles en bois pour les empiler sur le bord de la route. Le reste des soldats attendait leurs ordres, immobile.

– Son Éminence… annonça un magnifique soldat maure qui ne ressemblait à personne.

Il avait les cheveux si courts qu'on aurait pu les confondre avec une ombre dessinée au fusain sur son crâne. Il portait une épée à double poignée en bandoulière. Il avait des mains immenses, capables d'étrangler quelqu'un sans effort, et gardait l'une d'elles posée sur la longue mèche tressée d'un fouet noir accroché à sa taille. Il s'agissait du capitaine.

– … le père Salomon, compléta un autre soldat qui ne pouvait être que son frère.

Ils avaient tous deux un timbre velouté, telle une caresse sur la peau.

Toute la bourgade s'émerveillait de l'arrivée du père Salomon. Il était aussi impressionnant qu'un membre de la famille royale. Les femmes lissaient leur chemisier, défroissaient leurs jupes miteuses et rangeaient leurs mèches rebelles.

Tout le monde retenait son souffle, les yeux rivés sur la portière du carrosse. Lorsqu'elle s'ouvrit enfin, quelle ne fut pas la surprise des villageois en découvrant deux petites filles assises sur les sièges avant. Elles étaient tellement intrigantes qu'ils en oublièrent presque celui qu'ils attendaient. Personne n'avait jamais vu de visages enfantins aussi chagrins.

Salomon tournait le dos à la foule.

— Ne pleurez pas, je vous en prie, leur dit-il. Vous voyez tous ces enfants ? Regardez comme ils ont peur, ajouta-t-il en indiquant d'un geste la foule assemblée sur la place.

L'une des deux petites filles s'agrippa au barreau d'une fenêtre pour regarder au-dehors.

— Ils ont peur, car il y a quelque chose de maléfique ici : le Loup. Il faut que quelqu'un l'arrête.

Valérie aimait sa façon de détacher chaque syllabe.

— C'est la bête qui a tué notre mère ? demanda l'aînée qui s'exprimait comme une adulte.

Après ce long voyage, les deux petites filles étaient tout ébouriffées à force d'être restées affalées sur ces grands sièges de cuir, avachies l'une sur l'autre. Salomon, en revanche, avait l'air frais et dispos. Il se tourna et parut enfin, vêtu d'une étincelante armure en argent en harmonie avec sa chevelure argentée battue par les vents. Il ressemblait trait pour trait à un tueur de loups.

— C'est peut-être bien le cas en effet, répondit-il avec gravité.

Les petites filles frissonnèrent à cette pensée. L'évocation de la bête anéantissait en elles toute trace de minauderie destinée à capter l'attention de leur papa.

Elles se jetèrent dans ses bras. Il se pencha pour leur déposer un baiser sur la tête et se radoucit en caressant la chevelure de la cadette.

– Il est temps, dit-il en adressant un signe au capitaine.

Leur chaperonne, à la silhouette indistincte, se pencha pour ramener les jeunes filles en sanglots dans la pénombre du carrosse.

– Soyez gentilles, d'accord? leur dit-il en refermant la portière avec la fermeté qui seyait à un père.

Elles seraient en sécurité dans le véhicule. Valérie fut soudain piquée d'une jalousie perverse à voir les deux petites filles de Salomon ainsi protégées derrière les barreaux du carrosse.

Le père Salomon les regarda s'éloigner alors que le véhicule quittait déjà la place et se dirigeait vers la porte du village, emportant les deux petites filles vers un endroit plus sûr. Les villageois les enviaient eux aussi. Ils auraient tant voulu pouvoir s'enfuir de même, qu'on leur tapote sur la tête ou leur caresse le menton. Le père Salomon s'accorda un moment pour se préparer avant de se tourner vers la foule qui commençait à percevoir en lui la présence d'un grand chef. Paré de gants noirs fort distingués et d'une cape de velours pourpre semblable à celle d'un roi, il avait le port d'un aristocrate et commandait le respect. La foule lisait sur son visage qu'il avait vu des mondes qui leur resteraient à jamais inconnus.

Le tour de Daggerhorn était enfin venu. Ils allaient recevoir l'attention tant prisée du père Salomon. Le père Auguste s'avança pour parler au nom de tous les villageois.

– C'est un honneur, Votre Éminence, déclara-t-il en s'inclinant devant ce vieil homme, si magnanime qu'il avait accepté de paraître devant d'humbles villageois.

Valérie aurait bien voulu pouvoir palper le doux tissu de sa cape qui chatoyait dans la lumière.

Salomon acquiesça légèrement. Il avait des gestes francs et précis.

– Par chance nous traversions justement votre région et nous avons pu venir rapidement. Je crois comprendre que vous avez perdu l'une des jeunes filles du village, dit-il en inspectant la foule. Qui parmi les personnes ici présentes appartient à la famille de la victime ?

Suzette ne broncha pas. Valérie ne voyait pas son père qui se trouvait sans doute à la taverne. Les villageois traînaient des pieds. Après avoir adressé un coup d'œil à Peter, perdu au milieu de la foule, Valérie leva la main à contrecœur.

Il s'avança vers elle et la prit dans la sienne. Il avait l'odeur rassurante du métal huilé.

– Ne t'inquiète pas, lui dit-il humblement, la tête penchée. Vous avez connu bien assez d'horreurs et enduré bien assez de souffrances. Nous chercherons la bête qui a tué ta sœur. Reçois toutes mes condoléances.

Même si Valérie savait fort bien qu'il jouait pour la galerie, elle trouvait un certain réconfort dans ces paroles et ces excuses publiques. Il reconnaissait par là même qu'elle avait souffert de cette perte.

Le père Salomon se pencha légèrement pour la saluer, puis son visage tendre se durcit tandis qu'il se tournait pour faire face aux hommes et aux femmes qui n'avaient connu aucun malheur jusqu'alors.

Valérie vit l'intendant s'avancer en titubant, incapable de se contenir plus longtemps. Elle le trouvait répugnant, tout comme les autres hommes qui se comportaient comme des gamins violents et vaniteux.

– Vous êtes en retard, vous et vos hommes, dit-il en posant sa large main sur l'épaule du père Salomon, mais vous arrivez à temps pour les festivités.

Le tavernier murmura quelques phrases de soutien tandis que l'intendant désignait la tête velue empalée sur une pique, les yeux blancs et vitreux.

– Comme vous le voyez, nous nous sommes déjà occupés du loup-garou.

Remarquant les ongles cerclés de crasse de l'intendant, le père Salomon se déroba à son emprise.

– Ce n'est pas un loup-garou, marmonna-t-il d'une voix énigmatique en secouant la tête.

Roxanne et Prudence échangèrent plusieurs regards avant de se tourner vers Valérie qui se contenta de hausser les épaules. Rose, quant à elle, n'avait rien vu, encore fascinée par la scène qui se déroulait sous ses yeux.

– Non, il ne l'est plus, dit l'intendant sous les acclamations de la foule. Il n'a peut-être plus l'air d'un loup-garou, mais vous auriez dû le voir lorsqu'il était encore en vie.

Les hommes de Daggerhorn acquiescèrent de conserve.

– Vous ne m'avez pas écouté, dit le père Salomon d'une voix calme qui capta aussitôt l'attention de l'assemblée. Ce n'est pas la tête d'un loup-garou.

Il y eut un instant de flottement tandis que la foule cherchait à comprendre ce qu'il venait de dire. Était-ce une plaisanterie, quelque forme d'humour raffiné qui leur aurait échappé ?

– Sans vouloir vous manquer de respect, mon père, cela fait deux générations que nous côtoyons cette bête. Chaque nuit de pleine lune, elle emporte l'animal que nous lui sacrifions. Nous savons donc à quoi nous avons affaire, ajouta-t-il avec un large sourire dissimulé sous sa barbe.

– Sans vouloir vous manquer de respect, contra le père Salomon, vous n'avez pas la moindre idée de ce à quoi vous avez affaire.

Valérie était intriguée. Quelqu'un osait donc remettre en cause la parole de l'intendant. Voilà qui était inédit.

– Je comprends votre refus de voir la vérité. J'étais comme vous jadis, admit-il d'une voix hésitante. Je vais vous raconter une histoire, celle de ma première rencontre avec un loup-garou. Je donnerais tout pour oublier cette nuit-là.

La foule retint son souffle.

– Ma femme s'appelait Pénélope. Elle m'a donné deux filles magnifiques, comme vous avez pu le constater. Nous formions une famille très heureuse et nous vivions dans un village fort semblable au vôtre. Or nous étions en proie au même fléau que Daggerhorn, car nous aussi, nous subissions les attaques d'un loup-garou.

Salomon déambulait face au public en martelant le sol de ses bottes.

– C'était il y a six automnes de cela. La nuit était calme, presque funèbre. La lune était accrochée haut dans le ciel et baignait la terre de sa lueur. Mes amis et moi-même avions quitté la taverne tard ce soir-là après... quelques réjouissances.

Il esquissa un sourire qui en disait long, mais dont il ne dirait rien ici.

– Nous avions décidé de partir chasser le loup sans nous imaginer un seul instant le trouver. Or cette rencontre fut fatale, dit-il avec une colère exagérée. Je me suis retrouvé nez à nez avec la bête. Je sentais son souffle, je l'entendais cligner des yeux, et l'adrénaline battait si fort dans mes veines que j'en tremblais.

Comme tous les autres, Valérie était captivée par cette histoire. Même sa mère, à ses côtés, écoutait attentivement le conteur.

– Mais le loup m'a laissé la vie sauve et s'en est pris à mon ami, m'obligeant à le regarder lui rompre l'échine. En dépit de la rapidité avec laquelle il l'avait achevé, j'avais néanmoins eu le temps d'entendre le craquement de son épine dorsale.

Valérie eut soudain la nausée en songeant à Lucie, à ce qu'elle aurait entendu si elle s'était trouvée là elle aussi.

– Je me suis mis à hurler *comme une femme,* et il s'est jeté sur moi. Je ne voyais plus que des rangées de crocs jaunâtres. Je l'ai alors frappé de ma hache, et l'instant d'après, le monstre avait disparu. J'avais tranché l'une de ses pattes antérieures. Me disant qu'elle constituerait un joli souvenir, j'ai rapporté ce trophée chez moi, poursuivit le père Salomon sur le ton de la confidence, comme si c'était la première fois qu'il contait cette histoire. Je suis arrivé chez moi ivre, titubant, mais fier et exalté. En pénétrant dans le hall, j'ai remarqué sur le sol une traînée sanguinolente. Je l'ai suivie jusqu'à une silhouette avachie sur notre table de cuisine. Le liquide sombre qui dégouttait du plateau formait une flaque sur le plancher, dit-il, le regard soudain enflammé. En m'approchant, j'ai compris alors avec horreur qu'il s'agissait de ma femme. À son poignet gauche était noué un chiffon ensanglanté. On lui avait tranché la main, et lorsque j'ai ouvert mon sac, voici ce que j'y ai trouvé, annonça-t-il avant de marquer une pause pour accroître l'effet de surprise.

Le capitaine produisit alors une boîte qu'il avait dissimulée derrière son dos. Il avait préparé cet instant. Il s'avança vers l'intendant, puis, s'approchant un peu trop près de lui, il ouvrit lentement son écrin avec un ultime effet de manche qui signalait le clou du spectacle. Les villageois se massèrent tout autour de lui pour voir ce qu'il recelait.

L'écrin de velours abritait la main momifiée d'une femme posée sur un lit de pétales de roses. À son annulaire brillait une alliance. Les enfants retinrent leur souffle avant de s'enfuir en courant, mais ce n'était que pour mieux revenir l'instant d'après pour jeter un dernier coup d'œil à la chose.

— Pénélope adorait les roses par-dessus tout.

Les villageois regardaient attentivement l'objet, et certains s'avancèrent même encore un peu plus près.

— J'ai dit à mes filles que le loup-garou avait tué leur mère, mais c'était un mensonge, dit-il d'une voix d'outre-tombe. C'est moi qui l'ai tuée, car c'était elle, le loup-garou !

L'un de vous a-t-il seulement idée de ce que l'on éprouve en tuant la personne que l'on aime le plus au monde ?

Les villageois regardaient le père Salomon d'un air ébahi.

– Vous risquez de le savoir bientôt. Lorsqu'un loup-garou trouve enfin la mort, il reprend forme humaine. Ça, ce n'est qu'un loup gris ordinaire. Votre loup-garou est encore en vie, déclara-t-il en se signant après avoir jeté un dernier coup d'œil à la tête qui avait perdu de son lustre depuis qu'il avait entamé son récit.

Fin du premier acte.

– Suivez-moi maintenant. Tous à la taverne.

Une fois l'établissement plein, Salomon brandit une épée d'argent sertie de pierres précieuses qui portait l'effigie du Christ gravée sur le pommeau.

– Voici l'une des trois épées d'argent bénies par le Saint-Siège, intervint le père Auguste dont le regard s'était illuminé en la voyant. Puis-je y toucher ?

Le père Salomon lui lança un regard réprobateur.

Éconduit, le père Auguste recula.

– Nous traversons une époque très dangereuse, expliqua Salomon aux habitants de Daggerhorn qui le regardaient avec vénération.

Claude était allongé sur le ventre en travers des poutres et surplombait la scène. Compressée au cœur de la foule, Valérie lui adressa un petit sourire. Que n'avait-elle pas songé à grimper là-haut elle aussi ?

– Vous savez bien entendu ce que signifie la lune sanglante ?

Personne ne le savait-il donc ? Tout le monde se tournait vers son aîné en espérant qu'il parle enfin.

– Je vois. Vous n'en savez strictement rien, conclut-il d'un air pincé.

Les villageois sentirent leurs joues s'échauffer.

– Qu'on m'apporte la machine d'Orrery, dit-il en tendant la main.

Le capitaine posa sur la table un instrument en laiton qui comportait des bulles de verre.

– Les Perses ont inventé cet appareil, mais c'est moi qui ai fabriqué jusqu'au moindre rouage de cet instrument-ci, expliqua Salomon en faisant pivoter un globe du bout du doigt avant d'ajuster une autre sphère.

Il alluma une chandelle qui éclaira l'appareil d'une lumière écarlate.

– Vous voyez, la planète rouge a rendez-vous avec la lune tous les trente ans. C'est seulement à cette période qu'un nouveau loup-garou peut voir le jour.

D'un moulinet, il fit exploser la bulle qu'il tenait entre les doigts sous le regard stupéfait de la foule.

Salomon esquissa un sourire tendu.

– Pendant la semaine de la lune sanglante, le loup-garou peut transmettre sa malédiction d'une seule morsure, et ce, même en plein jour.

– Pardon, mais vous vous trompez, intervint l'intendant. Les loups-garous retrouvent leur forme humaine sous l'action du soleil.

– Non, vous êtes dans le faux, rétorqua Salomon en affrontant le regard courroucé des hommes qui avaient risqué leur vie dans la caverne.

Le père Auguste avait l'œil étincelant.

L'intendant changea d'attitude.

– Un loup-garou n'est jamais vraiment humain, quelle que soit son apparence. Au cours d'une nuit de pleine lune ordinaire, une seule de ses morsures suffit à mettre fin à vos jours, mais à la lune sanglante, ce sont vos âmes qui sont en péril.

Un frisson d'effroi traversa la salle.

– Pendant combien de temps au juste dure la lune sanglante ? s'enquit un villageois.

– Quatre jours.

Il reste deux nuits, songea Valérie. *Demain, nous arriverons au dernier jour.*

– Comme je vous l'ai dit, intervint l'intendant d'un ton docte et le sourire aux lèvres, rien de tout cela n'a d'importance. Nous sommes en sécurité à présent. Le Loup est mort. Je l'ai tué de mes propres mains dans sa tanière, la caverne du mont Grimmoor.

L'intendant tourna alors les talons, espérant avoir mis un terme à cette conversation.

Salomon le regarda comme s'il s'agissait d'un enfant. Les villageois ne savaient plus vraiment auquel des deux patriarches ils devaient allégeance.

– Cette bête vous aura trompés, dit alors Salomon en faisant craquer chacune de ses phalanges. Depuis le début. Il est fort probable qu'il ait attiré un loup affamé dans cette caverne pour l'y piéger. Il vous a fait croire, pauvres fous, qu'il vivait sur la colline du mont Grimmoor pour que vous le cherchiez à l'endroit le plus évident.

Il marqua une pause pour leur laisser le temps de prendre toute la mesure de leur aveuglement.

– Le Loup vit ici même, dans ce village. Parmi vous. C'est l'un d'entre vous ! déclara Salomon en scrutant les villageois les uns après les autres.

L'arbalétrier masqué dévisagea la foule à son tour.

– Le véritable meurtrier pourrait être votre voisin, votre meilleur ami, et même votre femme.

Il avait le regard aussi dur que du diamant.

Les hommes commençaient à s'interroger en se remémorant l'épisode de la grotte. Qui manquait alors à l'appel ? Il était impossible de le savoir au milieu des ténèbres et du chaos. Valérie croisa le regard de Mme Lazar, puis celui de Peter, et celui de ses parents enfin.

Elle se mit à passer en revue les histoires que lui avaient racontées ses amies. Comment avaient-elles pu perdre Lucie de vue ? L'une d'elles l'aurait-elle retenue pour l'entraîner dans les ténèbres ou peut-être lui avait-elle adressé un mot pour l'attirer au loin ?

Valérie dévisageait ceux qu'elle avait connus toute sa vie d'un regard suspicieux jusqu'à ce qu'elle s'aperçoive qu'ils ne se montraient pas moins méfiants à son égard.

– Barricadez le village, ordonna le père Salomon. Postez des hommes devant chacune des portes de l'enceinte. Personne ne sortira tant que nous n'aurons pas tué le Loup.

L'intendant se passa la langue sur les dents.

– Le Loup est mort, rugit-il. Ce soir, on fait la fête !

Salomon le foudroya du regard.

– Très bien, festoyez comme il vous plaira, dit-il en levant les mains au ciel. Nous verrons bien qui a raison, conclut-il avant de lui tourner le dos et de quitter la taverne.

❧

Le père Salomon marchait d'un pas vif et Valérie dut courir pour le rattraper, mais elle s'arrêta net en le voyant se raidir, prêt à dégainer son épée. Mieux valait ne pas l'approcher trop brusquement.

Il se retourna et perdit aussitôt son air menaçant dès qu'il reconnut Valérie.

– Je suis désolée, dit-elle.

– Non, non, qu'y a-t-il, mon enfant ?

– J'ai besoin de savoir... ma sœur...

– Oui ?

– Pourquoi ? Pourquoi le Loup a-t-il attendu jusqu'à présent pour attaquer ? Et pourquoi s'en est-il pris à elle ?

– Seul le diable le sait.

Elle n'était manifestement pas satisfaite de cette réponse. Il n'avait pas affaire à une fille du village un peu simplette qui se contenterait de pieuses platitudes.

– Adresse-toi à mon scribe. Il pourra te montrer des choses qui t'aideront à comprendre des mystères insondables.

Valérie le laissa donc poursuivre sa route.

– D'insondables mystères, certainement. Mais pour ce qui est de les comprendre, j'en doute, ironisa-t-elle avant de se tourner vers le scribe qui avait suivi Salomon.

L'homme s'arrêta et lui tendit un livre relié de cuir. Il avait la mâchoire inférieure saillante et le visage bon. Valérie examina le fermoir de l'ouvrage qui semblait taillé dans un sabot de cheval, ce qui était d'ailleurs fort possible, mais elle se garda d'interroger le scribe à ce propos. Elle ouvrit enfin le livre dont le mécanisme émit un léger clic. Les magnifiques illustrations dessinées au crayon représentaient les bêtes que le père Salomon et ses hommes avaient exterminées.

— Voici l'obour, expliqua le scribe qui avait chaussé ses lunettes pour déchiffrer l'écriture nette et régulière dont étaient couvertes les pages. Ce vampire se nourrit de lait et de sang. C'est pourquoi il déchire les mamelles des vaches la nuit. Mieux vaut éviter d'en abriter un dans son garde-manger, dit-il d'une voix lente, le souffle court.

Valérie feuilleta le livre, remarquant les lignes élégantes, les traînées de plomb qui souillaient les pages à force de lecture. Elle parcourait soigneusement les images, ne les effleurant que du bout des doigts.

— Magnifique, n'est-ce pas?

— Oui, répondit-elle.

— Ces créatures hantent nos rêves.

Sur les pages en vélin striées de lignes rouges et bleues, et encadrées par des dorures contournées, on pouvait admirer un étrange bestiaire: des têtes de corbeaux, des monstres marins au corps de lézard et au visage humain perchés au sommet de lettres majuscules d'où s'échappait une fumée rouge. Tout semblait si peu réel.

Le cœur de Valérie se serra soudain lorsque surgit l'image d'un immense loup-garou bipède. Elle songea alors à sa douce Lucie et referma le livre, incapable de le regarder plus longtemps.

15

Ce qui reste de ma sœur ne sera bientôt plus, songea Valérie en descendant la côte qui menait à la rivière. L'après-midi tirait à sa fin. Césaire, Suzette et Valérie transportaient Lucie sur un mince radeau. Lorsqu'ils atteignirent la berge à la terre trop meuble, ils eurent soudain l'impression de marcher sur un tapis de cendres enfouies sous la neige marquée par des empreintes de pattes.

La famille Lazar, ou du moins ce qu'il en restait, se trouvait déjà là. Ils veillaient le corps d'Adrien qui gisait sur son propre radeau. Mme Lazar se tenait raide et droite, comme si cette vieille femme refusait de courber l'échine. Henry était debout à ses côtés.

Ils acquiescèrent lorsqu'ils aperçurent Valérie et sa famille. Henry regarda Valérie en haussant les sourcils pour s'excuser de son comportement à la forge. Ils déposèrent le radeau de Lucie à côté de celui d'Adrien, réunissant enfin père et fille dans la mort. Valérie ne put s'empêcher de jeter un coup d'œil à sa mère. Elle était submergée par le chagrin que lui causait cette double perte.

Césaire s'accroupit, frappa des silex pour embraser deux torches sans cesser de scruter l'eau de la rivière.

Lucie n'était pas sa fille, songea Valérie malgré elle, en proie à une insoutenable tristesse.

Elle se tenait à l'écart, non loin de la forêt. Le vent avait déraciné un grand arbre la nuit précédente et ses racines semblaient se débattre dans le vide comme si elles cherchaient à retrouver le contact de la terre.

Césaire releva la tête. Les torches étaient prêtes.

Henry descendit sur la berge irrégulière et prit la torche qu'on lui tendait. Sans prendre le temps de réfléchir à son geste, il la jeta sur le radeau d'Adrien avant de pousser son cercueil flottant dans la rivière. La surface de l'eau se mit à onduler tel un pan de soie grise. Les rides creusaient toujours les mêmes sillons immuables, si bien que la rivière semblait immobile. Une fois leur travail accompli, les flammes iraient à leur tour mourir dans l'eau.

Il se rapprocha de sa grand-mère tandis que le feu dévorait le radeau. Mme Lazar ferma ses paupières ridées, prête à fondre en larmes. Henry, quant à lui, faisait rouler un galet sous la semelle de sa botte. Pour l'heure, Mme Lazar n'était plus qu'une mère qui chérissait son fils défunt.

Valérie avait l'impression de lire à livre ouvert dans le cœur de la vieille femme. Elle peinait toutefois à l'imaginer jeune fille et dépendant encore des autres. Mme Lazar paraissait même échapper aux besoins propres du reste de l'humanité tels que dormir, manger, se soulager. Elle n'était pas entièrement mauvaise malgré tout. Valérie, qui avait exploré tout le village, savait qu'elle laissait en secret des bols de lait pour les chiens errants.

Quelle curieuse conjoncture ! Dire que Mme Lazar ignorait qu'elle avait perdu non seulement un fils mais aussi une petite-fille ! Henry aurait été en droit de pleurer la mort de sa demi-sœur Lucie, au même titre que Valérie. Ces quelques jours au cours desquels on avait déterré d'innombrables secrets contribuaient à l'étrangeté de la situation.

Des bruits de pas attirèrent l'attention des cinq villageois endeuillés. C'était Claude qui était venu rendre hommage à Lucie. Il était descendu sur la berge après avoir croisé le regard de Valérie. Il s'accommodait comme il pouvait de la situation. Il avait cru en bien des choses, mais jusqu'à ce jour fatidique il n'avait pas cru en l'existence du mal. Il avait fallu qu'il voie Lucie étendue morte dans le champ de blé pour s'en convaincre.

Le mal était partout.

Voyant que le radeau d'Adrien était déjà loin, Césaire s'avança, mais Valérie lui adressa un signe de la tête pour qu'il lui laisse encore un instant. Elle contempla une dernière fois sa sœur, sa chair, ses pieds menus qui ne semblaient pas encore prêts à disparaître à jamais. Elle la regarda et s'efforça de lui faire ses adieux.

Mais cela n'avait rien d'aisé.

Suzette s'approcha du radeau, le corps secoué par les sanglots. Les mères ne devraient pas avoir à survivre à leurs enfants, songea Valérie. La nature aurait dû interdire pareille chose.

Après les avoir interrogées du regard, Césaire posa sa torche sur le bord du radeau, puis il l'expédia dans la rivière après s'être assuré que le feu avait bien pris.

Suzette resta quelques pas en arrière. Elle n'était pas très loin de son mari, mais le fait est qu'ils n'étaient pas côte à côte pour pleurer la perte de leur fille.

Césaire ignorait la vérité.

Sentant une main se poser sur son épaule, Valérie fit volte-face et se retrouva tout contre le torse d'Henry. C'était un lieu paisible. Il l'enlaça et Valérie fondit en pleurs, mouillant de ses larmes le col en cuir du jeune homme. Lorsqu'elle releva la tête, elle vit que Mme Lazar avait disparu.

Les flammes diminuaient, prêtes à sombrer dans l'eau de la rivière. Valérie quitta l'étreinte protectrice du corps d'Henry. Elle ne tenait pas à rejoindre sa mère, ni son père d'ailleurs, et elle se mit à arpenter les berges dont la surface ressemblait à une pâte à pain encore compacte. Sa sœur n'était plus qu'une eau fraîche et limpide désormais. Elle s'installa à un endroit où la rivière venait tranquillement lécher la berge. Quelques plantes perçaient sous le manteau neigeux. Comment était-ce possible ? Elle resta assise là, laissant le courant glacé glisser sur ses pieds jusqu'à ce qu'elle entende enfin l'appel de Claude, porté par le vent.

Elle tourna alors la tête vers sa mère qui regardait les deux radeaux en se demandant pourquoi ils ne l'emportaient pas, elle aussi.

Lucie était partie. Il n'y avait plus l'ombre d'un doute.

Valérie rentra chez elle en compagnie de ses parents, longeant la lisière de la forêt obscure qui bordait l'enceinte du village. Ils franchirent une barricade renforcée sous le regard implacable des soldats du père Salomon qui patrouillaient à cheval. Ils étaient en train de manger, leurs armes en bandoulière, et mordaient à pleines dents dans d'énormes miches de pain, vidant leur chope de bière en deux grandes goulées, mais ils ne les quittèrent pas des yeux un seul instant.

Cette barricade érigée depuis peu était effrayante : leur vie se résumait désormais à un combat opposant le village au Loup, ce que Valérie redoutait pour une raison qu'elle rechignait à admettre, car cette barricade signifiait qu'elle aussi se trouvait piégée à l'intérieur de l'enceinte. Peu lui importait l'endroit où se terrait le Loup, songea-t-elle dans un terrible moment de lucidité. Il y avait une vie au-dehors et elle s'en trouvait exclue, voilà ce qui comptait à ses yeux. Elle avait l'impression qu'on l'avait précipitée au fond d'un puits dont on était en train de refermer le couvercle.

Tout à coup, dans la nuit, la famille entendit un bruit assourdissant. Une créature surgit des broussailles, irréelle et terrifiante.

C'était un loup, et il avait le visage d'un homme.

16

Cet homme au costume de loup lui avait mis les nerfs encore un peu plus à vif ; Valérie avait presque oublié les « festivités » que l'intendant avait décidé d'organiser malgré tout. En pénétrant sur la place, les sens en alerte, elle avait eu l'étrange impression d'être observée. Apeurée, elle avait tourné la tête sur sa gauche et rencontré le regard vide d'une tête de sanglier qui trônait sur un plat en étain, une pomme rouge dans la bouche et des raisins fichés dans les orbites.

On avait construit une gigantesque effigie du Loup au sommet d'un tas de racines, de bâtons affûtés et d'autres débris. Elle brûlait à l'autre bout de la place, crachant des étincelles. La lune sanglante luisait comme un fruit mûr dans le ciel vide.

On avait fabriqué une estrade avec quelques planches gauchies sur laquelle le chevrier et une poignée de bûcherons raclaient le luth et actionnaient l'orgue de Barbarie. Simon le tailleur s'était emparé d'une cornemuse qui émettait un sifflement sonore et strident, semblable au gémissement d'un animal à l'agonie. Les musiciens, au bord de l'asphyxie, soufflaient aussi fort que possible dans leurs cornes entre deux profondes inspirations.

Valérie fut soudain prise de nausée. Malgré tous les mets délicieux, des remugles de pourriture, d'ordures et de sueur mâle flottaient encore sur la place. Elle chercha en vain Salomon et ses hommes. Elle avait remarqué qu'ils avaient établi leur campement dans l'immense grange située derrière le grenier à blé. C'était donc là qu'ils devaient s'être réfugiés, refusant de prendre part aux festivités.

Tout le monde semblait festoyer avec d'autant plus d'entrain qu'ils cherchaient à se convaincre du bien-fondé de ces réjouissances. Ils dansaient avec frénésie pour oublier. Quelques hommes d'ordinaire tout à fait respectables rampaient à quatre pattes, abîmant leur pantalon dans la neige. Une femme trébucha et s'effondra dans la boue aux pieds de Valérie, mais avant même qu'elle n'ait eu le temps de l'aider à se relever, on l'avait déjà entraînée dans une danse. Les hommes rougeauds faisaient virevolter leurs imposantes partenaires tout en admirant les courbes de leur femme qui se trémoussait, les mains jointes au-dessus de la tête. Les jeunes filles dansaient avec leurs frères cadets tout en gardant un œil sur les garçons postés de l'autre côté de l'estrade. La place résonnait au son de la voix des deux cents convives. Mais à les entendre, on aurait pu croire qu'il y en avait le double.

Valérie se sentait comme une étrangère dans cette foule pourtant familière.

Suzette gardait les yeux baissés et se mêlait aux autres sans rien dire. L'intendant, qui trônait à la longue table installée devant la taverne, regardait la scène d'un air impérial. Son crâne chauve luisait de sueur. Il invita Valérie à se joindre à lui d'un signe de la main, mais elle l'ignora avec mépris. Il lui était toutefois difficile de se cantonner dans l'amertume et l'indignation alors même que tant de gens s'abandonnaient au délire de la fête. Comment aurait-elle pu blâmer quiconque ? Le chagrin était quelque chose d'épuisant et elle choisit d'abandonner la lutte.

Son père soufflait de plus belle dans une corne de bœuf pour signaler inutilement le début des festivités déjà bien entamées. On aurait cru entendre quelqu'un se moucher.

– Hé ! Hé ! Tout le monde, votre attention, s'il vous plaît !

Valérie se tourna vers l'endroit d'où provenait cette voix suraiguë. Marguerite venait de se hisser sur un baquet rouillé pour prendre un peu de hauteur.

– Silence ! hurla-t-elle en agitant les bras bien haut pour obtenir l'attention générale.

Cependant, le terrain était en pente, si bien que son podium improvisé se mit à glisser en arrière. Par chance, Henry le stabilisa avant que la serveuse ne chute.

Les convives assis aux deux extrémités de la table continuaient leur conversation. Peut-être ne l'avaient-ils pas entendue, ou ne daignaient-ils tout simplement pas l'écouter.

– À la santé de l'intendant ! lança Marguerite en levant une chope d'étain. À... euh... son courage, sa bravoure et son intrépidité, conclut-elle lorsqu'elle s'aperçut qu'elle avait enfin capté l'attention des convives.

Allait-elle ajouter quelque chose? Elle semblait hésiter faute de savoir quoi dire.

– Merci d'avoir tué ce loup pour de bon. Il est aussi raide que les clous que fabrique le petit Henry.

Henry s'efforça d'esquisser un sourire poli.

– Même s'il n'est plus si petit que ça, ajouta-t-elle avant de lui adresser un clin d'œil tout en agitant les hanches pour mieux asseoir son propos.

Claude et Roxanne, qui se tenaient juste à côté de Marguerite, avaient viré au rose vif, mais ils gardèrent le silence. Ce n'était pas la première fois que leur mère les embarrassait de la sorte. Roxanne et Valérie échangèrent des regards compatissants.

❧

Valérie se tenait en marge de la foule. La douleur et la peur mêlées à la colère galvanisaient les villageois qui se croyaient invincibles et féroces. Ils ne connaissaient plus de loi à la tombée du crépuscule.

Un fabricant de chandelles assis sur la margelle du puits se mit à donner des coups de pied dans l'eau, trempant les musiciens de la tête aux pieds. Le joueur de mandoline examina la rosace de son instrument.

Prudence se faufila jusqu'à Valérie en dansant, serrant l'ourlet de sa jupe grise des deux mains.

– Je suis heureuse que tu sois venue, lança-t-elle par-dessus le vacarme en agitant sa chevelure châtain clair.

– Prudence, le Loup n'a pas disparu, n'est-ce pas ? lui demanda Valérie d'une voix sourde.

Tous les villageois brûlaient de poser cette question, mais elle mourait aussitôt sur leurs lèvres.

– Pourquoi dis-tu pareille chose ? gronda Prudence en laissant retomber les pans de sa jupe avant de s'immobiliser. Tu as pourtant entendu l'intendant.

– Mais le père Salomon…

– Les hommes savent ce qu'ils font. Allez, viens maintenant !

Valérie vit la chevelure rousse de Claude au cœur de la foule virevoltante. Elle espérait qu'il pourrait s'amuser malgré ce qu'il s'était passé la veille.

Lorsqu'il remarqua que Valérie l'observait, Claude se lança dans une gigue endiablée en agitant bizarrement les jambes pour la faire rire. Elle lui adressa un sourire forcé. Claude, qui avait mal jaugé l'amplitude de ses gestes, se retrouva bientôt au beau milieu d'un groupe de femmes ronchonnes qui n'eut d'autre choix que de s'écarter de son chemin. Il était quant à lui tout sourire et rayonnait de joie lorsqu'un adolescent prénommé William se précipita sur lui pour lui arracher son chapeau avant de détaler aussi sec.

– Qui a peur du grand méchant loup ? lança William pour se moquer

– Arrête ! hurla Valérie, mais le jeune garçon était déjà loin.

Claude se lança à ses trousses en vain, car il finit par déraper en le poursuivant autour du puits. Roxanne, qui gardait toujours un œil sur son frère, se hâta de le rejoindre et de le consoler. Elle se tourna vers Valérie en haussant les épaules.

Mais à qui toute cette comédie est-elle donc destinée? s'interrogea Valérie.

Non loin de l'effigie du Loup, deux simples d'esprit jetaient des meubles cassés dans le feu de joie. La foule poussa un cri car quelqu'un venait de s'emparer du symbole de la pleine lune posé sur l'autel et l'avait jeté au cœur des flammes.

Mais n'était-ce pas Henry Lazar qui longeait la place? Il se dirigeait droit sur Valérie. Elle songea au réconfort qu'il lui avait apporté plus tôt ce jour-là et, chose étrange, elle n'éprouvait nulle envie de l'esquiver cette fois-ci.

– Henry...

Ils étaient désormais liés par le deuil.

– Toutes ces réjouissances sont parfaitement déplacées. Nous venons à peine de les livrer à la rivière, dit Henry.

Tout à coup, Valérie aperçut Rose au milieu de la foule tapageuse. Elle se frottait lascivement contre Peter en remuant ses hanches généreuses. Il la serrait tout contre son torse et ils roulaient des épaules à l'unisson.

– Non, dit Valérie en se retournant soudain vers Henry. Laisse-les donc festoyer.

La compassion qu'elle éprouvait pour lui venait inexplicablement d'atteindre ses limites.

– Le moment est vraiment mal choisi, insista Henry.

Soudain consciente de sa propre douleur, elle voulait le faire souffrir à son tour.

– Tu as entendu l'intendant. Le Loup est mort. Reprenons le cours de nos vies.

Elle s'en voulut aussitôt de l'avoir attaqué ainsi alors qu'il n'avait fait qu'exprimer ce qu'elle ressentait elle aussi. Avait-elle donc perdu l'esprit ? Mais lorsqu'elle se retourna pour s'excuser, Henry avait déjà disparu.

William passa alors devant elle. Il était affublé du chapeau de Claude qui se tenait en retrait, aux marges de la place, encore tout embarrassé et ne sachant trop que faire. La nuit avait été difficile pour lui.

– William n'est qu'un imbécile, et ne t'en fais pas, on va récupérer ton chapeau, lui dit Valérie qui venait de traverser l'esplanade pour se joindre à lui.

– Ma… ma sœur l'a fabriqué, bégaya-t-il en s'efforçant de ne pas avoir l'air trop puéril.

Valérie lui tapota le bras, cherchant William du regard tout en évitant soigneusement de croiser celui de Peter. Elle se tourna vers le bûcher dont les flammes montaient toujours plus haut dans le ciel tandis que la musique jouait toujours plus fort et c'est alors qu'elle remarqua son père qui gisait à terre. Césaire avait glissé dans la boue et ne parvenait plus à se relever. Une petite fille l'enjamba d'un bond, lui frôlant le visage sans vergogne avec les rubans de ses bottines.

– Excuse-moi, Claude, dit-elle en s'éloignant.

Un homme vêtu d'un costume de loup miteux était penché sur Césaire et le flagellait de sa queue aplatie tout en lui soufflant au visage.

– Je vais souffler, souffler et ta maison…

– Fichez-lui la paix ! hurla Valérie, mais l'homme ne voulait rien entendre.

205

Elle s'empara soudain d'une bûche et frappa violemment l'importun. Quelques femmes cessèrent leurs railleries et reculèrent, impressionnées par son geste.

– Je vous ai dit de le laisser en paix ! cria-t-elle à nouveau, couvrant le son de la musique, et l'homme détala dans la foule hurlante.

– Fais-moi exploser les tympans, vas-y, ne te gêne surtout pas ! plaisanta Césaire toujours à terre, le visage dans la boue.

Son père ne semblait pas conscient de ce qu'il lui était arrivé. Il avait profité de cette soirée pour boire plus que de raison, avalant tout ce qui lui tombait sous la main jusqu'à ce qu'il soit trop ivre pour tenir quelque verre que ce fût.

– Je ne plaisante pas, rétorqua Valérie qui d'ordinaire s'accommodait des extravagances de son père.

Mais ce soir-là, les choses étaient différentes. Toute l'attention était concentrée sur sa famille. Il fallait qu'elle le ramène chez eux pour le mettre à l'abri. La perte de Lucie se faisait d'autant plus sentir à présent qu'elle l'aurait aidée à s'occuper de leur père. Valérie remarqua alors avec embarras qu'il gisait dans son propre vomi.

– Papa…

– Je me lève, je me lève.

Césaire s'assit sur son séant sans toutefois parvenir à se hisser sur les pieds.

– Je crois que j'ai une dent ébréchée, déclara-t-il en se massant la joue.

Elle l'aida à se relever sur ses jambes flageolantes. Il était ivre, mais il faisait de son mieux. Elle le tenait par les deux mains, car il oscillait d'avant en arrière alors même qu'il s'efforçait de retrouver l'équilibre.

– Il y a des trucs qui semblent si faciles pendant la journée...

Valérie le laissa prendre appui sur son épaule, puis elle lui indiqua le chemin de la maison une fois qu'ils furent loin de la foule.

– Juste un petit coup de chiffon, et je serai bon pour rencontrer le pape en personne, dit-il en examinant sa chemise maculée de vomi qu'il entreprit alors de nettoyer.

Chemin faisant, ils croisèrent un groupe d'adolescents.

– La femme à barbe s'est donc évanouie ? lança l'un d'eux.

– Une demoiselle en détresse ! ajouta un autre en chantonnant.

Valérie serra les dents. Quel boulet ! songea-t-elle, gênée d'avoir ainsi honte de son père qui titubait à ses côtés, d'autant que Césaire en avait conscience et qu'il en éprouvait de la peine.

– Ne fais pas attention à eux, Valérie, marmonna-t-il. Tu es une bonne fille, dit-il encore, les larmes aux yeux, rendu fragile par l'ivresse.

Césaire essaya de lui donner une petite tape affectueuse sur la tête, mais en vain. Il se tourna alors vers elle et réussit enfin son geste. Il fallait qu'il se tienne à l'écart de ces réjouissances infernales et désastreuses, car on festoyait au mépris de la mort de sa fille. Il se mit à chercher sa demeure en scrutant les alentours, puis, l'ayant enfin trouvée, il se libéra brusquement de l'étreinte de sa fille.

– 'tournz'y... muse'toi bien, lui ordonna-t-il.

Il ne pouvait prodiguer conseil plus avisé à sa fille. Sans lui adresser le moindre regard, il poursuivit son chemin en vacillant. Il aurait sans doute besoin de s'allonger quelque temps sous la maison avant de grimper tant bien que mal à l'échelle.

❧

Valérie s'en retournait vers la place lorsqu'elle aperçut deux petites filles, bras dessus bras dessous, qui s'efforçaient de ne pas se perdre dans la foule. Elle se souvint alors du jour où elle était allée à une fête foraine avec Lucie. Elles étaient encore toutes petites à l'époque. Leur père les faisait virevolter dans ses bras et leur mère leur tendaient des bouchées de viande en se penchant vers elles comme on donne la becquée à un oisillon.

— J'aimerais me sentir aussi libre que Rose, hurla Prudence pour couvrir le bruit de la musique et elle se rapprocha d'elle d'un pas léger.

Prudence se tenait toujours parfaitement droite, même lorsqu'elle dansait.

Valérie, qui avait saisi l'allusion, se tourna vers Rose et Peter. La jeune fille lui enlaçait le cou alors qu'il plongeait ses doigts dans sa chevelure noire si semblable à la sienne, geste bien plus intime que le balancement de leur corps. Le traître ! Les musiciens de l'orchestre continuaient de jouer, acclamant et sifflant tour à tour le couple de danseurs. Rose se déhanchait de plus belle, mais Peter gardait la tête baissée. Valérie aurait voulu les voir morts : de Rose ou de

208

Peter, elle ne savait lequel des deux elle haïssait le plus. Elle les fixa si longuement que sa vue finit par se troubler.

– Tout va bien ? lui demanda Prudence en lui posant la main sur le dos.

– Oui.

– Tu ne crois pas qu'on devrait l'arrêter ? Elle est en train de ruiner le peu de réputation qui lui reste en dansant ainsi avec *celui-là*, dit-elle en mettant une mèche de cheveux derrière son oreille.

Les flammes du bûcher avaient pris de l'ampleur et s'élevaient désormais vers le ciel, jetant des ombres longues qui dansaient sur le sol.

– Non, répondit-elle d'un air sombre. Laisse-la donc faire ce qu'elle veut.

Elle s'empara soudain de la bouteille d'un verrier qui passait par là. Il avalait de grandes coulées de bière, le visage à peine reconnaissable sous la couche de feuilles qui lui collaient à la peau. Valérie vida le reste de sa bouteille d'un trait et cette mixture lui laissa un goût épicé sur la langue. Lorsqu'elle releva les yeux, elle eut l'impression qu'elle nageait dans les airs.

Elle agrippa Prudence et l'entraîna dans une danse frénétique. Illuminées par les flammes extatiques, les deux jeunes filles s'inclinèrent dans un premier temps, face à face et jambes écartées, puis s'accroupirent avant de se redresser en faisant tournoyer leur chevelure. Deux pas en avant, un pas en arrière. Trois pas en avant et voilà qu'elles se pressaient l'une contre l'autre. Valérie ne s'était jamais beaucoup souciée de son corps, si bien qu'elle se sentait plus libre que Prudence et les autres filles. Elle se démenait comme une possédée.

Elles dansaient en harmonie sans se préoccuper des figures imposées. Elles virevoltaient en agitant leurs jupons, puis elles se touchaient les mains, paume contre paume. Elles avaient le regard étincelant de secrets, et c'était à celle qui baisserait les yeux la première. Valérie se sentait transportée par ce moment de communion. Pendant ce temps, Peter se lovait contre le corps de Rose qui faisait voler ses jupons bien haut et dévoilait ses jambes. Valérie et Peter ne dansaient pas à l'identique, mais ils exécutaient néanmoins une même parade, aussi vieille que l'humanité : la danse des jaloux.

Dès que le couple qui les séparait leur en donnait l'occasion, ils se cherchaient du regard tout en prenant bien soin de s'esquiver, mus par un même flux d'énergie.

PAF!

Peter venait de barrer la route à Henry qui se ruait sur Valérie en titubant, renversant négligemment sa bière. Il n'en était visiblement pas à sa première chope. Peter avait voulu la protéger ; elle éprouvait une certaine satisfaction à voir qu'il était tout aussi conscient de sa présence qu'elle l'était de la sienne. Étourdi par l'alcool, Henry mit un moment à comprendre qu'il venait de percuter Peter. Il pivota brusquement, le souffle lourd, et se précipita sur son rival en écartant de son chemin trois ivrognes affublés de masques de cochons. Effrayée par son regard de fou, Rose fila se réfugier aux côtés de Prudence.

– Tout doux, mon ami, dit Peter à Henry qui l'avait poussé si fort qu'il avait reculé de plusieurs pas.

– *Ton ami?* Tu nous as laissés tomber dans les grottes, lança Henry en contractant ses muscles.

Peter recula prudemment. Henry semblait hors de lui.

– On dirait qu'on ne tient pas l'alcool, rétorqua Peter sans trop insister, car il voulait éviter que Valérie n'y voie quelque allusion à son propre père.

– Et maintenant, poursuivit Henry en s'avançant vers lui, mon père est *mort*, lui aussi.

– S'il te plaît, Henry. Arrête. Ça n'en vaut pas la peine, intervint Valérie.

Henry la repoussa avec une telle force qu'elle tomba à la renverse. Peter lui saisit aussitôt le bras et le lui tordit, mais Henry, un peu trop prompt à réagir, lui décocha un coup de poing en pleine figure. La foule éclata de rire en voyant Peter s'effondrer brutalement sur le sol. Accroupi au-dessus de lui, Henry le saisit par le col, le forçant à le regarder droit dans les yeux comme il ne l'avait jamais fait auparavant. Il scrutait l'homme qu'il tenait pour responsable de la mort de ses parents. C'était sa façon d'éviter la terrible vérité : un simple caprice du destin suffisait à tout faire basculer dans le néant.

– Espère d'ordure, cracha-t-il, ce qui déclencha l'hilarité des villageois, mais Peter, lui, ne riait pas, et il extirpa un couteau de sa botte avant de se relever d'un bond.

– Ne t'avise pas de lever la main sur elle ou je la tranche aussi sec, menaça-t-il en agitant sa lame sous le nez d'Henry.

Le couteau frémissait à quelques centimètres de son visage. Il ne plaisantait pas. Il aurait pu tout aussi bien l'amputer sans autre forme de procès, mais Henry n'avait pas l'air apeuré. Il était prêt à l'affronter.

– Peter, s'il te plaît, dit Valérie d'une voix douce.

Henry cherchait juste la bagarre, mais elle savait que Peter voulait voir couler le sang. Sa voix s'étrangla dans sa gorge. Elle était émue par la beauté sauvage d'un amour aussi puissant. Elle exultait, tout à la fois coupable et fière d'exercer un tel pouvoir sur lui. Il était prêt à tuer par amour pour elle. Il recula lentement en entendant sa voix, puis il marqua une pause et menaça une dernière fois Henry de son arme.

– Je te jure que tu vas le regretter, lança-t-il avant de s'éclipser.

Valérie adressa un bref coup d'œil déçu à Henry qui restait là sans rien dire, puis elle se précipita à la suite de Peter.

Elle le suivit jusque dans la pénombre d'une ruelle dont l'espace clos assourdissait tous les sons. La clameur des festivités n'était plus qu'un murmure. Adossé à un mur, il attendait, le souffle court, le regard sauvage et dangereux.

– Fiche-moi la paix ! lança-t-il en la voyant arriver.

Mais Valérie se sentait bien trop puissante pour obéir. Non, personne ne lui dicterait sa conduite.

– Tu saignes, dit-elle en touchant son œil blessé avec tendresse.

– Et alors ? rétorqua-t-il en écartant brusquement sa main. Bon sang, Valérie ! Qu'est-ce que tu as dans la tête ? Que faut-il donc que je fasse pour que tu cesses enfin ?

Mais Valérie ne tolérerait aucun refus. Elle avait certes juré de ne plus jamais rien éprouver pour ce garçon, mais son corps criait plus fort. Oui, ce serait merveilleux : il fallait qu'il accède à sa demande. Transportée par l'alcool qui lui coulait dans les veines, elle se sentait submergée par une sensation nouvelle.

– Peter…

Il baissa les yeux vers elle. La douleur se lisait dans son regard.

– Je t'aime, Peter, dit-elle, enfin libre.

Il la révélait à elle-même et elle se sentait mise à nu.

Peter, quant à lui, ne savait que répondre. Il avait les yeux qui brillaient d'un feu vif, mais il se détourna aussitôt pour reprendre son souffle.

– À quoi jouais-tu avec Rose au juste ? demanda-t-elle d'un ton comminatoire.

– Je n'ai nul besoin de l'apprécier pour obtenir d'elle ce que je veux, répondit-il d'une voix sourde après lui avoir tourné le dos pour s'avancer d'un pas dans la ruelle.

– Je ne te crois pas, dit-elle en cherchant à lui toucher le visage, mais cette fois-ci, il se déroba. Tu mens ! s'écria-t-elle alors.

Elle éprouvait une furieuse envie de sentir son contact, d'entendre le battement de son cœur et de s'assurer qu'il lui appartenait bien à elle, et à elle seule. Sans lui laisser le temps de réagir, elle l'enlaça et posa la main sur son torse.

– Ton cœur bat si vite. Je sais que tu éprouves la même chose que moi.

Pivotant sur lui-même, il saisit le bracelet que lui avait offert Henry, mais elle résista.

– Valérie, tu sais très bien que je ne pourrai jamais t'offrir pareil bijou. Jamais, tu m'entends ?

– Tu crois que je m'intéresse à son argent ?

– Valérie, je ne suis pas l'homme qu'il te faut, dit-il encore pour lui laisser une dernière chance de battre en retraite.

– Et alors ?

Peter se tourna vers elle. Il osait enfin y croire, mais voilà qu'elle l'embrassait de ses lèvres douces dans un baiser gourmand. Il hésita, tiraillé par la promesse qu'il avait faite à sa mère, mais lorsqu'il sentit la fraîcheur de ses bras qui l'enlaçaient, ses doigts qui fouillaient sa chevelure, il ne put résister plus longtemps. Il avait tenu bon jusqu'alors, mais, tel un tronc d'arbre qu'on aurait entaillé jusqu'au point de rupture, il finit par céder : ce baiser venait de lui porter un coup fatal. Peter lui caressa la joue de ses doigts rendus calleux par le labeur tandis qu'ils reprenaient tous deux leur souffle.

– J'ai envie de toi depuis si longtemps, dit-il en passant la main dans sa chevelure aussi fine qu'une soie végétale couleur maïs.

Mais Valérie eut tout à coup l'impression qu'on l'observait encore, comme à la fête du village. Elle entendit quelque chose bouger à l'entrée de la ruelle, mais cette fois-ci il ne s'agissait pas d'une tête de sanglier aux orbites garnies de deux grains de raisin.

– Peter, tu as entendu ça ?

Il ne daigna même pas lui répondre. Il la prit aussitôt dans ses bras et l'emporta dans un entrepôt situé non loin de là. Une fois en haut des escaliers, il la plaqua contre le mur rêche et Valérie oublia tout le reste.

– Ça va mieux ? finit-il par lui demander.

Elle était incapable de répondre. Elle sentait tout son corps se presser contre le sien alors qu'il caressait sa taille avec douceur. Il cherchait à dénouer les attaches de son chemisier.

– Peter...

Ses mains étaient rugueuses. Valérie laissa s'égarer sa main en haut de sa cuisse. Elle aurait voulu imprimer à jamais l'empreinte de sa chair dans la sienne, en sentir enfin tous les creux et les pleins. Leurs vêtements et tout ce qui les séparait encore lui devinrent soudain insupportables. Elle brûlait de tout son être de sentir enfin sa pleine présence.

Il l'allongea sur la paille qui recouvrait le sol du grenier à blé. Valérie eut presque le vertige en levant les yeux vers le dôme plongé dans la pénombre, comme si elle se retrouvait soudain au cœur d'un kaléidoscope en bois de chêne aux parois tapissées de miroirs. Le corps inondé par une vague de chaleur qui l'empêchait presque de respirer, Valérie sentait le souffle irrégulier de Peter sur son cou. Il ouvrit son chemisier dont les pans s'étaient échappés de sa jupe et posa ses doigts sur sa peau. C'en était trop pour elle, songea-t-elle, haletante. Il fallait qu'elle s'en aille. Elle n'était pas encore prête à affronter l'intensité de son désir. Tout à coup, un bruit de ferraille retentit en contrebas.

Ils se séparèrent aussitôt.

– Vite, lui dit Peter en l'aidant à se relever, puis il la conduisit derrière un pilier. Il ne faut pas qu'on te voie !

– Peter ! lança l'intrus.

Il vit alors deux bûcherons qui chargeaient un tonneau sur une brouette au rez-de-chaussée.

– Peter, tu veux bien nous donner un coup de main ?

Il adressa un regard désespéré à Valérie qui lui fit signe de s'approcher un instant. Il se pencha vers elle, en faisant mine de rajuster sa botte.

– Je ne veux pas vivre sans toi, lui murmura-t-elle à l'oreille avant de l'attirer à elle pour lui donner encore plusieurs baisers enflammés.

Il tituba, puis il caressa sa joue enfiévrée avant de s'éclipser.

Adossée au pilier, Valérie continuait de sentir la trace brûlante de sa peau contre la sienne. Elle était encore sous le choc, mais elle voulait malgré tout préserver cet instant à jamais.

C'est alors qu'elle eut à nouveau la sensation qu'on l'observait. D'instinct, elle releva la tête et vit un corbeau aux yeux noirs et globuleux qui scrutait le grenier depuis son perchoir au sommet de la tour. Il déploya ses ailes et s'envola.

Tapi derrière un pilier, Henry Lazar comprit que Valérie avait perçu sa présence et se sentit soudain submergé par la honte. Son amour venait d'être anéanti en un instant. Il avait voulu partir, mais en vain. Il ne parvenait pas à détacher les yeux du couple enlacé. Il était resté figé dans une fascination mêlée d'horreur face à l'intensité de cette scène aussi belle que pathétique.

Il resta là encore quelques instants, puis il contracta les muscles de sa mâchoire et s'éclipsa enfin à pas feutrés.

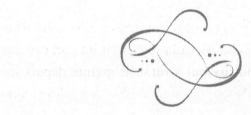

17

Valérie n'entendait plus la voix des bûcherons en bas. Ils étaient donc partis. Elle se releva, puis se faufila par la porte latérale pour repartir à la fête, heureuse de pouvoir enfin quitter les lieux.

Cependant, elle ne trouva pas la moindre trace de Peter. Une rangée de silhouettes se découpait sur un fond de flammes roses qui palpitaient au rythme de la musique. Personne n'avait remarqué son absence, semblait-il. Roxanne était trop occupée à admirer les hommes qui dansaient sur des charbons ardents. Elle était fascinée. Ils exécutaient des saltos arrière ou marchaient sur les mains, lançant leurs jambes bien haut. Tout était soudain si beau. Habitée par une férocité animale, Valérie se sentait invincible. Elle s'empressa de se nouer les cheveux en une natte lâche pour ne pas les avoir dans les yeux. Remarquant les cornes de chèvres que portait un tavernier qui passait là d'un pas lourd, Valérie s'en empara et les ajusta sur sa tête.

Mais voilà qu'on riait juste au-dessus d'elle... Perchés dans un arbre, des hommes s'amusaient à renverser le contenu de leurs chopes sur ceux qui passaient en dessous. L'une de leurs victimes avait bien failli se mettre en colère, mais elle s'était ravisée au dernier moment. Les balles de foin étaient jonchées de coupes de métal et la bière s'infiltrait lentement dans la paille avant de s'écouler sur le sol en un mince filet. Valérie vit quelqu'un tomber à la renverse au milieu des broussailles, aussitôt suivi par quelque âme charitable. Pendant ce temps-là, un groupe de paysans attaquait de leur hache les grosses branches d'un arbre, s'abattant sur le sol avec fracas parfois. Cependant, dans la clameur nocturne, personne ne prenait la peine de regarder ce qu'il se passait.

Valérie se mit à songer à tout ce qu'elle avait vécu en contemplant les charbons ardents. L'orchestre battait lourdement la mesure. Elle fut soudainement emportée par la musique et se mit à danser à son tour. Elle se sentait légère, emportée par le mouvement.

Roxanne, qui lui avait emboîté le pas, débôula à sa suite en hurlant de rire. Elles se jetèrent dans les bras l'une de l'autre, puis se mirent à tournoyer sans fin. Valérie ne voyait plus rien et le monde n'était plus qu'un brouillard. Tout cela n'avait rien de réel comparé au contact des mains de Peter, au poids de son corps, à la chaleur de son souffle. Quelque chose se détacha soudain du reste de la scène. Deux jeunes filles qui avaient entrepris de les imiter dansaient à présent elles aussi, ne formant plus qu'une masse indistincte et colorée. Cependant, à peine eurent-elles achevé leur tour de piste qu'une forme indistincte attira l'attention de Valérie vers la ruelle.

– Mais où étais-tu donc passée ? lui demanda Roxanne en reprenant son souffle, inconsciente du danger.

Deux yeux.

Valérie s'arrêta net, assénant un coup de coude à Roxanne.

– Qu'est-ce qui te prend ? Tu sais, je t'ai cherchée.

Les deux amies gardèrent le silence pendant quelques instants, le temps de retrouver leurs esprits. Roxanne attendait toujours une réponse, mais Valérie était ailleurs. Elle était remontée loin dans le temps.

Elle était alors âgée de sept ans, petite fille dans la forêt obscure, terrorisée par deux yeux qui la regardaient.

Des yeux qui la *voyaient* telle qu'en elle-même.

Non, ce n'était pas un regard ordinaire, personne ne l'avait jamais vue ainsi. Ces yeux lisaient en elle et la reconnaissaient pour ce qu'elle était vraiment.

Le Loup.

Elle avait toujours su que ce jour viendrait même lorsque sa vie était normale, mais elle ne s'était jamais laissée aller à y songer.

Ce jour était enfin venu.

Elle entendit d'abord un grondement sourd qui passa inaperçu au milieu du vacarme des festivités, ultime frémissement qui précède la lame de fond.

Le Loup rugit encore, et d'un bond puissant il lui sauta par-dessus la tête pour atterrir au beau milieu de la place.

L'intendant qui dissertait à la table d'honneur plissa les yeux en voyant devant lui la monstrueuse masse sombre.

L'esprit embrumé par l'alcool, il s'efforçait d'identifier la bête. Il avait déjà rencontré semblable silhouette la veille dans la caverne, mais ce ne pouvait être un loup. L'animal qui avait fait de lui un héros n'était qu'un chien de compagnie face à cette *chose*.

Ces yeux jaunes qui jetaient des éclairs, cette noirceur gargantuesque, cette fourrure sculptée par les muscles saillant sous la peau…

Horreur!

Il vacilla sur ses pieds en se relevant, cherchant le couteau qu'il portait à la ceinture. Il savait que tous les regards étaient tournés sur lui à présent.

L'immense ombre noire fondit sur l'intendant, aussi véloce qu'une flèche. L'instant d'après, elle était déjà loin, mais cette seconde avait été fatale. L'intendant resta immobile alors que sa gorge tranchée se fendait en une plaie sombre, puis il tomba enfin à terre. Quelques minutes plus tôt, il souriait encore, savourant sa gloire entouré de sa cour, et voilà qu'il était mort.

Quelqu'un eut alors la présence d'esprit de donner l'alerte.

– On nous attaque!

Le Loup rôdait sur la place. Un vent de panique se mit soudain à souffler sur le village. Les convives quittaient l'estrade à la hâte, détalant à quatre pattes pour se jeter dans le puits. Des bouteilles valdinguaient dans les airs, des seaux remplis de pommes se déversaient sur le sol, des instruments abandonnés basculaient sur le côté, les cordes encore frémissantes. Les hommes ne s'arrêtaient pas pour aider des femmes, effondrées dans la gadoue. Elles se débrouillaient seules, s'agrippant à leurs jupons souillés, si choquées que leurs mains ne tremblaient même pas.

✧

Claude se tenait seul à l'écart. Il battait toujours ses cartes, espérant que William reviendrait avec son chapeau. Percevant la terreur alentour, il pivota soudain sur lui-même dans un mouvement de panique, laissant échapper toutes ses cartes qui, comme autant de pétales, retombèrent lentement sur le sol. Il se mit à quatre pattes pour récupérer son trésor éparpillé. Il fallait qu'il se relève, mais si jamais il laissait traîner ne serait-ce qu'une seule carte, rien ne serait plus jamais comme avant et le mal se répandrait sur le monde telle une moisissure vorace.

Alors qu'il rampait sous un chariot pour récupérer la Maison Dieu, Claude s'immobilisa soudain. De l'autre côté du véhicule, le Loup traînait un homme étendu sur le dos dont le corps inerte rebondissait sur la neige tel un sac de pommes. Un peu plus loin à l'arrière-plan, il aperçut l'une des couturières du village. Elle avait gagné le concours de broderie deux mois plus tôt grâce à un tableau de l'amant de retour de la chasse qu'elle avait brodé de son aiguille agile sur le mouchoir de poche d'une dame. À présent, elle gisait pitoyablement dans le sang encore chaud qui jaillissait de son corps en un flux noirâtre.

À quatre pattes comme un chien, il comprit que, quoi qu'il fît, les cartes de la vie resteraient éparpillées à jamais avant d'être broyées dans la boue de ce monde de douleur. Claude s'accroupit, le corps secoué d'un sanglot.

Valérie se trouvait au cœur de la folie ambiante, mais elle n'avait plus peur.

Pourquoi courent-ils tous ainsi? Que leur a donné la vie? Ils ont toujours appartenu au Loup. Il est désormais revenu pour reprendre son dû.

C'est alors que quatre villageois passèrent devant elle, dissimulés sous leur cape, étrangement confiants. Elle comprit qu'il s'agissait des soldats du père Salomon en les voyant ôter leurs déguisements et dégainer leurs armes: une épée d'argent qui luisait dangereusement, deux haches de combat meurtrières, et des fouets aussi lourds que des câbles d'acier. Ils avaient attendu dans les coulisses que le spectacle commence.

— Pars te cacher, ma fille, murmura le capitaine en lui adressant un sourire empreint de dureté.

Les soldats s'avancèrent au milieu du carnage et c'est alors que surgirent des quatre coins de la place les autres hommes du père Salomon.

Mais où la créature était-elle donc passée? s'interrogea Valérie en regardant tout autour d'elle.

Le Loup venait de planter ses griffes dans le dos du boucher du village. Ses oreilles se dressèrent soudain en entendant un cri de guerre féroce et il scruta les alentours, un bras encore vivant entre ses mâchoires énormes. Un gigantesque viking s'avança vers lui en faisant tournoyer ses haches de guerre. Le Loup se figea, comme paralysé face à cette tempête de métal, mais au moment où les deux haches s'abattirent pour lui porter le coup fatal, la bête se déroba à une vitesse fulgurante. L'animal était trop rapide pour l'œil humain, mais on entendit le terrible cri de guerre du viking se muer en un hurlement atroce. Les haches valdinguèrent dans les airs : l'une des lames se ficha dans la terre recouverte de neige tandis que l'autre frappa en plein visage un infortuné villageois en fuite, éclaboussant le sol de son sang. D'un bond, le Loup avait déjà franchi une vingtaine de mètres et s'était lancé à la poursuite d'un autre soldat de Salomon, laissant le viking affalé sur le boucher.

Valérie vivait la scène comme on traverse un songe, et c'est alors qu'elle vit quelque chose d'extraordinaire : le scribe croquait le chaos avec diligence. Il se tenait assez près pour en saisir chaque détail. Il dessinait vite. Il avait l'œil vif et traçait la moindre parcelle de la bête : son arrière-train, sa fourrure, ses dents, sa langue. Il ne regardait pas son parchemin. L'artiste adressa un rapide coup d'œil à Valérie en esquissant un sourire tout empreint de tristesse, comme pour lui indiquer qu'il était horrifié par ce qu'il voyait. Un besoin pervers et typiquement humain d'enregistrer la scène le poussait malgré tout à exécuter son ouvrage.

Valérie vit le scribe se rapprocher encore, si près qu'il pouvait voir l'électricité statique qui dressait les poils de son échine et la bave qui coulait de sa gueule. Il grattait la page de sa plume, mouchetant le papyrus d'une encre brune. Mais à peine eut-il secoué son instrument pour faire descendre l'encre dans le bec que l'attention du Loup fut attirée. Valérie se couvrit la bouche de terreur en voyant le scribe lever sa plume comme pour parer l'attaque, ou peut-être était-ce simplement pour dire : *Regarde, je ne suis qu'un artiste.*

Qu'importe, ce fut le dernier geste de sa vie.

Valérie rejoignit son cadavre pour ramasser sa dernière œuvre, gisant sur le sol. Elle voulait éviter qu'elle ne se couvre de sang et de crasse. Un puissant étalon la frôla en hennissant, aveuglé par sa crinière battue par les vents.

– Rendez-vous à l'église ! hurla le père Salomon pour couvrir la clameur de la foule en panique. Le Loup ne peut fouler une terre consacrée ! cria-t-il encore sur sa monture.

Il dégaina son épée en sautant par-dessus le corps de l'intendant, savourant cet instant qui lui donnait raison. Il les avait prévenus, et ils avaient choisi de ne pas l'écouter. Ils en payaient désormais le prix. *Comme il était bon d'avoir raison*, songea Valérie, quand bien même on aurait préféré avoir eu tort.

– Loup, ton heure est venue !

Le chasseur se jeta dans la bataille. Son armure étincelait à la lueur des flammes. Valérie se demandait si l'épée du père Salomon se perdrait dans l'épaisse fourrure emmêlée du Loup. Y avait-il une arme si puissante qu'elle pût abattre pareille créature ?

L'immense effigie du loup n'était plus qu'une traînée orange sur fond de ciel nocturne. Les hommes de Salomon s'élançaient vers le Loup en courbant l'échine. La bête ne manifestait ni rage ni peur, mais plutôt quelque chose comme un léger agacement, voire une pointe d'amusement. Un soldat s'approcha de la bête en agitant une chaîne dont chaque extrémité était pourvue d'une masse hérissée de pointes, arme d'une redoutable simplicité, mais le Loup n'eut aucune difficulté à abattre son adversaire.

Un autre soldat au teint mat se précipita en brandissant un sabre courbe. Dans sa rage, il était aussi beau qu'il était brutal. Il sembla stupéfait de voir exploser sa peau au moment où les griffes du Loup la rencontrèrent. Un long ruban de sang s'écoula de la plaie qui bâillait entre les plastrons de son armure.

Malgré tout, les soldats poursuivaient leur attaque, les uns après les autres, ne laissant pas le moindre répit à la créature. Le capitaine accourut en faisant claquer son fouet comme pour mieux marquer sa férocité. Il avait le corps sec et musclé, si bien qu'il ressemblait plus à une sculpture qu'à une véritable personne. Son frère le rejoignit, déroulant son fouet à son tour, prêt à affronter la bête.

Les deux hommes prirent le Loup en tenailles, épaulés par un troisième soldat qui se tenait derrière eux, le souffle lourd et la lance à l'épaule. Les deux hommes se déplaçaient avec l'aisance d'un dauphin à mesure qu'ils faisaient onduler leur fouet. La plupart des villageois avaient obéi à Salomon et ils étaient partis se réfugier dans l'église, mais Valérie était restée en arrière. Elle observait la scène, les entrailles nouées.

Alors même que les deux frères croyaient l'avoir enfin piégé, le Loup se raidit sur ses pattes et se mit à reculer pour les attirer à lui. Les deux hommes massifs s'efforçaient de ne pas perdre l'équilibre tandis qu'ils dérapaient sur le sol, prenant garde de ne pas trop s'incliner en avant ou arrière. Ils luttaient contre la bête, les jambes tremblantes, mais même leurs poids conjugués ne représentaient qu'un faible fardeau pour le Loup. Tout à coup, quelque chose se rompit, et la tension retomba fatalement. Valérie sentit son cœur se briser en voyant le Loup qui tirait le capitaine dans la neige ensanglantée tandis que le corps aplati de son frère virevoltait au-dessus de la place telle une étoile filante. Il tenta de se relever, mais en vain. Le Loup le plaqua au sol et déchira sa chair de ses griffes.

Elle leva les yeux vers le père Salomon assis sur son puissant destrier et quelle ne fut pas sa surprise ! Non, jamais elle n'aurait pu imaginer lire un tel sentiment sur ce visage.

L'incertitude.

Le Loup avait réussi à surprendre cet homme qui paraissait pourtant prêt à tout affronter.

Le soldat qui portait une lance fit volte-face et se précipita vers le père Salomon qui avait gardé une vue d'ensemble de la scène.

– Il est puissant, plus puissant que tous ceux que nous avons affrontés jusqu'à présent !

– Garde la foi ! Dieu est encore plus fort ! répondit Salomon en gardant les yeux rivés sur la ligne d'horizon, puis il éperonna son étalon, la main fermement posée sur le pommeau de son épée.

De l'autre côté de la place, le Loup réagit aussitôt au nom de Dieu. Il se tourna pour faire face au père Salomon et laissa échapper un grognement sourd. Salomon croisa le regard du monstre et embrassa le crucifix qu'il portait en pendentif. Les émotions qui l'avaient auparavant submergé s'évanouirent soudain. Le doute, la peur n'étaient plus, signant le retour en force de cet homme si sûr de lui.

– Dieu est plus fort !

À ces mots, il fit claquer ses rênes, planta ses éperons dans les flancs de son destrier et chargea la bête en brandissant son épée – c'était l'épée du divin courroux. Mais le Loup ne bronchait pas. Téméraire, il défiait son adversaire. C'est alors que ses mâchoires s'écartèrent pour laisser échapper un rugissement surnaturel. Valérie sentit le sol trembler sous ses pieds. Effrayé, le cheval de Salomon se cabra et s'emmêla les sabots, envoyant valdinguer son cavalier dans les airs. Il s'écrasa au beau milieu des braises encore ardentes du feu de joie qui vomit un geyser d'étincelles au moment de l'impact. On entendait au loin le martèlement des sabots du cheval en fuite.

Salomon poussa un cri de douleur et de rage mêlées, ce qui parut amuser le Loup. Valérie sentit toutes les fibres de l'animal vibrer de plaisir lorsqu'il chargea en direction des braises pour achever son ennemi sans défense. S'efforçant de s'extirper du feu et dépourvu d'épée, il savait que sa fin était proche.

Des ombres obliques venues de nulle part zébrèrent soudain le sol de la place. Assis sur la rampe du balcon de la taverne, l'arbalétrier masqué tirait des flèches d'argent sur le Loup qui laissa échapper un grognement indigné avant de sauter sur le toit de l'établissement d'un bond puissant. L'arbalétrier continua à décocher flèche après flèche sur l'ombre de la bête qui sautait de toit en toit, jusqu'à ce que, dans un ultime élan, le Loup s'évanouisse enfin dans la nuit.

Mais le spectacle n'était pas terminé pour autant. Valérie vit une silhouette émerger de la fumée et des charbons ardents. L'homme se débarrassait des cendres chaudes qui s'étaient accrochées à son visage. Brûlé, scarifié à vie, il n'était que douleur et haine. Le père Salomon s'était relevé, porté par une colère et une soif de vengeance amères.

Ressuscité.

18

Il traquait deux créatures. *Humaines et vulnérables.*

L'une d'elles se nommait Claude. Le jeune garçon gémissait, à peine capable d'articuler un mot.

Pitoyable. Mais un gémissement pitoyable résonne d'autant plus fort aux oreilles d'un prédateur.

Mais il y avait aussi les battements du cœur d'une jeune humaine.

Valérie se sentait toujours aussi lointaine, coupée des événements auxquels elle venait d'assister, comme séparée du monde par une cloison de verre. Elle avançait au milieu des ruines, les yeux brûlés par la fumée. Pourquoi ne figurait-elle pas au nombre des morts ? Pourquoi avait-elle été épargnée, contrairement à sa sœur ? Pourquoi n'était-elle pas terrorisée comme Roxanne qui tremblait à ses côtés ?

– Claude ? appela encore Roxanne d'une voix paniquée. Où es-tu ?

Celle-ci savait qu'il valait mieux ne pas compter sur sa mère pour se soucier du sort de Claude. Elles l'avaient cherché ensemble, mais Valérie n'avait pas réussi non plus à dénicher son frère parmi les villageois qui se terraient à l'intérieur de l'église, serrés comme des sardines. Elles avaient néanmoins retrouvé leurs parents pour les perdre aussitôt de vue en poursuivant leurs recherches.

Jusqu'à présent, elles n'avaient pas découvert le cadavre de Claude parmi les morts.

Mais pour combien de temps encore ?

Valérie n'avait pas retrouvé Peter non plus. Elle aurait voulu crier son nom, mais Daggerhorn se délectait des scandales. Mieux valait préserver son secret, même au milieu d'une telle tragédie. Cependant ce n'était pas la seule raison qui la poussait à garder le silence. Un soupçon avait commencé à germer dans son esprit Cette idée ne l'avait qu'effleurée jusqu'alors, car elle se refusait à l'admettre pleinement. Tout avait commencé au moment où Peter était arrivé... Il devait s'agir d'une coïncidence.

Elle perçut quelque chose qui bougeait tout près de là. Elle regarda autour d'elle avec prudence, car elle voulait éviter d'alarmer Roxanne, mais en vain, car cette dernière avait perçu son inquiétude.

– Quoi ? Tu as vu quelque chose ?

– Non, ce n'est rien, répondit-elle en posant une main rassurante sur le bras de son amie. Par ici, ajouta-t-elle en entraînant Roxanne dans Dye Makers Alley, la rue des teinturiers.

Le Loup les suivait. L'odeur âcre de la teinture se mêla soudain à celle de la peur qui émanait d'une des jeunes filles.

Mais que dire de sa compagne ?

Comme il était étrange de traquer quelqu'un qui n'empestait pas la terreur.

⁂

Valérie pensait à Lucie. Elles avaient toujours adoré cet endroit, cette étroite allée magique dont le sol était jonché de pétales tombés des cuves de teinture comme autant de flocons d'un ciel crépusculaire. Elle était venue ici toute son enfance, toujours désireuse de plonger ses pieds couverts de poussière dans l'eau bleue des cuves béantes, ou ne serait-ce qu'en frôler la surface de ses doigts. Elle s'y était risquée une fois, mais Lucie l'avait prise sur le fait et avait aussitôt retiré sa main couleur myrtille de la longue cuve basse. Cependant, pour se faire pardonner, Lucie avait ensuite dérobé une poignée de fleurs dans les tours de stockage et les avait soigneusement tressées dans les cheveux de sa sœur ce soir-là.

Si seulement les fleurs pouvaient être éternelles.

Tout comme les sœurs.

Quelque chose fit soudain sursauter Roxanne qui laissa échapper un cri perçant, avant de bondir en avant.

— Attention ! s'exclama Valérie en l'attrapant par le poignet pour l'éloigner du bord de la cuve de teinture bleue qui miroitait au clair de lune.

C'est alors qu'elles entendirent un martèlement sourd qui se réverbérait derrière elles. Les deux jeunes filles pivotèrent aussitôt sur elles-mêmes et le cœur de Valérie s'arrêta d'un coup comme dans l'instant qui précède une chute. Derrière le rideau de fumée, elles virent le Loup qui se dirigeait vers elles. La bête vorace rugissait en découvrant ses crocs acérés et maculés de sang séché. Elle fit aussitôt volte-face, entraînant Roxanne dans sa fuite, tout en soulevant des gerbes de pétales dans leur sillage.

Mais hélas, la ruelle se terminait en cul-de-sac. Elles n'avaient nulle part où aller. Comment n'y avait-elle pas songé ? pensa Valérie en maudissant sa propre sottise. Elles se trouvaient maintenant au pied du mur des tours de stockage remplies de plantes destinées à la fabrication de la teinture. On avait fixé à la paroi de bois une échelle hérissée de piques pour y faire sécher les fleurs. D'un bond, elle s'accrocha à l'une d'elles et se hissa en haut du mur. Elle jeta alors un coup d'œil en contrebas. Le Loup avait disparu. Peut-être ne l'intéressaient-elles plus ?

Mais Roxanne restait pétrifiée.

– Attrape ma main ! lui lança Valérie.

– Je ne peux pas.

– Vas-y !

Voyant que Roxanne ne réagissait toujours pas, elle lâcha la pique et retomba à ses côtés. Mais au moment où Valérie s'apprêtait à la secouer pour qu'elle retrouve enfin ses esprits, le Loup atterrit d'un bond aux pieds de la jeune fille. Il était colossal et semblait occuper toute la largeur de la ruelle. Il était plus grand que n'importe quel homme au monde. C'était cette même créature maléfique qui avait planté ses crocs dans la chair de sa sœur. En proie à une panique soudaine, Valérie sentit son courage l'abandonner, mais elle ne parvenait pas à se détourner du regard incandescent de cette créature aux yeux d'or. Le Loup ne cillait pas, ils respiraient tous deux à l'unisson.

Le silence s'abattit soudain sur le monde. Elle entendit alors une voix composite qui mêlait le masculin et le féminin, l'humain et l'animal. Synthèse de toutes les voix qu'elle ait jamais connues, elle résonnait au plus profond d'elle-même. C'était la voix du diable.

— **Tu croyais vraiment pouvoir m'échapper ?**

Le ciel se mit à tourbillonner et le sol se déroba sous ses pieds.

— Quoi ? Tu parles donc ? songea Valérie à voix haute.

— **Tu me comprends, Valérie. C'est tout ce qui compte.**

Valérie sentait le parfum douceâtre des fleurs qui se mêlait à l'âcreté du musc du Loup.

— Tu connais mon nom, dit-elle bêtement.

— Valérie, qu'est-ce que tu fais ? lui demanda Roxanne d'une voix tremblante.

Le Loup se tourna aussitôt vers Roxanne en rugissant jusqu'à ce que la jeune fille vacille sur ses jambes flageolantes et s'affaisse sur le sol, recroquevillée en boule. Le Loup se désintéressa alors de son sort et regarda à nouveau Valérie. La voix du démon reprit, emplissant ses pensées.

— **Nous sommes semblables, toi et moi.**

— Non, rétorqua Valérie, rejetant cette idée de toute son âme. Non, tu es un meurtrier. Un monstre. Je n'ai rien à voir avec toi, rien ! dit-elle alors qu'elle cherchait à tâtons quelque chose dont elle aurait pu s'emparer, mais en vain.

— **Tu as déjà tué, toi aussi. Je connais tes secrets.**

Valérie en eut le souffle coupé. Son cœur battait la chamade dans sa poitrine. Il venait de toucher une corde sensible, un secret qu'elle avait enfoui au plus profond d'elle-même.

— **Tu es une chasseresse,** continua-t-il d'un ton plein de sarcasme. **Je flaire encore l'odeur de la chasse sur ta peau.**

Valérie se demandait malgré elle ce que le Loup avait bien pu dire à Lucie. Les pensées se bousculaient dans sa tête. Elle était comme paralysée.

Il se rapprocha encore d'elle.

— Que tu as de grands yeux, dit-elle faiblement en scrutant ses magnifiques yeux jaunes.

— **C'est pour mieux te voir, mon enfant.**

Hypnotisée par l'intensité de cet incroyable regard, Valérie ne put se détourner de l'horreur qui suivit. La peau du crâne du Loup s'ouvrit telle une fleur maléfique pour révéler *une seconde paire d'yeux.*

Plus saisissants encore que les premiers. Sensibles, intelligents et surtout omniscients.

Humains.

Sans lui laisser le temps de réagir, il avait repris la parole en fouettant la poussière de sa queue gigantesque.

— **Mes yeux sondent les tréfonds de ton cœur.**

Ses lèvres humides et charbonneuses étaient si noires qu'elles en étaient violettes, et entre les rangées de crocs mal alignés ou manquants, il n'y avait que les ténèbres.

— **Tu veux t'enfuir de Daggerhorn. Tu veux la liberté.**

Pendant un instant, Valérie se mit à raisonner comme un loup. Oui, elle en était tout à fait capable. Comme il serait exaltant de filer à travers la forêt obscure, libre, le sang en éveil, prête à bondir sur sa proie, ne plus connaître cette vie entravée par la peur et les liens. Elle pourrait agir comme bon lui semblerait, sans se soucier des distances, libérée de cette vie d'insecte au rayon d'action limité qui l'obligeait à revenir toujours au même endroit. Elle se sentait submergée par la vision d'une vie nouvelle qui tranchait les liens la maintenant encore au présent.

– Non, s'efforça-t-elle d'articuler.

Mais le Loup vit de ses yeux perçants qu'il avait touché quelque chose, et qu'il y avait là une part de vérité.

– **Pars avec moi**, dit-il. **Pars avec moi**, répéta-t-il alors que Valérie hésitait encore.

J'ai déjà entendu ça quelque part.

Des cris s'élevèrent dans le lointain. La clameur des soldats, le tintement des armures et tout le vacarme ambiant aidèrent Valérie à retrouver enfin ses esprits.

– Le père Salomon t'arrêtera !

Elle avait la voix d'une petite fille seule et sans défense qui se cache le visage en attendant que quelqu'un d'autre arrive pour tout arranger.

Le Loup se dressa de toute sa hauteur et fit saillir ses omoplates, projetant son ombre sur le visage des deux jeunes filles.

– **Le père Salomon n'a aucune idée de ce qu'il affronte,** déclara le Loup dont le ton avait changé. **Viens avec moi ou je tuerai tous ceux qui te sont chers.**

Comment choisir? Valérie tremblait devant cette alternative.

– **Je commencerai par ton amie**, menaça-t-il en rabattant ses oreilles d'impatience, puis il bondit sur Roxanne en faisant claquer ses mâchoires gigantesques.

À cet instant précis, deux silhouettes émergèrent de la pénombre, et l'arbalétrier masqué ouvrit le feu aussitôt qu'il eut dépassé l'angle de la ruelle. Il était accompagné du père Salomon.

– **Je reviendrai te chercher avant que la lune sanglante ne décline**, dit-il en s'aplatissant aux pieds de Valérie avant de bondir au sommet du mur.

Salomon s'empara de l'arbalète et décocha une pluie de flèches, mais en vain, la créature avait déjà disparu dans la nuit. Il escalada le mur à sa suite, sans toutefois parvenir à se hisser tout en haut de la paroi. Il continuait pourtant à tirer sans jamais quitter le Loup des yeux qui bondissait dans le lointain.

Salomon atterrit sur le sol tel un chat, encore tremblant de n'avoir pu laisser libre cours à toute sa rage et à toute sa puissance. Il avait la joue noire, rouge et jaune, si bien qu'on aurait cru que plusieurs chandelles lui avaient coulé sur le visage. Il se pencha vers les cuves pour prendre un peu de teinture au creux de sa paume. Il la renifla, puis s'égoutta la main.

Salomon ramenait les deux jeunes filles vers le cimetière de l'église, quand une femme paniquée l'intercepta alors qu'ils traversaient la place où le feu n'était plus que braises mourantes.

– Que Dieu nous accorde le salut!

– Dieu ne sauvera que ceux qui auront su gagner son amour *par la foi et par les actes*, dit-il en regardant dans la direction où le Loup avait fui.

Ce commandant à l'œil vif et à la vanité blessée ressemblait à un frelon, songea Valérie. Pendant ce temps, Roxanne se rognait le pouce. Elle était complètement livide, ce qui accentuait un peu plus encore ses taches de rousseur, évoquant les mouchetures qui ornent les œufs des rouges-gorges.

Lorsqu'ils parvinrent aux portes du cimetière, le capitaine s'adressait dans une langue étrangère à un soldat qui montait la garde et sa voix descendait dans les graves. Il marqua une pause pour les laisser pénétrer dans le cimetière. Valérie frémit en voyant l'image qui figurait sur le portail : il s'agissait du Christ représenté en tueur de loups, plongeant son poignard dans le poitrail de l'animal.

– Vous serez en sûreté ici, dit le capitaine qui changea d'idiome avec aisance.

– Mais mon frère ! Il faut que je le retrouve ! protesta Roxanne.

– S'il est en vie, tu le trouveras à l'intérieur.

– Attendez ! hurla-t-elle, mais il avait déjà claqué la lourde porte en fer derrière lui.

Valérie regarda son amie avec compassion. Mais où Peter était-il donc passé ? songea-t-elle en silence.

– Je suis sûre que Claude est à l'abri, Roxanne. Il a ses habitudes.

Elle la regarda comme s'il s'agissait d'une étrangère.

– Tu as parlé avec le Loup, murmura-t-elle d'un ton accusateur qui trahissait sa peur.

– Je n'avais pas le choix. Il s'est adressé à nous, répondit Valérie, croyant simplement acquiescer à ce que venait de lui dire son amie.

– Non. Il *grognait*. Tu l'as vraiment entendu te parler? demanda-t-elle, tandis que la peur montait en elle.

Valérie comprit alors l'énormité de ce qui venait de se passer. Roxanne n'avait pas entendu un seul mot, ce qui signifiait qu'elle était seule à le comprendre. Dans un village comme le sien, si par malheur quiconque avait vent de ce don, elle courrait alors un très grand péril. Elle regarda autour d'elle pour vérifier que personne n'écoutait. Elle pensa aux rumeurs qui circuleraient si jamais quelqu'un l'apprenait. Mais pourquoi le Loup lui avait-il donc parlé? songea-t-elle en s'adressant ces mêmes regards inquisiteurs et autres interrogations qu'elle redoutait tant. Pourquoi Roxanne n'avait-elle pas compris? En cet instant, elle se sentait prisonnière de son propre corps.

– Ils vont m'accuser de sorcellerie. Ne dis rien à personne, supplia-t-elle d'une voix plaintive.

– Bien sûr que non, tu penses! répondit Roxanne qui semblait accepter les craintes de Valérie comme une forme de reconnaissance des siennes.

Roxanne n'était pas du genre à songer à lui demander ce que lui avait dit le Loup, et Valérie n'en était que plus soulagée.

Elle lança un coup d'œil à son amie qui s'avançait vers la porte de l'église, le visage livide, regardant droit devant. Elle avait la figure d'une jeune fille qui venait d'être pourchassée par un loup-garou. Pourquoi Valérie n'était-elle pas plus traumatisée pour sa part ? Tout cela semblait presque naturel, comme si c'était dans l'ordre des choses.

À cet instant précis, une goutte de sang s'écrasa sur le sol, puis une autre.

Roxanne se passa la main sur le visage. Elle avait le nez humide. Après tous les massacres dont elle avait été témoin, ce n'était qu'un simple saignement de nez.

Alors qu'elle observait le clocher de l'église, Valérie eut une soudaine révélation. Ces yeux, cette seconde paire d'yeux que le Loup lui avait révélée ne lui était pas inconnue.

Troisième partie

19

Valérie venait de se réveiller à l'aube avec le goût amer de l'air frais sur la langue, pareil à de la rouille. Elle scrutait les alentours avec une certaine gêne, car elle avait rêvé de Peter toute la nuit. Cette vision se brouilla toutefois au moment où les images du carnage lui revinrent à l'esprit.

Où est-il ?

Elle réprima ses interrogations et se releva du banc d'église au bois dur sur lequel elle était allongée pour s'étirer le dos. La porte de leur refuge était grande ouverte. Une nappe de brouillard enveloppait Daggerhorn tel un rideau de gaze derrière lequel le village paraissait désert et pâle.

Le capitaine avait ouvert les portes du cimetière. À peine les eut-elle franchies qu'elle vit plusieurs hommes à l'œuvre : ils rassemblaient les restes calcinés et sanguinolents qui jonchaient la place. Seul le raclement des pelles sur le sol gelé venait troubler le silence. La brume s'insinuait dans un dédale d'arbres, s'enroulant à leur tronc. L'air était trop confiné et les gens ne tenaient plus en place.

Valérie vit Henry qui traversait l'esplanade, mais il ne parut pas la voir. Peut-être était-il gêné de la façon dont il s'était comporté lors des festivités. Elle faillit l'appeler, mais elle se ravisa, repensant à ce qu'il s'était passé après la bagarre, au contact des mains de Peter sur son corps. C'était elle qui aurait dû avoir honte, et certainement pas Henry.

Valérie entendit le martèlement des sabots sur le sol. Le cheval de Salomon parut alors au loin, les pattes noyées dans la nappe de brume, si bien qu'on aurait cru qu'il flottait au-dessus du sol. Salomon s'arrêta pour contempler le carnage. Il avait le visage noirci et couvert de sang et portait une robe de cérémonie aux épaules brodées. Lorsqu'il ôta ses gants, quelle ne fut pas la surprise de Valérie en voyant de faux ongles en argent affûtés comme des poignards. Ils luisaient faiblement, mats et lisses, repoussant les cuticules à la base de l'ongle.

Le père Auguste se précipita en relevant sa soutane pour accueillir le vieil homme. Le père Salomon n'essaya même pas de masquer le mépris qu'il éprouvait pour lui.

– Je suis désolé, dit Auguste d'une voix chargée d'émotion. Nous n'aurions jamais dû douter de votre parole. Plus jamais nous ne commettrons cette erreur.

Les villageois qui s'étaient rassemblés là attendaient la réaction du père Salomon. *À partir de maintenant, nous plaçons tout notre espoir en cet homme*, songeaient-ils.

Il descendit de sa monture et avança lentement, d'un air déterminé. Il savait que les yeux des villageois étaient rivés sur lui.

– Je n'ai jamais vu une bête aussi puissante que celle-ci. Cette malédiction est héréditaire, et j'ai entendu dire que chaque nouvelle génération est plus redoutable que la précédente, mais je n'ai jamais rencontré de créature issue de cette lignée. Je ne veux pas me contenter de tuer cette bête.

Comment ? Il ne voulait plus tuer la bête ?

– Non, car je veux qu'elle souffre. J'espère que le Loup aura goûté ces festivités, dit-il en arrivant devant le corps de l'intendant qui gisait à côté de la table de banquet renversée.

Il donna un léger coup de pied dans la neige. Le corps paraissait tellement inerte au milieu du saccage que personne ne broncha. Tout le monde était persuadé que l'intendant ne sentait plus rien, que son âme avait quitté son corps depuis longtemps déjà et qu'il ne restait plus aucune trace de lui sur ce sol stérile, durci par le gel.

Non loin de là, le capitaine était penché sur le corps de son frère et s'agrippait à l'une de ses jambes comme on tient un nourrisson. Des vrilles toxiques irradiaient de sa plaie. Sa chair semblait gonflée à se rompre, comme si les muscles se tendaient encore sous la peau.

– Tout homme qui a été mordu par la bête est maudit, déclara le père Salomon en s'avançant vers le capitaine, avec un visage de marbre.

Valérie le vit alors avec horreur tirer son épée et la plonger dans la poitrine de l'homme blessé. Le capitaine ferma les yeux. Lorsqu'il les rouvrit, il avait le regard dur. Il relâcha la jambe de son frère et se détourna de son cadavre.

Salomon s'adressa alors à la foule sans la moindre trace d'émotion.

– Habitants de Daggerhorn, dit-il d'une voix égale, il est temps de passer aux choses sérieuses.

Les villageois appréciaient son ton empreint d'autorité. Ils souhaitaient qu'on leur donne une stratégie à suivre. Ils étaient impressionnés par ce que venait d'accomplir Salomon. Le frère du capitaine était un étranger et dans la mort, il était devenu une menace pour leur sécurité. Salomon s'était chargé de lui sans attendre et sans faire de sentiment.

– Il n'y aura plus d'autres fêtes, déclara-t-il en se penchant pour ramasser un masque de cochon abandonné dans la neige, jusqu'à ce qu'on ait retrouvé le loup-garou sous sa forme humaine, et qu'on l'ait anéanti. Par quelque moyen que ce soit.

Il laissa retomber le masque. Ses hommes se rassemblèrent autour de lui sans prendre la peine de dissimuler leurs armes cette fois-ci.

– Ce pourrait être n'importe lequel d'entre vous, c'est pourquoi nous chercherons partout. Les signes sont subtils : l'isolement, la sorcellerie, la magie noire, d'étranges odeurs On perquisitionnera vos maisons. Vos secrets seront étalés au grand jour. Si vous êtes innocent, vous n'avez rien à craindre. Si vous êtes coupable, je jure sur la tête de mes enfants que vous serez anéanti.

Il remarqua alors que la foule fixait ses soldats en armes.

– Ma femme est morte. Vos pères, vos fils, vos femmes sont morts. Qu'au moins quelques-uns parmi nous leur survivent et perpétuent leur souvenir, dit-il en s'avançant au milieu des détritus de la nuit précédente.

Des murmures s'élevèrent dans la foule. Des villageois acquiesçaient avec emphase en observant leurs voisins, leurs amis, leur maris, leur femmes et leurs enfants. Valérie éprouva alors l'étrange besoin de prendre la parole, mais en vain. Elle se sentait mal à l'aise face à ses voisins si prompts à obéir à cette nouvelle figure d'autorité. Tout à coup, elle entendit un bruit semblable au grincement d'une porte qui montait de son estomac. Elle avait oublié de manger ! Elle contourna la foule et prit le chemin de sa maison, heureuse de ne pas avoir à en entendre plus.

❧

Même si son père et sa grand-mère se trouvaient là, elle ne vit que sa mère. Suzette paraissait petite et décharnée, comme si son visage était devenu trop large pour elle. Elle avait la poitrine et le cou couverts d'une fine couche de sueur luisante et sa chevelure blonde lui collait au front. Allongée sur le lit, elle semblait encore plus minuscule sous la couette que son arrière-grand-mère avait confectionnée. Elle avait eu le visage tailladé par le Loup. Le sang sur sa joue formait une croûte épaisse comme du pain dur. Il était impossible de connaître la gravité de la blessure.

Césaire releva la tête en voyant entrer Valérie et l'attira à lui. Puis ce fut au tour de mère-grand de la prendre par la main pendant que Césaire s'affairait devant l'âtre. Tandis qu'elle observait son père qui faisait bouillir de l'eau, elle se laissa aller à des songeries qui la ramenèrent à une autre époque.

Nous savions que l'heure du bain était proche lorsqu'il y avait quatre casseroles sur le feu. Ma mère entrait, retirait sa robe, les cheveux ébouriffés. Elle avait un corps magnifique. J'en étais consciente alors même que j'étais encore toute petite. Il luisait comme si sa peau recelait quelque magie. Elle nous plaçait l'une et l'autre dans le baquet, en nous prenant par les aisselles avant de nous déposer délicatement dans l'eau chaude. Elle se glissait ensuite lentement dans le bain, nous entourant de ses jambes. J'étais assise juste derrière ma sœur qui se tenait entre ma mère et moi. J'ai toujours eu l'impression d'être reléguée sur les marges.

Nous plongions tour à tour dans l'eau en renversant la tête en arrière et j'agitais ma chevelure de tous côtés, si bien que j'avais l'impression d'être une sirène.

Mais cette époque était désormais révolue. Valérie craignait que l'image de sa sœur ne s'efface de sa mémoire, mécanisme de survie qu'elle ne voulait surtout pas déclencher. Les souvenirs finissaient toujours par périr. Or elle avait déjà la tête tellement pleine qu'elle aurait aimé pouvoir cesser d'en engranger de nouveaux. Il y avait tant d'expériences à analyser, et pourtant chaque instant qui passait lui en apportait de nouvelles.

Valérie contemplait à présent ce qu'il restait.

Son père s'occupait de sa femme, lui tamponnant le visage de linges humides et tièdes. Était-ce de la tendresse ? se demandait Valérie. Une mise en scène à l'attention de mère-grand ? Ou bien Lucie avait-elle raison après tout ? Était-ce de l'amour ?

Césaire avait les yeux posés sur la silhouette allongée de Suzette. La voyait-il encore ? Après dix-huit ans de mariage, il ne semblait remarquer ni sa douceur pour les enfants, ni ses cheveux blondis par les mois d'été. Le mariage se résumait-il donc à cela ? À cette incapacité à voir l'autre tel qu'il est, un peu à la façon dont on ne se connaît pas soi-même, faute de distance ? Était-ce là ce qui l'attendait avec Henry ? Ou bien Peter ? Ses parents avaient vécu les mêmes traumatismes et les mêmes tragédies, mais chacun de son côté, sans jamais rien partager.

Suzette, qui avait peut-être senti que sa fille était en train de la jauger, s'agita brusquement, envoyant valdinguer un bassin en fer-blanc posé sur le lit qui retomba au sol avec fracas. Valérie se baissa pour le ramasser pendant que sa mère continuait à gémir.

Elle se souvint alors de l'histoire de Salomon et se mit à passer en revue les détails de la nuit précédente. Le Loup avait-il été blessé par un coup d'épée ? Où était passée sa mère ? *Ma mère est-elle le Loup ? Non, c'était impossible !* Cette idée lui était insupportable, et elle la rejeta aussitôt. Lorsque mère-grand l'invita à s'approcher de sa mère, Valérie s'exécuta sans hésiter.

20

Valérie et les siens entendirent d'abord le bruit de lourdes bottes qui grimpaient à l'échelle, puis de grands coups sur la porte. Ils étaient donc venus comme ils l'avaient promis. Ils allaient mettre la maison à sac. Ces inquisiteurs allaient s'insinuer au cœur de leur vie pour en extraire tous leurs secrets.

Qu'avons-nous à cacher ? s'interrogea Valérie.

BANG ! BANG ! BANG !

Les coups se firent plus insistants.

Elle entrouvrit la porte sans ôter la chaîne de sécurité. Elle s'attendait à voir le capitaine ou Salomon lui-même, mais elle croisa au contraire un regard ardent, animé par l'urgence. Semblable à celui qu'elle avait affronté dans la pénombre de la ruelle.

— Peter ?

— Valérie, ouvre la porte.

Elle hésita. Quelque chose lui disait qu'il ne fallait pas le laisser entrer. Il chercha à forcer le passage et la porte émit un craquement, mais la chaîne tint bon.

– Ouvre !

Pourquoi se montrait-il si brutal ?

– Tu n'as rien à faire ici, lui dit-elle.

– Nous sommes tous en danger, siffla Peter. Il faut partir.

Dans l'entrebâillement de la porte, il avait les pupilles aussi fines et rougeoyantes que des têtes d'épingle que l'on aurait chauffées à bloc. Elle se souvint alors du jeune garçon qu'elle avait connu et finit par admettre qu'il n'était plus.

– Prends tes affaires. Vite ! Viens avec moi.

Valérie songea au grenier à blé, à son souffle sur son corps, à la sensation qu'elle avait éprouvée alors, comme s'il s'apprêtait à la dévorer.

Viens avec moi ou je tuerai tous ceux qui te sont chers.

Il n'avait pas dit cela, n'est-ce pas ? Non, pas lui, mais le Loup.

Il avait toutefois ce même regard enflammé et dangereux. Il continuait à pousser la porte alors qu'il tentait de l'attirer au-dehors. Il lui fendait le cœur, mais Valérie recula d'un coup comme pour esquiver un chariot lancé à toute allure.

– Valérie, nous n'avons pas le temps.

Tant de choses avaient changé depuis deux jours à peine, depuis qu'elle avait accepté cette idée et qu'elle lui avait fait suffisamment confiance pour partir avec lui. Sa sœur avait été assassinée depuis. Son village, ravagé. Sa mère, attaquée.

Depuis que le Loup était venu. *Depuis l'arrivée de Peter.*

– Dépêche-toi, Valérie.

– Je ne peux pas. Ma mère est blessée, répondit-elle après avoir quelque peu repris ses esprits.

– Pourquoi ne l'ai-je pas tué lorsque j'en ai eu l'occasion ? rugit Peter en s'éloignant pour jeter une pierre dans la rue en contrebas comme si ce caillou contenait tous ses regrets.

Elle profita de cet instant pour se précipiter sur la porte qu'elle referma brutalement avant de baisser le loquet.

– Qu'est-ce que tu fabriques, Valérie ?

– Je n'ai pas le choix. Je suis désolée.

Elle s'adossa à la porte à l'affût d'un bruit de pas qui signalerait enfin son départ. Le doute s'insinuait peu à peu dans son esprit tel un infime grain de sable glacé. Avait-elle effectué le bon choix ? Était-ce par peur qu'elle s'opposait ainsi à la personne qu'elle chérissait par-dessus tout ? L'entendant se retirer, elle jeta un coup d'œil à travers les vitres au plomb de la fenêtre et c'est alors qu'elle aperçut quelque chose qui dépassait de la poche arrière de son pantalon.

Un couteau.

Peter avait volé un couteau ce jour-là. Nous avions sept ans et nous avions pris au piège un lapin. Nous avions échangé des regards sombres et je n'oublierai jamais l'exaltation barbare lisible sur nos visages. Nous étions comme de jeunes loups qui mettent à mort leur première proie.

Le sang avait jailli du cou du lapin, zébrant la blancheur immaculée de sa fourrure d'une traînée rouge, mais il s'écoulait assez lentement et sa fin fut cruelle. Je n'avais pas tranché assez profond. Avais-je voulu lui laisser la vie sauve, ou bien était-ce pour prolonger ses souffrances ? Je n'ai jamais voulu savoir.

Était-ce moi, ou bien Peter, qui poussait l'autre à tuer ainsi ?

Le Loup savait que j'avais déjà tué.

Le Loup. Peter.

Était-ce possible?

Voilà qui confirmait ses craintes, et pourtant...

Le vent hurlait dans la cheminée. Mère-grand était penchée sur sa belle-fille gémissante dont elle changeait les pansements. La lumière vacillante du feu de bois déformait l'ombre de la vieille femme en une silhouette grotesque et monstrueuse qui dansait sur le mur. Valérie s'avança lentement, fascinée par les griffures atroces qui défiguraient sa mère, et c'est alors qu'elle vit les ongles de sa grand-mère. Pourquoi n'avait-elle jamais remarqué qu'ils étaient si semblables à des griffes?

Valérie s'empara d'un couteau en bois d'élan posé sur la table de nuit et le glissa dans sa manche quand une main lui agrippa soudain la jambe. Elle retint son souffle, mais ce n'était que sa pauvre mère qui revivait l'instant où le Loup lui avait tailladé les chairs de ses griffes aussi tranchantes que des lames de rasoir.

— Ne me laisse pas toute seule, supplia-t-elle d'une voix tremblante.

Césaire avait lavé son visage souillé de sang, si bien qu'il était désormais marqué de crêtes roses et blanches dont le relief évoquait les stries d'un coquillage. On l'avait dépossédée de sa beauté fragile. Elle était défigurée. Quelques millimètres encore, et elle aurait perdu un œil. Le Loup était-il précis ou inexact?

Suzette, frêle et anéantie, prit sa tasse de tisane soporifique à deux mains et la porta à sa bouche. Mère-grand l'aida à en boire une gorgée. Valérie ne la quittait pas des yeux. Comme il était étrange qu'elle n'ait jamais songé à cela auparavant Ses tisanes n'étaient-elles pas des poisons dilués qui vous laissaient sans défense? Les paupières de Suzette cillèrent un instant avant de se refermer.

– Repose-toi, ma chérie, entonna mère-grand sur un air de berceuse en faisant signe à Valérie de s'écarter du lit.

Personne ne s'était occupé de la maison depuis la mort de Lucie. Une demi-douzaine de prunes pourrissaient au fond d'un saladier. Des tasses vides et des assiettes sales s'entassaient dans l'évier. Sa grand-mère tendit un bout de pain à Valérie, puis se lança dans le ménage. Elle était plus en phase avec les besoins de Valérie qu'elle-même ne l'était. Le pain sortait tout juste du four et la chaleur en émoussait la saveur, mais elle le mangea malgré tout sans réfléchir. *Mordre, mâchonner, déglutir.*

– Quelque chose ne va pas? Qu'est-ce qu'il y a, ma chérie? Tu veux m'en parler?

Sa grand-mère cherchait à en savoir plus et la scrutait de ses yeux d'un brun profond, irrésistible.

– Le Loup. Il m'a parlé.

– Et tu l'as compris? demanda-t-elle, incrédule, en s'appuyant sur la table de la cuisine.

Elle tentait manifestement d'attraper quelque chose...

– Aussi clairement que je te comprends, rétorqua Valérie avec une pointe de défiance dans la voix.

Mère-grand avait trouvé ce qu'elle cherchait à tâtons depuis quelques minutes: *une paire de ciseaux.* Au même moment, la main de Valérie se referma sur le couteau en bois d'élan caché dans sa manche. Elles restèrent ainsi face à face dans un silence toxique. L'atmosphère était de plus en plus étouffante.

– À qui en as-tu parlé ? demanda-t-elle avec un tremblement aux commissures des lèvres.

Leurs corps se raidirent. Elles pensaient toutes les deux à la même chose sans pour autant l'exprimer et ce non-dit empoisonnait encore un peu plus l'atmosphère.

– Personne n'est au courant, à part Roxanne. Elle n'en pipera mot à personne. Elle refuse de m'en parler, c'est pour dire.

– Il a choisi de ne pas te tuer…

Au timbre de sa voix, Valérie eut soudain la certitude que c'était elle. Non, ce n'était pas sa mère, ce n'était pas Peter. C'était bien elle. Valérie le sentait. Le Loup était là, dans la pièce, dans le corps de sa grand-mère.

– Car il aurait pu te tuer assurément, continua-t-elle d'une voix égale.

– Je crois qu'il me veut vivante.

Valérie suffoquait. Elle ouvrit prudemment les volets. La lumière violette du crépuscule mêlée à une brise au parfum de résine inonda la pièce et l'atmosphère s'éclaircit aussitôt. Les deux femmes comprirent alors leur erreur. Mère-grand laissa retomber les ciseaux qu'elle dissimulait derrière son dos, puis elle essuya sa main sur le tablier comme pour se laver de toute culpabilité. Valérie se sentait tout aussi honteuse d'avoir douté de cette femme qu'elle avait toujours aimée. Elles se détendirent enfin.

– Mais pourquoi toi, Valérie ?

– Je ne sais pas. Si je refuse de partir avec lui, il a dit qu'il massacrerait tous ceux qui me sont chers. Or il a déjà tué Lucie.

Elle avait le cou douloureux et perclus de tensions musculaires. Elle posa la tête sur l'épaule de sa grand-mère et ses vertèbres se remirent en place dans un craquement. Mère-grand prit sa main dans la sienne. Bien sûr que non, elle n'était pas le Loup ! Valérie était-elle devenue folle de soupçonner ainsi chaque membre de son entourage ?

– Il viendra me chercher avant que la lune ne décline, murmura Valérie.

Sa grand-mère s'écarta, profondément troublée par cette révélation. Cherchant à se donner une contenance, elle décida de préparer du thé, mais le manche de la bouilloire tremblait entre ses mains mal assurées.

– C'est ma faute si Lucie est morte. Le Loup est venu à cause de moi.

Mère-grand garda le silence, car elle ne pouvait nier l'évidence.

<hr />

Valérie avait besoin de prendre l'air. Elle quitta la maison, soulagée tel un bernard-l'ermite qui aurait quitté sa coquille après la mue, libéré du poids de ce qui n'était plus qu'un spectre du passé. Le froid mordant lui cingla le visage, la tirant de sa torpeur. Elle se hâtait, errant dans les rues sans but précis.

Elle croisa Roxanne et sa mère qui puisaient de l'eau au puits. Derrière elles, des soldats mettaient une maison à sac, éparpillant les maigres biens de la famille.

– Claude est-il rentré ? demanda Valérie.

Mais Roxanne passa devant son amie avec un seau dans chaque main comme si elle ne l'avait ni vue ni entendue.

– Personne ne l'a vu, répondit Marguerite avant d'emboîter le pas à sa fille.

Elle se sentait blessée, car Roxanne savait fort bien qu'elle se préoccupait du sort de Claude, qu'elle était la seule à le protéger quand personne d'autre ne s'en souciait. Pourquoi avait-elle ignoré sa question de la sorte ? Valérie fouilla dans sa mémoire, le regard perdu dans les profondeurs du puits. Roxanne avait-elle honte d'avoir été aussi peureuse ? Ou bien était-ce parce que le Loup ne l'avait pas choisie à sa place ? Peut-être Roxanne était-elle tout simplement jalouse, songea-t-elle avec une pointe de mesquinerie joyeuse.

Elle se pencha pour caresser le chien du bûcheron qui venait d'arriver en courant. Elle avait besoin plus que tout au monde qu'un innocent vienne à elle et lui laisse poser la main sur son dos en toute confiance, mais le chien la regarda d'un air craintif, refusant d'approcher. Valérie resta accroupie dans l'espoir qu'il viendrait enfin, mais le chien recula en aboyant avant de faire volte-face pour s'enfuir d'un bond, la queue entre les jambes. Elle représentait donc une menace.

Valérie n'était plus la même. Elle avait l'impression que des pans entiers de sa personne s'effondraient telle une falaise sombrant dans la mer.

Agenouillée au pied du puits, elle actionnait l'ancienne pompe lorsqu'une ombre noire plana soudain au-dessus de l'eau. Son sang ne fit qu'un tour. Mais ce n'était qu'Henry. Il avait le regard noir et vide. Elle ne l'avait jamais vu ainsi.

– Je romps nos fiançailles, déclara-t-il d'une voix quelque peu tremblante.

– Vraiment ? demanda Valérie, ne sachant comment réagir.

– Oui, dit-il en clignant lentement des yeux comme si cela pouvait contribuer à asseoir sa décision. Je t'ai vue avec Peter.

– Tu nous as vus ?

– Dans le grenier à blé.

Ces paroles s'insinuaient en elle et elle comprenait enfin, horrifiée. Elle vit alors dans son regard la tempête intérieure à laquelle il était en proie.

Quelle plaisanterie cruelle, songea-t-elle, saisissant l'ampleur des sentiments d'Henry. *Après avoir aimé une fille pendant toutes ces années, être resté à ses côtés sans la presser, avoir respecté son besoin d'indépendance, voir Peter briser ainsi son rêve en un instant Peter !* Comme il devait être douloureux de voir tout espoir foulé du pied par celui-là même qu'il tenait pour responsable de sa plus grande perte.

– Je ne vais pas te forcer à m'épouser, poursuivit Henry sans attendre de réponse de sa part, gentleman jusqu'au bout.

Valérie sentit son cœur se briser en percevant sa souffrance. Elle éprouva l'envie subite de se blottir contre son torse, songeant au sentiment de sécurité qu'il lui avait procuré. Elle en avait assez du danger, des traumatismes et de la passion. Elle était furieuse contre elle-même. Pourquoi était-elle incapable d'aimer Henry ?

– Valérie, je sais que tu ne veux pas être avec moi.

Choquée par une telle honnêteté et ne sachant que faire d'autre, elle défit maladroitement son bracelet et le lui rendit enfin.

– Je suis vraiment navrée, dit-elle.

Valérie avait toujours voulu éviter de recourir à de telles formules vides de sens, mais faute d'avoir mieux à offrir, elle se contenta de ces excuses lamentables. Il s'éclipsa aussitôt. On n'entendait plus que le clapotis de la rivière boueuse. Sous le soleil de l'après-midi, Valérie réfléchissait à ce que venait de lui dire Henry. Cependant, elle ne pouvait s'y attarder trop longtemps, car la honte la consumait déjà comme si sa poitrine était en proie à un feu intérieur. Elle secoua la neige accumulée sur son chaperon avant de le jeter sur ses épaules. C'est alors qu'elle entendit des cris qui provenaient du grenier à blé. Soulagée de ce changement de perspective, elle suivit la foule qui se pressait déjà au pied du bâtiment.

Le grenier à blé paraissait différent à la lumière du jour. Les rayons du soleil se brisaient entre les rainures du toit, illuminant les toiles d'araignées tendues entre les poutres et les piliers. Le père Auguste se tenait là en compagnie de Salomon et de ses soldats, prêts au combat. Il avait les yeux rivés sur Claude.

Le jeune garçon était en vie, mais il était perché sur une poutre, apeuré et tremblant comme s'il était couvert d'insectes ou de crabes invisibles. Il avait l'air totalement traumatisé, voire possédé. L'un des arbalétriers de Salomon leva son arc.

Un cri retentit soudain.

Roxanne se rua sur l'arbalétrier, mais les autres soldats la retinrent.

– *Ne conjugare nobiscum*, entonna l'arbalétrier.

Valérie se fraya un chemin à travers la foule et rejoignit Roxanne.

– Je l'ai vu pendant la fête, dit Valérie en essayant d'attirer l'attention de Salomon. Ce n'était pas lui. C'est impossible. Ce n'est pas lui le Loup.

– Je veux qu'on l'interroge, ordonna Salomon à l'un de ses soldats en l'ignorant. Regardez comme il se tient, perché là-haut.

Salomon n'avait pas tort. Claude semblait tout petit vu d'en bas, mais il n'avait pas l'air d'un innocent. Il paraissait sauvage, comme un petit vautour livré à son sort dans un nid de brindilles et de cheveux humains. Mais comment aurait-il dû réagir au juste ? se demanda Valérie. Les autres auraient dû l'imiter. Pourquoi paraissaient-ils tous si sûrs d'eux-mêmes face à la tragédie qui s'était abattue sur eux ? Par quel mécanisme pouvait-on glisser sur la brutalité de tels événements ?

Mais même sa propre mère, Marguerite, refusait de prendre sa défense. Elle était assise sur une meule de foin, abasourdie. Elle ne parvenait pas à lever les yeux qu'elle gardait rivés sur ses mains en se demandant ce qu'il allait advenir de son étrange et si gentil petit garçon. Elle n'avait jamais su que faire de lui, elle n'avait jamais voulu le voir naître non plus et c'est ainsi qu'elle s'absolvait de toute culpabilité à son égard.

– Son discours est corrompu, décréta Salomon. Il communie avec les démons. Il pratique la magie noire. *C'est un sorcier.*

Le grand prêtre Salomon avait une vision de l'humanité aussi simpliste que celle d'un écolier. On était proie ou prédateur, bon ou mauvais. Il ne tolérait pas l'ambiguïté : ce qui n'était pas pur devait forcément être impur.

Mais n'avait-elle pas elle aussi succombé à de telles idioties alors qu'elle soupçonnait sa grand-mère, ou encore Peter ? Elle avait les joues brûlantes de honte.

– Il n'est pas mauvais. Je le connais ! hurla-t-elle, se compromettant elle-même en défiant Salomon.

– Mieux que je ne connaissais ma propre femme ? rétorqua-t-il en se tournant enfin vers elle, et Valérie ne sut que répondre à cette rebuffade.

– Regarde un peu, lui dit-il en lui tendant une lame de tarot abîmée à l'effigie du Fou, mendiant aux pieds nus. On a retrouvé ceci à côté du cadavre de ta sœur.

– Il pratiquait la magie, intervint Mme Lazar en émergeant de la foule. Je savais que c'était l'œuvre du diable !

S'il y a une sorcière ici, songea Valérie en regardant Mme Lazar d'un air incrédule.

– Il est différent, répondit Valérie en levant son regard vers le jeune garçon dont les yeux miroitaient comme de l'eau. Cela n'en fait pas un coupable.

– Les innocents ne prennent pas la fuite. Il doit bien redouter quelque chose, répondit la vieille sorcière.

– Si les innocents se montrent aussi injustes, j'aime autant qu'on me compte au nombre des coupables.

Mme Lazar se tourna vers elle et la foudroya d'un regard plein de méfiance.

– Faites-le descendre de là, ordonna Salomon à son arbalétrier.

Roxanne s'élança à nouveau pour arrêter son geste, mais l'arbalétrier masqué l'écarta comme on chasse un moucheron. Deux autres soldats abaissèrent les éperons de leurs bottes, puis dégainèrent leurs faucilles. S'agrippant aux rainures qui couraient entre les planches, ils se mirent à grimper tels des insectes.

– Ne l'effrayez pas! cria Roxanne, car depuis pareille hauteur, toute chute risquait d'être fatale.

Claude se cacha sous la glissière à blé en les voyant arriver. Pendant un instant, il sembla sur le point de tomber, mais il retrouva l'équilibre. Ils l'avaient acculé sur la plateforme supérieure.

– Faites quelque chose, s'il vous plaît, supplia Roxanne qui avait empoigné le père Auguste par le bras au moment où les soldats avaient saisi son frère.

Le prêtre avait l'air nerveux et indécis, tel un jeune enfant qui ne sait que choisir. Regardant droit devant lui sans réagir, il se rangea de côté pour laisser passer les soldats qui entraînaient Claude qui se débattait comme un diable. Au bout du compte, le père avait apparemment choisi son camp.

Roxanne s'effondra en pleurs sur le sol.

Valérie se sentait totalement impuissante. Elle n'avait pas éprouvé pareil sentiment depuis son enfance, alors qu'elle n'avait que sept ans.

21

Les soldats traînèrent Claude jusque dans une grange en ruine située derrière le grenier, puis jetèrent son corps flasque sur le sol. Quand il rouvrit ses yeux noirs et étincelants, le jeune garçon découvrit une forme aussi majestueuse que grotesque qui se tenait devant lui : l'éléphant de métal. Tout sauf ça ! Il se mit à hurler, même s'il savait bien que ses cris ne changeraient rien à la situation, puis il tenta de s'enfuir en se débattant avec frénésie. Il se réfugia enfin contre le mur le plus éloigné et se recroquevilla sur lui-même en marmonnant.

Salomon, qui le suivait à la trace, doutait qu'il pût s'agir du Loup, mais il ne pouvait laisser paraître le moindre signe de faiblesse, d'autant que le père Auguste lui avait emboîté le pas.

– Ne le touchez pas jusqu'à ce que je vous en donne l'ordre, ordonna-t-il en plissant les yeux.

Claude se mit à psalmodier de plus belle en forçant la cadence.

– Bien… poursuivit Salomon dont le visage se fendit d'un sourire lugubre. Vous pouvez vous emparer de lui, dit-il le bras levé, en indiquant l'éléphant de bronze, si bien que sa soutane ressemblait à une aile de velours noir.

– *Il était une fois un p'tit garçon, Claude, c'était là son prénom, tout différent qu'il était, proche de Dieu celui-là demeurait,* entonnait Claude d'une voix à peine audible.

– Silence, espèce de monstre ! aboya un soldat en lui assénant un coup derrière la tête.

Pétrifié, Claude se mordit le poing. Il regardait de tous côtés, mais il n'y avait nulle part où aller. Il s'efforça de basculer tout son poids dans ses talons pour mieux les river au sol, mais en vain. Les soldats aux mains gigantesques l'empoignèrent pour l'emmener dans la chambre de torture.

– Donne-moi le nom du Loup, ordonna le père Salomon en s'approchant de lui.

Claude se contenta de secouer la tête, trop terrifié pour comprendre ce qu'on lui demandait. Salomon acquiesça et les soldats le poussèrent vers l'éléphant. Mais quelque chose était coincé et les hommes ne parvenaient pas à tourner la manivelle qui permettait d'ouvrir la porte aménagée dans le ventre de l'animal.

– Je n'y arrive pas, déclara l'un des soldats en s'écartant pour laisser son camarade tenter sa chance, et la porte finit par céder.

Les deux soldats saisirent Claude par les bras et par les jambes et le déposèrent à l'intérieur de l'éléphant dont ils refermèrent la porte aussitôt.

– Donne-moi son nom, demanda encore Salomon en s'adressant en vain à la bête en bronze.

– Qu'est-ce que tu fais ? demanda l'un des soldats à son camarade qui démarrait un feu sous le ventre de l'éléphant.

– Je fais ce qu'on m'a demandé de faire, murmura-t-il. Et toi, tu ferais bien de faire de même.

Les soldats reculèrent. L'un d'eux laissait transparaître une certaine réticence tandis que l'autre affichait une sinistre détermination. Prisonnier du monstre de métal en proie aux flammes, Claude se débattait en poussant des hurlements dont l'écho se réverbérait contre les parois de bronze.

– Écoutez comme il chante son amour pour Satan !

Le père Salomon sentait sur lui le regard horrifié du père Auguste. Les gens attentifs savent quand on les observe. Il prit une grande inspiration et bomba le dos comme un chat qui s'apprête à bondir, puis il se rangea à côté du prêtre du village.

– Vous et moi agissons pour le bien. En tant qu'hommes de Dieu, il est de notre devoir de libérer le monde du fardeau de ses maux.

– Dites-moi, demanda Auguste en s'efforçant de paraître plus fort qu'il ne l'était, que peut-il ressortir de bon de tout cela ?

Le père Salomon s'approcha pour lui montrer la toute-puissance de sa détermination.

– J'ai tué ma femme pour protéger mes enfants, dit-il avant de marquer une pause pour lui laisser le temps de prendre toute la mesure de ses paroles. Les méthodes que nous employons pour plaire à Dieu sont parfois fautives, mon père, mais il en va ainsi de la chasse au loup-garou. Vous feriez mieux de vous y habituer.

– Que voulez-vous dire, mon père ? répondit Auguste d'une voix menaçante qui couvrit les coups et les cris de Claude.

– Je veux dire qu'il faut toujours choisir, et je vous invite, pour votre propre sécurité, à vous joindre à moi, répondit-il en posant un doigt ganté sur les lèvres du prêtre pour le réduire au silence, puis il se tourna vers ses soldats.

– Ne relâchez pas le garçon tant qu'il ne vous aura pas donné le nom du Loup, ordonna-t-il avant de quitter le bâtiment à la hâte.

– Comment pourrait-il parler alors même qu'on le torture ? s'interrogea le père Auguste à voix basse.

Il espérait que le père Salomon savait ce qu'il faisait, mais rien n'était moins sûr.

❧

Salomon était le seul client de la taverne. L'homme de Dieu buvait pour accompagner son déjeuner. Comment aurait-il pu calmer autrement sa colère à l'égard de ces paysans ignorants qui n'œuvraient que contre eux-mêmes ? Il leva les yeux en voyant entrer le capitaine, avec une fille du village à sa suite. Les yeux de Salomon s'étrécirent, car il était certain de la connaître. *Ah, oui*, c'était la sœur du jeune garçon. La rousse au doux visage. Elle se comportait comme une petite fille très pieuse, ce qui n'était pas pour lui déplaire. Il ne vit donc pas d'inconvénient à ce que le capitaine la conduise jusqu'à lui.

– Oui, mon enfant ?

– Je suis venue négocier la libération de Claude, dit-elle en récitant la formule qu'elle avait apprise par cœur.

Comme Salomon ne disait rien, elle posa le poing sur la table devant lui, puis le retira vivement, comme si elle craignait de se brûler, et quelques pièces d'argent dérisoires roulèrent sur la table en tintant. Salomon pinça les lèvres. Était-ce de colère, ou plutôt pour réprimer un fou rire ?

– Que veux-tu que je fasse de ça ?

– Je...

– Je pourrais acheter une miche de seigle avec ça, ou encore une demi-douzaine d'œufs. Merci de cette offrande. Mais dis-moi, demanda-t-il en s'approchant si près qu'elle sentit son souffle sur son visage, avec quoi *au juste* espérais-tu négocier ?

Elle fit glisser les pièces au creux de sa main. Elles lui semblaient sales à présent. Le visage rouge de honte, elle parvint enfin à s'exprimer.

– J'ai plus que de l'argent à vous offrir.

Il haussa les sourcils. Roxanne abaissa son châle et déboutonna son chemisier. Elle se tenait désormais à demi nue devant Salomon, lui offrant une paire de seins merveilleusement ronds qu'elle avait pris soin de dissimuler jusqu'alors.

– C'est avec un tel pot-de-vin que tu comptes m'acheter ? rétorqua Salomon en ricanant, car il se sentait insulté face à sa chair dénudée.

Le capitaine partit d'un rire tonitruant. Roxanne se sentait ridicule à se tenir ainsi devant eux.

– Vous ne voulez donc pas de moi ? murmura-t-elle d'une voix presque convaincante.

– Repars d'où tu es venue, ma fille, cracha Salomon.

Elle se sentait désormais aussi sale que son argent, mais elle parvint malgré tout à couvrir sa nudité avant que le capitaine de l'empoigne pour la jeter dehors.

– Attendez ! cria-t-elle.

Roxanne avait dû frapper jadis un homme ivre et crasseux qui s'en prenait à sa mère tandis que Claude se tordait les mains en observant la scène. Elle ne pensait jamais devoir affronter pire situation, mais ce jour-là était pourtant venu. Ce qu'elle s'apprêtait à faire la hanterait à jamais, mais elle n'avait plus le choix.

– S'il vous plaît, j'ai encore autre chose pour vous, dit-elle en toute hâte. Si vous épargnez mon frère, je vous donnerai le nom d'une sorcière, ajouta-t-elle, attirant enfin l'attention de Salomon.

– Ah, mais voilà enfin quelque chose de précieux.

22

Le père de Valérie montait la garde au coin du feu pendant que se reposait au fond de son lit sa femme délirante. Il s'était endormi sur son tabouret, la mâchoire relâchée, une hache posée sur les genoux. Son arme paraissait disproportionnée alors qu'elle avait la même taille que toutes les autres. À vrai dire, c'était l'outil dont tout le monde se servait. Valérie remarqua qu'il avait le visage creusé de cernes noirs et elle s'installa à ses côtés pour prendre la relève.

En revenant du grenier à blé, encore abasourdie par ce qu'elle venait de voir, Valérie avait aperçu les trois petites filles dont s'occupait Lucie. Elles étaient assises, sages et pâles, guettant derrière la vitre d'une maison. Elles regardèrent passer Valérie d'un air absent en pinçant les lèvres. Se souviendraient-elles encore de Lucie d'ici un ou deux ans ? De sa douce générosité, de la façon dont elle les faisait virevolter tour à tour, n'hésitant pas à recommencer pour l'une comme pour l'autre, par simple souci d'équité ? S'en souviendraient-elles seulement ?

Une profonde méfiance s'insinuait telle une moisissure dans le village plongé dans le chaos. Les yeux des villageois s'étaient couverts d'un voile qui les aveuglait. Quelques hommes avaient formé une petite milice d'autodéfense qui frappait aux portes en quête de tout ce qui pourrait sortir de l'ordinaire. Or il leur avait suffi de quelques heures pour mettre au jour plus d'un secret. Un villageois conservait un assortiment de plumes à côté de son lit. Un autre détenait un livre rédigé dans une langue ancienne alors qu'il prétendait être analphabète. Une femme avait donné naissance à un enfant alors qu'elle avait dépassé l'âge d'être enceinte.

Oui, ils découvraient en effet bien des choses.

Cependant, ils avaient du mal à se faire entendre des soldats de Salomon qui semblaient avoir leur propre stratégie. Ils garderaient donc ces informations pour plus tard.

Perdue dans ses pensées, Valérie avait fini par s'assoupir elle aussi. Tout à coup plusieurs coups retentirent à la porte, tirant père et fille de leur sommeil. Valérie s'imaginait déjà les griffes immenses du Loup labourant la porte avec furie tandis qu'il arrachait des morceaux de bois de ses énormes crocs. C'est alors que la porte vola en éclats. La créature venait d'entrer chez eux.

Mais non, ce n'était pas le Loup. Deux soldats venaient d'enfoncer la porte et ils occupaient désormais leur demeure comme si elle leur appartenait déjà, avec tout ce qu'elle contenait. L'un d'eux envoya valdinguer une chaise d'un coup de pied, non qu'elle se trouvât en travers de son chemin, mais par pur plaisir. Les occupants n'échappaient pas à la règle eux non plus : ils poussèrent Césaire sur le côté et s'emparèrent de Valérie.

Suzette n'émergea pas une seule fois de sa torpeur.

∗

– Répète-leur ce que tu m'as dit, ordonna Salomon en s'appuyant sur le comptoir du bar.

Roxanne se trouvait assise juste en face de Valérie, mais elle fuyait son regard, préférant garder les yeux rivés au mur. On avait transformé à la hâte la taverne en tribunal de fortune. On avait disposé des rangées de bancs et de tabourets dans la salle. Visible par tous, Valérie était ligotée à une chaise à l'entrée. Des soldats lourdement armés montaient la garde à chaque porte, bien droits dans leur armure. Valérie avait vu entrer Peter. Elle imaginait combien il lui était pénible de la voir ainsi. Il se tenait seul tout au fond de la salle.

Roxanne savait qu'elle devait répondre, que ces gens attendaient qu'elle tienne sa promesse. Elle rassembla tout son courage et s'exprima enfin d'une voix tremblante.

– Elle grimpe au sommet des arbres les plus hauts, commença-t-elle en répétant consciencieusement ce qu'elle avait dit à Salomon.

Roxanne tenait tout cela pour vrai, même si cette vérité lui brisait le cœur.

– Elle court plus vite que toutes les autres filles. Elle porte ce chaperon rouge, la couleur du diable, ajouta-t-elle pour ceux qui n'auraient pas compris le sens de son propos. Et puis elle parle la langue des loups-garous. Je l'ai vue faire de mes propres yeux.

Valérie entendit les villageois pousser un soupir d'étonnement. La corde lui entamait les chairs. Sous sa chevelure rousse, le visage de Roxanne vira au rose et ses joues se couvrirent de larmes. Valérie frémit, tout aussi peinée que son amie de devoir la regarder aller jusqu'au bout de ce qu'elle venait d'entreprendre.

– Nies-tu ces allégations ? demanda Salomon d'un ton faussement incrédule.

– Non, rétorqua Valérie qui se sentait ankylosée. Je ne nie rien.

Un murmure parcourut la salle.

Prudence gardait pour sa part une attitude silencieuse et posée alors que sa mère, recroquevillée à l'extrémité d'un banc, mâchonnait ses cheveux. Vêtu de la couleur du deuil, Henry siégeait entre sa grand-mère et l'un de ses amis. Assise juste à côté d'Henry, Rose s'efforçait encore d'attirer son attention en dépit des circonstances. Quant à Peter, il était resté seul.

– Et quelle est *la nature* de cette conversation, demanda le père Salomon en mettant les mains en prière.

Ravie de constater qu'il lui restait malgré tout encore un soupçon d'humour, Valérie réprima un léger sourire avant de lui répondre. Elle lui fournirait ces informations, mais dans l'ordre qui lui plairait.

– Le Loup a dit que vous n'aviez pas la moindre idée de ce que vous affrontiez.

Salomon arbora un large sourire. Tous les regards étaient désormais sur lui, mais il était bien trop malin pour tomber dans pareil piège.

– Je n'en doute pas le moins du monde, répondit-il d'une voix douce. Et que t'a-t-il dit d'autre au juste ?

Valérie avait l'impression d'avoir du coton dans les oreilles, comme si elle était enrhumée. Elle se sentait coupée de son propre corps.

– Il a promis de laisser Daggerhorn en paix à condition que je parte avec lui, dit-elle malgré elle.

Choquée par cette révélation, Roxanne ravala soudain ses sanglots.

Valérie sentit le regard perçant de Peter qui l'observait depuis l'autre bout de la pièce.

Un lourd silence s'abattit sur l'assemblée. Salomon réfléchit un instant. Voilà qui dépassait tous ses espoirs. Il se pencha pour s'approcher tout près d'elle, comme s'ils étaient soudain seuls dans la salle.

– Le Loup est l'un des villageois. Il te désire, Valérie, dit-il de la voix qu'il adoptait en public. Sais-tu de qui il s'agit ? Je réfléchirais bien à ta place.

Valérie resta bien entendu silencieuse. Elle n'était sûre de rien et n'aurait su que répondre, mais Salomon crut qu'il s'agissait d'un refus. Elle chercha à nouveau à jauger la réaction de Peter, mais il avait disparu. Fin observateur, Salomon connaissait désormais assez bien Valérie pour savoir qu'il n'obtiendrait rien de plus. Il changea alors de tactique.

– C'est elle qu'il veut, et non pas vous, lança-t-il aux villageois. Sauvez vos âmes ! C'est très simple. Donnons au Loup ce qu'il réclame.

Henry bondit sur ses pieds. Son ami leva les yeux vers lui, peu surpris par sa réaction. Henry agaçait son entourage à vouloir toujours se tenir à ses principes, comme s'il s'agissait d'un véritable dogme, car il était de fait plus travailleur que joueur. Il refusait de s'enfuir après avoir dérobé les dessous d'une vieille femme qui séchaient sur une corde à linge ou encore de remplacer un pion par un fou lorsqu'il jouait aux échecs. Mais cette fois-ci, il se mettait en danger.

— Nous ne pouvons pas la livrer au Loup, ce serait commettre un sacrifice humain.

— Nous avons tous fait des sacrifices, déclara Mme Lazar d'une voix détachée comme s'il s'agissait d'une simple remarque.

Henry scruta la salle, cherchant en vain des soutiens. Les villageois n'étaient jamais aussi unis que lorsqu'ils se liguaient contre une même personne. En désespoir de cause, il pivota sur lui-même pour s'adresser à Peter, mais ce dernier avait quitté les lieux depuis un bon moment déjà.

Valérie était touchée par cet effort, même s'il s'agissait plus d'une question de principe que de personne. Quoi qu'il en soit, il tenait au moins tête au père Salomon alors que pas même sa propre famille ne s'y serait risquée. Ses parents et sa grand-mère étaient assis côte à côte, n'osant protester. Non, ils ne se livreraient pas maintenant. Quel intérêt y aurait-il à se retrouver tous ensemble sous les verrous ? Il devait bien y avoir une autre solution.

Suzette avait l'air de souffrir encore des séquelles de l'attaque du Loup, si bien que Valérie se demandait si sa mère était même consciente. Césaire paraissait en colère, mais il était piégé par sa propre impuissance. Quant à mère-grand, Valérie espérait qu'elle avait un plan, mais la vieille femme mettrait sa propre vie en danger si jamais elle se risquait à prendre la parole. Valérie savait gré à Roxanne de n'avoir pas pipé mot de la réputation de sa grand-mère.

Salomon, homme d'action s'il en est, saisit cette occasion pour convoquer ses soldats d'un signe de la tête. Ils arrivèrent d'un pas lourd, détachèrent Valérie, puis l'emmenèrent avec eux. La séance était levée et l'affaire, close.

Les villageois semblaient pressés de quitter la salle où planait encore l'amertume de la décision qu'ils venaient de prendre avec la conviction qu'ils méritaient plus de vivre que Valérie. Ils sortirent donc en file indienne, se gardant de parler jusqu'à ce qu'ils soient enfin dehors. Personne n'osa adresser ne serait-ce qu'un regard au père Salomon.

— Je croyais que vous étiez venu pour tuer le Loup, et non pour l'apaiser, se risqua le père Auguste qui était le seul à être resté en arrière pour lui toucher un mot.

— Je n'ai nullement l'intention de l'apaiser, dit-il sur le ton qui sied aux conspirateurs, sans masquer toutefois son profond agacement. La fille nous servira d'appât et ce soir, nous prendrons le Loup au piège.

— Bien sûr, bien sûr, murmura le père Auguste qui recula, rassuré.

Il laisserait donc son héros accomplir ces actes glorieux : le père avait retrouvé la foi, lui qui n'avait pas même songé à un tel stratagème. Il se détourna, satisfait d'avoir accompli son devoir, ravi de la tournure que prenaient les choses. Il ne tolérerait pas qu'on lui fasse le moindre reproche.

Valérie se retrouvait seule face à son destin.

Césaire, Suzette et mère-grand sortirent enfin dans le brouhaha qui avait suivi l'audience. Les villageois, qui s'étaient rassemblés en petits groupes compacts à l'extérieur de la taverne, se turent en les voyant, impressionnés en particulier par mère-grand qui ne prenait pas souvent part aux événements du village.

Mais Mme Lazar ne cessa pas pour autant ses persiflages.

– Sa grand-mère vit seule dans les bois, expliquait-elle à Rose et à un groupe de commères.

Ce n'était pas la première fois que mère-grand entendait pareils préjugés, mais cette fois-ci, elle tendit l'oreille, intriguée.

– La première victime était sa sœur. Il a attaqué ensuite le père de son fiancé. Et n'oublions pas sa pauvre mère, marquée à vie, affirmait-elle à voix haute. Si cette fille n'est pas une sorcière, alors comment expliquez-vous tout ça ?

Mère-grand se laissait hypnotiser par la voix de Mme Lazar. Ses paroles semblaient trouver en elle un écho.

– Ne l'écoute pas, intervint Césaire.

– Elle n'a pas tort. Valérie se trouve bien au centre de toute cette histoire.

Il se contenta d'acquiescer d'un air soucieux, puis il entraîna Suzette avec lui, car il voulait la remettre au lit. Mère-grand, quant à elle, traîna encore un peu en arrière pour entendre les conclusions de Mme Lazar.

– J'ai essayé de convaincre Henry de renoncer à ses sentiments pour elle, poursuivait-elle, la paupière tombante, mais il n'y a rien à faire. Il a perdu l'esprit. Si ça ne ressemble pas à de la sorcellerie…

Les commères acquiescèrent en silence.

Personne n'adressa la parole à Henry lorsqu'il sortit de la taverne pour demander des comptes à Peter qui se tenait de l'autre côté de la place, observant la foule depuis un coin plongé dans la pénombre. Peter se redressa en le voyant arriver, prêt à se battre.

– C'était quoi, ce cirque ? s'écria Henry, bien plus fort qu'il ne l'aurait souhaité.

– Chuttt ! répondit Peter en balayant la place du regard.

– Je pensais que tu tenais à elle, dit-il en prenant soin de mieux contrôler sa voix cette fois-ci.

Peter se frotta les yeux avant de les rouvrir avec l'espoir qu'Henry aurait disparu. Mais hélas, il n'avait pas bougé d'un pouce.

– Mais je tiens *vraiment* à elle, soupira-t-il, ayant compris qu'Henry ne se satisferait que d'une réponse sincère. Cependant, ajouta-t-il en indiquant le capitaine posté devant la taverne, j'essaie d'éviter de m'y prendre comme un idiot.

Henry jeta un coup d'œil rapide en direction de la taverne et put constater que ce geste n'avait pas échappé au capitaine.

– Tu vas la sauver ! s'exclama Henry qui venait de comprendre.

Peter ne prit pas la peine de répondre. Henry dévisagea alors son rival. Il pouvait sans doute lui faire confiance. Il n'en avait nulle envie, mais Henry n'était pas fier au point de sacrifier la fille qu'il aimait. Au même moment, un soldat traînait Valérie hors de la taverne pour la conduire à sa nouvelle prison.

— Je t'aiderai, dit Henry sans hésiter plus longtemps en voyant la chair à vif de Valérie, brûlée par les cordes qui l'entravaient.

— Je ne suis pas tombé si bas, répondit froidement Peter dont la fierté était encore intacte.

— Oh, vraiment ? Dans ce cas, quel est ton plan ?

Peter se balança d'un pied sur l'autre.

— Tu n'en as pas, c'est bien ça ? Écoute, la forge est à moi à présent. J'ai des outils et je sais m'en servir. Tu as besoin de moi. Admets-le !

Il voulait avoir la satisfaction de voir céder Peter, lequel n'appréciait guère cette idée, mais répugnait bien plus à laisser Valérie se faire enlever par le Loup. Les choses seraient plus faciles avec l'aide d'Henry.

— Très bien, conclut-il.

Ses traits se détendirent peu à peu, à mesure qu'il considérait la tournure que prenait la situation.

Il n'avait pas forcément besoin d'avoir confiance en Henry. Il suffisait que son amour pour Valérie soit assez fort. Mais que faire s'il était trop puissant ?

— Mais sache que si jamais c'est toi le Loup, je te trancherai la tête et je pisserai ensuite dans la plaie béante.

— J'en ai autant à ton service, mon cher Peter, avec les compliments de la maison.

— Dans ce cas, marché conclu.

Les deux hommes se dévisagèrent, surpris l'un comme l'autre par la trêve qu'ils venaient de signer, aussi désagréable fût-elle.

23

Roxanne se sentait vidée, comme rongée de l'intérieur par la corruption.

– Où est mon frère ? Salomon m'a dit qu'on lui rendrait sa liberté, dit-elle en s'approchant du capitaine et en reniflant dans l'air glacial.

– Oui, acquiesça-t-il d'un air absent, le regard insondable. Oui, je crois bien qu'il est enfin libre.

Le capitaine tourna les talons et rentra dans la taverne. Interprétant ce geste comme une invitation à le suivre, elle lui emboîta le pas alors qu'il grimpait déjà trois à trois les marches de l'escalier intérieur. Il la conduisit à l'arrière de la taverne jusqu'à une brouette garée dans la cour. Ne comprenant pas où il voulait en venir, elle s'arrêta pour regarder autour d'elle. Mais où son frère était-il donc ?

Le capitaine chassa quelques corbeaux qui picoraient tranquillement sur le sol et inclina la brouette en s'avançant vers elle. Elle vit soudain s'échapper une main de sous la couverture qui dissimulait le chargement.

C'était la main de Claude.

Elle secoua la tête en reculant.

Le capitaine s'arrêta devant Roxanne qui se laissa tomber à genoux sur le sol détrempé au moment où le soldat découvrit le cadavre de son frère. Claude était blanc comme un linge, ce qui accentuait ses taches de rousseur. Il avait la peau des pieds et des mains couverte de cloques, le visage tuméfié et boursouflé. Elle n'avait pas imaginé un instant qu'elle ne le retrouverait pas en vie. Elle était certes tombée bien bas, mais jamais elle n'aurait cru voir chose aussi horrible.

Cette semaine-là, les planchers s'étaient mis à grincer. Les placards avaient refusé de se fermer. Les gens du village étaient si pauvres et affamés. Il y avait de la jalousie, de la mesquinerie et de la vanité dans l'air. Auparavant, la situation était certes loin d'être parfaite, mais les choses étaient du moins tolérables. Or cette fois-ci, Daggerhorn était tombé sous l'emprise du mal.

24

Deux jours plus tôt, Valérie n'aurait jamais imaginé se retrouver dans pareille situation. Tous ceux qu'elle aimait s'étaient retournés contre elle. Sa sœur était morte, et ce soir elle mourrait elle aussi.

On l'avait jetée au fond d'une cellule humide et sombre, si bien qu'elle avait l'impression d'être déjà dans sa tombe. On se servait d'ordinaire de cette pièce pour y enfermer des animaux, mais les barreaux de fer au plafond évoquaient ceux de n'importe quelle geôle. Quelques rares chandelles jetaient des ombres aux contours nets sur les murs. Au moins, on lui avait fourni de la lumière.

Mais quelle importance tout cela avait-il maintenant ? Elle n'avait plus personne et personne n'avait pris sa défense. Personne, à l'exception d'Henry, dont elle avait réduit l'amour à néant, car elle en aimait un autre. Mais Peter n'avait pas même tenté de la défendre. Il avait fui la salle d'audience. Henry trouverait une autre femme à épouser. Il finirait par aimer Rose, ou Prudence, ou quelque autre fille venue d'un village voisin, mais elle savait que Peter, lui, ne trouverait personne, qu'il penserait toujours à elle, et préserverait son souvenir au plus profond de lui, comme il l'avait fait durant ces dix dernières années. Non, il ne la partagerait avec personne.

Elle regrettait de l'avoir éconduit lorsqu'il était venu frapper à sa porte. Si seulement elle s'était enfuie alors avec lui ! Mais elle n'était pas complètement seule. Elle entendit un bruissement dans les ténèbres et c'est alors qu'elle vit le visage de sa grand-mère qui l'observait.

– Dis-moi, ma chérie, tu as besoin de quelque chose ? lui demanda-t-elle d'une voix empreinte de tristesse.

Elle se souvint tout à coup du couteau en bois d'élan qu'elle avait caché dans sa botte pendant que Césaire dormait. Elle aurait voulu pouvoir le montrer à sa grand-mère, mais le garde ne la lâchait pas du regard.

Ses épaules se mirent soudain à trembler et son corps tout entier fut parcouru d'un frisson. Salomon lui avait confisqué son chaperon, dépossession bien plus brutale que toutes les autres. Il y avait tant de choses dont elle aurait eu besoin, mais elle savait bien qu'il était inutile de demander. Le garde n'autoriserait jamais qu'on lui fournisse quoi que ce fût.

– Non, répondit-elle en secouant la tête.

Valérie ne pouvait s'empêcher d'espérer que sa grand-mère ait quelque autre plan en tête, ce qui aurait expliqué pourquoi elle n'avait pas pris la parole au tribunal. Mais peut-être avait-elle peur, comme tous les autres, non pas du Loup, mais d'un homme, lequel n'était autre que Salomon en personne.

– Écoute, lui dit mère-grand à voix basse, le Loup n'a jamais attaqué le village de la sorte, à la vue de tous. Pourquoi se montre-t-il maintenant ?

– Peut-être est-ce la lune ?

– C'est toi qu'il convoite, comme il voulait ta sœur, s'efforça-t-elle d'expliquer.

Ma sœur.

– Il a dû tuer des villageois au hasard lors de la fête pour brouiller les pistes et masquer le fait que son premier meurtre était prémédité, spécula-t-elle.

Valérie ne savait pas très bien où elle voulait en venir.

– Non, le Loup n'a pas choisi Lucie. Il se peut qu'elle se soit offerte à lui, répondit Valérie d'une voix étranglée. Je ne le savais pas à l'époque, mais elle aimait Henry. D'après Rose, Lucie avait entendu parler de nos fiançailles, ce qui ne lui laissait pas d'autre issue que le suicide, conclut-elle tout en se disant que, décidément, toute cette histoire sonnait bien faux.

– Lucie aimait Henry, médita mère-grand. Mais il est inconcevable qu'elle se soit suicidée. Impossible. Non, elle n'aurait jamais fait ça.

Sa grand-mère avait élaboré une tout autre théorie, semblait-il. Elle se rapprocha des barreaux, mais le cliquetis des clés vint interrompre leur conversation à l'instant même où elle s'apprêtait à partager ses conclusions avec sa petite-fille.

– La visite est terminée, indiqua le garde qui la dominait de toute sa hauteur.

De l'autre côté du village, Césaire était en train de ramasser une poignée de maïs couleur de craie pour nourrir les poulets. C'était d'ordinaire le travail de Suzette, mais elle se reposait encore, redoutant l'infection. Césaire était heureux de pouvoir se rendre utile plutôt que de garder le chevet de sa femme qu'il n'aimait plus. Ses filles étaient parties. Quelques poulets ingrats, voilà tout ce qu'il lui restait désormais.

Césaire aperçut Peter au loin. Il se dirigeait vers lui en poussant une brouette sur laquelle trônait un tonneau en bois, mais Césaire continua son travail, les paumes couvertes d'un résidu blanc et poussiéreux. Les roues émirent un grincement en marquant l'arrêt. Les deux hommes se tenaient à présent de part et d'autre de la brouette.

– Je vais sauver votre fille, commença Peter en guettant sa réaction. Ensuite, j'ai l'intention de l'épouser. J'aimerais recevoir votre bénédiction, mais je peux fort bien m'en passer.

Ayant dit ce qu'il avait à dire, il s'apprêtait déjà à rebrousser chemin quand Césaire s'avança tout à coup pour le prendre dans ses bras. En cet instant où la coutume humaine reprenait le dessus au cœur même d'un chaos surnaturel, les deux hommes se sentirent portés par un courage nouveau.

25

Une bourrasque poussa la porte de la forge et mère-grand s'engouffra aussitôt dans la boutique où régnait un désordre sans nom.

– Bonjour Henry.

Il ne prit pas la peine de se retourner vers cette femme qui ne daignait même pas défendre sa petite-fille.

– C'est fermé.

– Je voulais te remercier d'avoir pris la parole aujourd'hui, lui dit-elle en ignorant sa remarque. C'était très courageux de ta part.

– Je me suis contenté de dire ce que je pensais, répondit-il en continuant à forger une pièce de métal chauffée à blanc qui ressemblait à un morceau de lune ; il la saisit à l'aide d'une pince avant d'actionner un levier pour façonner l'objet.

– Tu n'étais nullement obligé de prendre la défense de Valérie. Tu avais déjà rompu vos fiançailles.

– Elle en aime un autre, rétorqua-t-il en grinçant des dents, irrité de devoir l'énoncer ainsi à voix haute. Je n'ai pas pour autant cessé de me soucier de son sort, ajouta-t-il en martelant le métal pour lui donner la forme d'une pointe.

– J'imagine que c'est exactement ce que ressentait Lucie pour toi.

– On m'a dit qu'elle croyait être amoureuse de moi, répondit Henry en haussant les épaules, mal à l'aise en entendant prononcer son nom.

– Oui, c'est ceque vient de me dire Valérie.

Il acheva de découper les extrémités de la pièce de métal. Le temps était désormais compté et il fallait faire vite.

– Lucie aurait fait n'importe quoi pour toi, semble-t-il. Elle serait même venue te retrouver pendant la nuit du Loup si tu le lui avais demandé.

– Je ne vois pas où vous voulez en venir, dit-il sèchement tout en s'efforçant de rester civil, puis il essuya ses mains sur son tablier.

Mais c'est alors qu'il comprit, passant de la confusion à la colère.

– Vous croyez donc que c'est moi, le Loup ? dit-il en se tournant enfin vers elle.

Mère-grand se redressa d'un coup.

– Vous vous rendez compte que vous m'accusez de meurtre ?

– Je ne t'accuse de rien du tout, dit-elle avec prudence.

Dans l'atmosphère brûlante de la forge, elle s'affaiblissait. Elle avait l'esprit embrouillé et ses accusations perdaient de leur intensité.

– J'essaie juste de découvrir la vérité, poursuivit-elle malgré tout.

À ces mots, Henry passa de la colère à l'étonnement, puis à l'horreur. On pouvait aussi lire un certain contentement sur son visage, car il pouvait très bien retourner ces accusations contre elle. Il lâcha son outil qui retomba sur le sol avec fracas, puis il s'avança vers elle, arborant un air presque séducteur.

– C'est vous, dit-il en la pointant du doigt. Mon Dieu, mais c'est vous ! Je le sens. Cette odeur.

Mère-grand devint nerveuse. Elle avait épuisé toutes les preuves qu'elle avait contre lui.

– Quelle est donc cette odeur que tu sens sur moi ? demanda-t-elle en reculant vers la porte.

– La nuit où mon père est mort, j'ai senti l'odeur du Loup. Une odeur profondément musquée, dit-il en s'approchant toujours plus près. C'est cette même odeur que je sens à présent sur vous.

Il se tenait tout près maintenant, le regard enflammé. Elle sentait son souffle sur son visage. Elle était affaiblie par la chaleur de la forge et par ses accusations.

– Que faisiez-vous là-bas dans votre cabane, toute seule, la nuit où votre petite-fille a été *assassinée* ?

C'est à ce moment précis qu'elle se souvint tout à coup de cette odeur enfouie au plus profond de sa mémoire. C'en était assez. Ce jeune homme avait raison.

– Henry, j'ai lu jusqu'à ce que je m'endorme, dit-elle sur la défensive, s'accrochant confusément à cet alibi.

– Et ensuite ?

301

Elle ne dit rien. Amère et pénétrante, cette odeur émanait de ses vêtements telle une brume qui plane au-dessus d'une rivière.

– Vous ne savez plus, n'est-ce pas ? pressa-t-il encore.

Il fallait qu'elle y aille, qu'elle rentre chez elle pour vérifier quelque chose. Elle devait en être sûre. Comment avait-il pu retourner ses soupçons contre elle avec une telle aisance ?

Mère-grand quitta aussitôt la boutique et la porte se referma brutalement derrière elle.

26

Le crépuscule venait de tomber sur le village et trois hommes travaillaient de conserve à la manière des enfants qui jouent côte à côte sans interagir les uns avec les autres. Ils ne voulaient pas attirer l'attention.

Peter leva les yeux de son ouvrage, ravi de voir Césaire arriver avec sa brouette. Pendant ce temps, Henry s'affairait à la forge. Leur plan se déroulait comme convenu. Césaire effectuait le tour de la place en poussant sa brouette, arrosant le sol d'un filet d'huile de lampe translucide. Il marqua un bref arrêt pour prendre une goulée d'alcool, et le monde reprit consistance. C'est alors qu'il remarqua en grimaçant le capitaine qui surveillait la place. Césaire eut beau prendre un air détaché tout en poursuivant tranquillement sa route, le capitaine l'avait repéré et se dirigeait maintenant vers lui, avec deux soldats à sa suite.

D'instinct, Césaire se mit à courir en pataugeant dans la neige fondue, renversant dans sa fuite quelques cagettes de faisans, avant de franchir d'un bond une cuve qui barrait la route. Mais le capitaine fit soudain claquer son fouet et Césaire s'effondra tête la première dans une congère. Le capitaine l'avait pourtant à peine touché. Césaire chercha malgré tout à s'enfuir à quatre pattes, mais c'est à peine s'il parvint à faire quelques pas maladroits avant que les deux soldats ne l'empoignent et ne l'immobilisent.

– Mesure de précaution, cracha l'un d'eux. Nous voulons éviter que la famille de la sorcière ne cause des troubles.

Valérie entendit d'abord des bruits de pas sur le sol, puis la voix du père Salomon qui émergeait des ténèbres.

– Enfile ta tenue de courtisane, ordonna-t-il d'une voix éraillée en attendant que le garde lui ouvre la trappe, puis il lui jeta son chaperon écarlate.

Elle s'exécuta. Une fois drapée dans cette étoffe magnifique, si douce et si soyeuse, un soldat lui passa des menottes en acier, un peu trop larges pour ses fins poignets. Elle vit alors approcher quelqu'un d'autre. C'était son père qui courbait l'échine sous le plafond bas de la pièce.

– Valérie, dit-il en s'arrêtant devant elle. J'ai essayé de vous protéger, Lucie et toi.

Lucie. Sa sœur lui semblait imaginaire, presque mythique maintenant. Inventée.

– Ne t'inquiète pas, papa, répondit-elle d'une voix étranglée. Tu nous as appris à être fortes.

Comme il se sentirait seul une fois qu'elle serait morte, songea-t-elle.

– Tu es ma fille chérie. Reste forte, dit-il en posant sa main puissante sur son bras.

C'était la dernière fois qu'elle sentait cette poigne. Valérie en avait la nausée. Elle ne savait quoi lui dire et fut presque soulagée lorsque le soldat interrompit cet instant, écartant Césaire de son chemin tandis qu'il la poussait vers Salomon.

❧

L'acier du masque dont était affublée Valérie était si lourd qu'il lui était presque impossible de garder la tête droite. Il ne comportait que deux petites fentes pour les yeux. C'était le museau d'un loup, lequel se fendait en un épouvantable rictus, découvrant une rangée de crocs acérés qu'on avait taillés dans l'ivoire. Destiné à accroître l'humiliation publique, ce masque de loup représentait un véritable tour de force en matière de cruauté humaine. Alors que le capitaine s'apprêtait à lui poser le masque sur la tête, Valérie avait pu lire la satisfaction sur le visage de Salomon.

Puis ce furent les ténèbres. Elle ne sentait plus que le poids du métal qui basculait sur ses épaules à mesure que le capitaine l'ajustait en tirant sur les sangles et refermant les cliquets.

❧

Valérie avait d'abord cherché à se soustraire à l'emprise de ses menottes, mais elles lui entamaient cruellement les poignets. Elle titubait dans la grand-rue du village, suivant aveuglément le cheval qui la tirait par une chaîne, mais elle finit par presser l'allure, peu encline à leur donner le plaisir de la voir chuter.

Il faisait chaud à l'intérieur du masque. Elle avait le front trempé là où sa peau rencontrait le métal. Le masque glissait et oscillait à mesure qu'elle avançait dans la gadoue d'un pas chancelant.

Dans la lumière déclinante, les villageois s'étaient assemblés pour regarder la parade macabre, incapables de détourner leur regard de la scène, tandis que le cortège avançait lentement dans la rue. La dernière phase de la lune sanglante était proche.

— Sorcière, murmuraient les badauds d'une voix à peine audible tandis que d'autres se signaient d'un air absent.

— Elle fait moins la belle, maintenant, pas vrai ? lança une voix que Valérie identifia comme étant celle de Mme Lazar.

Un instant plus tard, ce fut au tour de Rose de la traiter de sorcière et d'autres noms d'oiseaux bien pires encore, assurant à Mme Lazar que son petit-fils trouverait une épouse respectable. À l'entendre parler ainsi, on aurait pu croire qu'elle n'avait jamais connu Valérie.

Valérie s'efforça de ne pas hurler de douleur lorsqu'elle sentit qu'on lui tirait les cheveux. Un soldat s'empressa de libérer sa chevelure d'un coup sec, non qu'il ait voulu lui venir en aide : il était juste impatient de voir avancer la procession de l'opprobre.

⁙

À présent enchaînée à un poteau, à genoux sur l'autel sacrificiel, Valérie entendit la voix du père Auguste juste au-dessus d'elle. Il tenait une Bible calée sous son bras et lui donnait une ultime bénédiction. Quelques instants plus tard, une voix familière s'éleva dans la foule.

– C'est mon enfant ! retentit un étrange cri étranglé.

Au prix d'un effort certain, elle releva la tête malgré le poids du masque de fer. À travers les meurtrières, elle aperçut sa mère, pieds nus, s'agitant avec frénésie comme un papillon de nuit à l'agonie. À voir les zébrures et les plaies ouvertes qui marquaient son visage, on aurait dit qu'elle avait les joues maculées de confiture. Sa peau avait cicatrisé par endroits, mais les blessures étaient profondes et les croûtes, épaisses.

Suzette s'arrêta aux pieds de Salomon.

– Laisse-la partir, sale chien !

Elle avait la chevelure emmêlée et elle exhalait une odeur âcre.

– Laisse-la partir ! tempêta-t-elle.

Elle leva alors la main sur Salomon qui lui saisit le poignet.

Le village restait sans voix. Ils n'aimaient pas la voir ainsi, hors de contrôle, folle à lier. Une autre victime. Même le père Salomon garda le silence pendant quelques instants, laissant libre cours à la rage d'une mère.

C'en était trop pour Valérie qui laissa retomber le masque de fer contre sa poitrine.

– Vous devriez rentrer chez vous, dit-il enfin du ton qui sied à un père déçu. Vous devriez tous rentrer chez vous.

Les villageois effrayés entraînèrent la mère effondrée loin de la scène. Suzette se couvrait le visage de ses mains tandis qu'ils la ramenaient chez elle. Cette vision lui était insupportable.

Plusieurs heures passèrent et les ténèbres s'abattirent enfin sur le village.

Valérie leva les yeux vers la lune sanglante qui était montée au firmament. Elle avait entendu se fermer les portes et les volets du village. Elle avait le vertige. Elle aurait voulu pouvoir s'allonger et dormir, mais ses chaînes l'obligeaient à se tenir droite.

Une forme sombre plana au-dessus d'elle. Elle laissa échapper un soupir qui résonna faiblement à l'intérieur du métal, puis elle ferma les yeux en attendant sa fin.

– Valérie, lui dit une jeune fille.

Elle ouvrit les yeux et releva la tête pour voir de qui il s'agissait et la silhouette se pencha vers elle.

– Prudence ?

– Roxanne voulait que tu saches qu'elle est désolée. Elle a dit toutes ces choses pour sauver son frère, murmura Prudence.

– Je le sais, répondit Valérie, soudain parcourue d'un frisson qui fit cliqueter ses chaînes. Tu veux bien lui dire que je la pardonne ?

– Bien sûr. Mais je voulais juste te dire… Je ne sais pas quoi te dire, poursuivit-elle d'un ton saccadé.

– Tu n'es pas obligée de dire quoi que ce soit.

– Mais je voudrais pourtant que tu saches…

Valérie essaya de se pencher en avant malgré les chaînes qui l'entravaient, mais Prudence s'inclina vers son amie. Sa chevelure châtain clair lui encadrait le visage telle une paire de rideaux.

– Je voulais que tu saches ceci. Tu as peut-être réussi à tromper Roxanne, mais je ne suis pas dupe, dit-elle avec véhémence. Tu as toujours cru que tu étais meilleure que nous. Même Henry n'était pas assez bien pour toi. Là où tu perds, nous gagnons. Tu vas enfin avoir ce que tu mérites.

– Prudence, je crois que tu ferais mieux de t'en aller.

Elle peinait à se souvenir du temps où Prudence était encore son amie. Elle s'efforça de rester forte. Elle avait les yeux aussi desséchés que des fruits flétris.

Prudence leva les yeux vers le ciel. Le voile nuageux s'était à nouveau déchiré, révélant la lune sanglante.

– Oui, tu as raison. Ce ne sera plus très long maintenant. Le Loup va venir te chercher.

Valérie était presque heureuse de porter ce masque qui dissimulait ce qu'elle éprouvait pour sa persécutrice. Elle ferma les yeux, et quand elle les rouvrit, Prudence était partie.

Le vent d'hiver mugissait à ses oreilles.

27

De l'autre côté de la place du village, Salomon se tenait au sommet de la tour du grenier à blé. Il y avait des soldats tout autour de lui, mais aussi des armes, des cordes et des carquois. En contrebas, d'autres hommes se terraient dans les ruelles. Certains montaient la garde, d'autres affûtaient les pointes d'argent de leurs flèches tandis que d'autres encore guettaient derrière les fenêtres.

Tout était prêt. Salomon n'avait rien d'autre à faire que de se curer les ongles avec la pointe d'un couteau et de jeter les boulettes de crasse sur le sol. Son visage, dont la peau avait commencé à cicatriser, ressemblait à une pomme cuite. Le père Auguste se trouvait à ses côtés.

– Savez-vous comment on tue un tigre, père Auguste ? murmura froidement le père Salomon en regardant Valérie en contrebas, enchaînée à l'autel telle une misérable poupée de chiffon. Il suffit de l'appâter avec votre meilleure chèvre et d'attendre qu'il vienne.

Non loin de l'enceinte croulante de la bourgade, un homme à la silhouette sombre s'accroupit sur le sol. Il cherchait quelque chose dans la neige à la lueur de sa torche. Il finit par trouver l'objet de sa quête et inclina sa flamme vers la terre. Il ne se passa rien pendant quelques instants. Puis le sol s'embrasa d'un seul coup, traçant une ligne incandescente qui fila de plus en plus vite vers la place jusqu'à ce que les flammes atteignent enfin la grange abandonnée et le tas de bois d'allumage qu'on avait disposé là à cet effet. Peter resta couché sur le sol avec sa torche, le visage illuminé par les flammes, admirant le fruit de sa collaboration avec Césaire.

Depuis son poste de commandement, Salomon plissa les yeux, aveuglé par cette illumination subite. Il regarda les flammes et la fumée envahir la place et laissa échapper un juron. Ils n'avaient pas le temps pour ce genre d'amusements, pas ce soir. Il fit un signe au capitaine, et l'instant d'après ses hommes descendirent en rappel le long du mur du grenier à blé et se précipitèrent vers la place.

L'intérieur du masque s'embrasa soudain. Valérie jeta un coup d'œil perplexe à l'extérieur. Les flammes et la fumée tourbillonnaient dans le vent. Une voix tout près de son oreille la fit soudain sursauter, mais elle tira en vain sur ses entraves.

– Je vais te sortir de là.

Même au beau milieu du chaos, elle avait reconnu Henry. Sa puissance, son intensité, sa concentration fébrile avaient quelque chose d'effrayant.

– Qu'est-ce qui se passe ? demanda-t-elle, désorientée.

– Ça fait partie du plan. Je vais te sortir d'ici, répéta-t-il.

Il aimait à entendre le son de ses propres paroles, car c'était lui, et non Peter qui libérait Valérie. Muni de la clef étrange qu'il avait fabriquée le jour même, il se mit aussitôt à l'ouvrage. Il s'agissait d'un passe-partout. Il s'était entraîné et travaillait machinalement tandis que la clef crissait dans la serrure tout en sondant les gorges.

Alors qu'il se penchait plus près, Valérie aperçut soudain ses yeux marron qui luisaient derrière les meurtrières de son masque. D'une intelligence vive. Incandescents.

Tout comme ceux du Loup.

Elle songea à ce que sa grand-mère avait suggéré, au mot qu'elle avait trouvé dans la main de Lucie et se souvint de son couteau en bois d'élan.

CLIC!

L'un des verrous venait de céder. Il en restait encore deux autres.

⌗

Accroupi près du mur, Peter vit les soldats qui tentaient d'étouffer les flammes avec de la neige à grand renfort de coups de pied. Il parvenait à peine à distinguer les deux silhouettes sur l'autel à travers le rideau de fumée. Henry n'avait pas encore libéré Valérie. *Qu'est-ce qu'il fabriquait?*

Henry était devenu la figure de proue de cette opération dont il resterait à jamais le cerveau aux yeux de Valérie, un peu à la manière dont le dramaturge donne à croire au public que l'acteur a inventé son texte lui-même. Elle se sentirait redevable envers Henry, car c'est lui qui lui aurait sauvé la vie.

Henry, le héros. Bon sang !

Mais nous sommes du même côté, songea-t-il. Peter scruta la base du grenier à blé : il fallait lui faire gagner du temps.

⤙⧢⤚

CLIC !

Le deuxième verrou venait de céder.

Valérie avait enfin les mains libres.

Encore un.

Comme mue par une volonté propre, les mains d'Henry s'affairaient sur le masque à la manière des doigts d'un musicien retrouvant les notes d'une chanson maintes fois répétée. Mais il avait beau sonder la serrure, il n'en trouvait pas les gorges. Il marmonna d'une voix empreinte de colère. Pendant ce temps, Valérie cherchait subrepticement son couteau. Le Loup aurait tout aussi bien pu employer ce stratagème et venir la chercher sous prétexte de vouloir la sauver. Voilà qui lui ressemblerait bien, non ?

PAF!

D'un coup de manche de sa hache, Peter venait d'assommer un soldat qui montait la garde devant la porte du grenier à blé. Sans hésiter, il jeta sa torche à l'intérieur du bâtiment, mais avant même qu'il n'ait eu le temps de voir si elle avait trouvé sa cible, le sol se déroba sous pieds.

Surpris, il vit qu'il avait les jambes entravées par la chaîne lestée qu'un soldat lui avait lancée. L'instant d'après, l'homme se jetait sur lui.

⁂

Pas une seule seconde Salomon ne détacha son œil de lynx du rideau de fumée. Il était à l'affût du moindre mouvement sur l'autel. La fille était encore là-bas, mais il n'y avait pas le moindre signe du Loup. Ces idiots se seraient-ils donc moqués de lui ?

Il entendit un léger craquement, puis un autre.

Il huma l'air et comprit aussitôt. Le grenier à blé était en feu lui aussi. Quelqu'un devrait payer pour cette négligence.

– Évacuez ! ordonna-t-il à ses soldats.

Salomon ouvrit la marche et descendit l'escalier en colimaçon du grenier, respirant une épaisse fumée qui lui donnait le tournis. Au détour d'une courbe, il s'immobilisa. Il venait de voir bouger quelque chose sur l'autel dans l'encadrement d'une fenêtre.

Oui, c'était bien ce qu'il craignait.

Le grenier tremblait tout autour de lui et les parois commençaient déjà à céder. Les piliers consumés s'effondraient tandis que les flammes s'élevaient dans la nuit.

– Là-bas! indiqua Salomon à l'arbalétrier qui se trouvait derrière lui.

Le père Auguste suivit le regard du soldat. La fumée s'était suffisamment dissipée pour laisser entrevoir la silhouette d'un homme vêtu d'une cape accroupi aux pieds de Valérie. Il était en train de lui ôter son masque de loup! L'arbalétrier leva son arme, puis il hésita en voyant une poutre s'effondrer sur le sol.

– Attendez! Arrêtez! s'écria le père Auguste les mains jointes comme s'il tenait quelque objet précieux.

– Tirez! ordonna Salomon.

L'arbalétrier se posta à la fenêtre et ajusta sa visée. Henry était immobile et il le frapperait sans peine. Mais au moment où il allait décocher sa flèche, quelque chose lui troubla la vue et il manqua son tir. Le père Auguste s'était jeté en travers de la ligne de mire de l'arbalétrier. Il en avait assez de toute cette barbarie.

– FUYEZ! cria le père Auguste en agitant sa Bible en direction de l'autel.

Ce mot résonna dans l'atmosphère comme le tintement d'une cloche, mais sans perdre une seule minute Salomon plongea son poignard dans la poitrine du père Auguste. Leurs regards se croisèrent tandis que ce dernier écarquillait les yeux de douleur et de surprise. Puis, vidé de toute vie, il s'effondra sur le sol. Sa Bible gisait à ses côtés, face contre terre.

Salomon se tourna à nouveau vers l'autel où trônait le masque de loup, abandonné. Cet instant venait de lui échapper.

– Allons-y, dit-il d'une voix calme lorsqu'une autre poutre s'effondra sur le sol.

Une fois dehors, il vit que ses soldats avaient capturé un prisonnier.

– C'est lui qui a démarré le feu, dit l'un des deux soldats en jetant Peter en avant.

Il était menotté. Ils l'avaient traité sans ménagement, n'appréciant guère qu'un garçon des rues les ait ridiculisés ainsi.

– Nos hommes l'ont trouvé aux prises avec l'un de nos soldats.

– Qu'on l'enferme dans l'éléphant. Nous allumerons le feu plus tard, déclara Salomon d'une voix tranchante qui trahissait son dégoût tandis qu'il s'avançait déjà sur la place en proie aux flammes.

28

La sorcière s'est enfuie! criait-on derrière Valérie qui avait peine à comprendre que c'était bien d'elle dont ils parlaient.

Tout cela n'avait pas de sens, et voilà qu'elle s'enfuyait en compagnie d'Henry Lazar. Peut-être était-il son fiancé? Ou peut-être était-ce tout aussi bien un loup-garou?

– Vite! pressa Henry. Peter nous attend avec des chevaux dans la ruelle, dit-il avec une pointe de dégoût comme si ce nom lui faisait l'effet de quelque pourriture.

Bien sûr!

Son cœur battait la chamade. Peter ne l'avait donc pas abandonnée en fin de compte. Il viendrait la chercher et poursuivrait le travail commencé par Henry. Elle regarda son sauveur qui filait dans la nuit et une image lui traversa l'esprit. Elle les voyait tous trois en cavale, voyageant de ville en ville. Elle n'aurait plus jamais à choisir.

Peter les attendait donc, mais Henry ne lui avait-il pas

dit qu'il allait la sortir de là ? *Lui*, et lui seul. Était-il encore prêt à l'aider après avoir été éconduit ?

Ils se précipitèrent dans Dye Makers Alley. Elle avait les doigts douloureux à force de serrer son couteau sous son chaperon comme un linge que l'on essore. Les cuves de teinture bleue et moirée étaient toujours là, tout comme les pétales de fleur, mais ce n'est qu'une fois au bout du cul-de-sac que Valérie s'aperçut que les chevaux manquaient à l'appel.

— Où est Peter ? demanda-t-elle.

— Je ne sais pas. Il devrait déjà être ici. C'était ce qui était convenu, répondit Henry qui semblait gigantesque alors qu'il bouillait de colère.

Elle se retrouvait seule avec lui dans le noir et dans un endroit isolé, sur les lieux mêmes où le Loup lui avait dit deux jours plus tôt qu'elle lui appartenait. La prophétie se réalisait à présent : elle était avec lui.

Toutes les pièces du puzzle semblaient s'assembler.

Peter ne viendra jamais, pensa-t-elle.

Elle savait qu'elle allait mourir et elle en avait le vertige, mais elle se battrait jusqu'au bout et ne se laisserait pas tuer facilement. Si elle parvenait à le frapper au bon endroit alors peut-être… peut-être bien que… Au moment même où elle eut cette pensée, il apparut. Il était là, le cou exposé à sa merci, penché au-dessus des cuves en train de scruter l'entrée de la ruelle. Il vérifiait sans doute que Salomon n'était pas là pour pouvoir accomplir son ouvrage en toute quiétude.

Henry avait attiré sa sœur dans la nuit et l'avait assassinée, et il agissait de même avec elle, mais Valérie ne se laisserait pas faire.

Elle leva les yeux vers la lune sanglante, puis brandit son couteau dont la lame assoiffée de sang se mit à luire dans sa main. Cependant, alors même qu'elle prenait du recul pour mieux porter son coup fatal, elle s'immobilisa tout à coup en entendant s'élever un grognement, mi-mâle, mi-femelle, tout à la fois humain et inhumain. C'était la voix du démon.

Elle venait de loin. Le Loup ne se trouvait donc pas dans la ruelle.

– Oh, mon Dieu, Henry.

Le jeune homme se retourna et la vit qui brandissait encore son couteau.

– Ce... ce n'est pas toi le Loup, bégaya-t-elle.

– Non, rétorqua-t-il en grimaçant. Et maintenant, est-ce que tu pourrais remettre ton couteau dans ta botte ? demanda-t-il en lui adressant un sourire pour relâcher la tension.

Elle s'exécuta et remit le couteau à sa place, et c'est alors qu'un autre grognement horrible déchira l'atmosphère. La bête se rapprochait.

Son soulagement ne dura qu'un instant, car une nouvelle pensée tout aussi terrible lui traversa l'esprit.

– Henry, quand as-tu vu Peter pour la dernière fois ?

Il ne répondit pas. Il avait vu des soldats pénétrer dans la ruelle.

– La sorcière s'est échappée ! criaient-ils.

Il entraîna Valérie dans l'un des silos remplis de pétales bleus et ils se retrouvèrent aussitôt enveloppés par un doux parfum floral, fragrance étrangement sucrée alors même que la mort était si proche. Henry la poussa en avant et ils se frayèrent un chemin à travers la masse duveteuse jusqu'à la paroi du fond.

– Ils sont partout, murmura-t-il.

Ils étaient si proches l'un de l'autre qu'ils auraient presque pu se toucher. Valérie sentit sa main se poser sur sa taille, le regard plein de désir, et son pouls s'accéléra. Il glissa ensuite ses doigts le long de sa jambe. Mais qu'est-ce qui lui prenait ?

C'était donc ça, comprit-elle au moment même où il extirpait le couteau dissimulé dans sa botte.

– Désolé, s'excusa-t-il d'une voix absente.

Henry avait l'esprit ailleurs et n'avait pas même réfléchi à ce qu'il faisait. Il se retourna, prêt à parer toute attaque, en parfait gentleman comme à son habitude. Mais elle savait bien qu'ils ne pourraient pas se défendre. C'était impossible. On les attraperait d'un moment à l'autre et tout serait alors fini.

– L'église ! s'exclama soudain Henry en se retournant vers elle.

Il avait raison. Le Loup ne pouvait franchir les limites d'une terre consacrée. En tant que prêtre, le père Salomon se devait de respecter ce sanctuaire. Mais encore fallait-il parvenir jusque-là.

Pris d'un désespoir soudain, Henry réfléchit pendant un instant en contemplant le couteau qu'il tenait dans sa main.

❧

Quelques instants plus tard, les soldats du père Salomon donnèrent l'assaut, mais au fond du silo ils ne trouvèrent que des pétales bleus qui s'échappaient dans la rue à travers les planches disjointes de la paroi.

❧

Ils couraient sur la place. Ils se savaient à découvert, mais ils n'avaient pas d'autre choix.

Valérie entendit un murmure malgré le vacarme des soldats qui fouillaient la ville, des sabots des chevaux au galop et des hurlements des villageois.

– **Valérie, où vas-tu ?**

C'était cette même voix sinistre, synthèse de toutes les voix qu'elle ait jamais connues. Sa gorge se serra soudain. Le Loup était revenu la chercher.

Elle lança un coup d'œil à Henry, mais il n'avait rien entendu. À la périphérie de son champ visuel, une forme sombre apparut pour disparaître aussitôt, bondissant de toit en toit. Elle ne pouvait s'assurer de sa présence qu'en l'observant du coin de l'œil.

L'église était en vue maintenant, mais les cris et le bruit des bottes qui retentissaient derrière eux ne leur laissaient aucun doute : les soldats étaient à leurs trousses.

Une flèche siffla à leurs oreilles avant de s'abattre non loin d'eux. Puis une autre, plus proche.

Elle se retourna… et laissa échapper un cri strident en voyant une flèche d'argent qui filait droit sur elle. Cette fois, son heure était venue. Mais au moment même où elle aurait dû sentir la morsure du métal pénétrant dans sa chair, Henry l'écarta et reçut la flèche à sa place. Blessé à l'épaule, il vacilla au moment de l'impact. Il courait si vite qu'il franchit encore plusieurs mètres avant de ralentir l'allure. Il avait été touché à l'épaule gauche. La flèche avait manqué le cœur, tout comme les poumons, semblait-il.

– Une pointe en argent. Heureusement que ce n'est pas moi le Loup... Sauve-toi, Valérie, SAUVE-TOI ! dit-il en la poussant de son bras encore valide.

Dire qu'elle l'avait connu toute sa vie et qu'elle n'avait jamais compris combien il était bon et honorable.

– Non, Henry, je ne peux pas te laisser ici.

Elle jeta un coup d'œil en arrière en direction des soldats qui se rapprochaient dangereusement.

L'église était si proche.

Elle passa son bras valide autour de son épaule et ils titubèrent ensemble à travers la neige sur la dizaine de mètres qu'il leur restait à parcourir. Serrés ainsi l'un contre l'autre, son chaperon se teintait d'un rouge plus profond encore alors qu'il buvait le sang d'Henry.

Ils trébuchèrent enfin sur les dalles de pierre du sanctuaire. Deux pas encore... Mais Salomon leur barrait la route. Il se tenait devant le portail de pierre qui marquait le seuil de cette terre consacrée.

– Nous demandons l'asile de Dieu, lança Valérie.

– Navré, répondit-il d'une voix tranchante. Vous n'êtes pas encore en terre consacrée. Qui plus est, je crois que ceci m'appartient, ajouta-t-il en arrachant la flèche fichée dans l'épaule d'Henry avec un bruit de succion semblable à celui d'une cuillère qui s'enfonce dans la chair d'une pastèque.

Serrant les dents de douleur, il vacilla en arrière et posa sa main encore valide sur son épaule pour stopper l'hémorragie. Comment Henry pouvait-il irradier d'une telle bonté ? Valérie aurait voulu pouvoir sonder sa plaie pour comprendre. Tout était parfaitement limpide maintenant. Ils vivraient heureux tous les deux. Ce serait mieux ainsi, pour tous.

Elle sentit ses entrailles se tordre à nouveau.

– **Valérie.**

Elle se retourna et vit le Loup dont les yeux brillaient comme des lunes. Il avait les lèvres luisantes, humides et noires. Deux soldats gisaient inertes à ses pieds. Le Loup la dominait tel un colosse gigantesque. Il se tenait immobile, et Valérie trouvait presque un certain réconfort dans la puissance qui émanait de son ombre.

Salomon jeta un coup d'œil rapide à la lune sanglante qui descendait sur le fil de l'horizon. À peine visible entre les maisons, elle pâlissait déjà. D'un geste décisif, il empoigna Valérie par les cheveux, lui tira la tête en arrière et posa enfin le tranchant de son épée contre sa gorge. Elle lui servirait de bouclier humain.

– Nous allons gagner du temps. C'est presque l'aube, confia-t-il au capitaine dans un murmure avant de se tourner vers le Loup. Tu la veux vivante, n'est-ce pas ?

Le Loup foudroya Salomon du regard, puis il regarda la lune déclinante qui disparaissait peu à peu sous l'horizon. Henry s'avança vers Valérie pour reculer aussitôt en voyant Salomon qui enfonçait déjà la lame tranchante dans sa chair. Derrière le portail du cimetière, les villageois se rapprochaient pour observer la scène, prenant garde à ne pas s'aventurer hors des limites de cette terre consacrée, tels des enfants qui regardent leurs parents se disputer, cachés derrière la rampe de l'escalier. En entendant la clameur, ils avaient accouru, mais personne ne voulait chasser le Loup qu'ils étaient si prompts à massacrer quelques jours plus tôt.

– Il meurt d'abord, et ensuite, ce sera à ton tour, chuchota Salomon à l'oreille de Valérie avant de donner le signal à l'arbalétrier posté en haut de la tour du clocher, un bras calé sur la rambarde.

L'arbalétrier masqué tira sur le Loup, mais l'animal avait senti le danger, il esquiva d'un bond la flèche qui vint se ficher dans la terre. Salomon sortit alors de ses gonds. Il n'y tenait plus. Dévoré par une soif de sang, il brandit son épée, les veines de son cou se gonflèrent telles les branches d'un arbre immense que les germes de son obsession auraient soudain engendrées. Mais le Loup réagit le premier en se jetant sur lui. Il referma son énorme mâchoire sur le poignet de Salomon, tranchant tour à tour les ligaments et puis les os. La main retomba lourdement sur le sol enneigé, les doigts effrayants aux ongles d'argent encore agrippés au pommeau de l'épée.

Le Loup l'avait tranchée net.

Gémissant de douleur, Salomon recula en vacillant vers l'église pour y trouver refuge, mais le Loup se lança à sa poursuite.

L'arbalétrier masqué décocha une nouvelle pluie de flèches. Agacé, le Loup ramassa le bouclier de l'un des deux soldats qu'il avait tués et l'envoya valdinguer en direction de la tour du clocher, frappant l'arbalétrier en pleine poitrine. Son armure céda sous le choc et le soldat s'effondra contre la cloche qui résonna d'un glas lugubre alors qu'il s'empalait sur le tranchant du bouclier.

Profitant de cet instant d'inattention, Henry saisit Valérie par le bras et lui fit franchir le portail. Le Loup bondit vers elle, mais ils étaient déjà à l'intérieur, hors d'atteinte sur cette terre consacrée. Le Loup jeta un autre coup d'œil à la lune sanglante qui se couchait à l'horizon. Les premières lueurs de l'aube perçaient déjà dans le ciel tandis que le soleil émergeait de sa tombe. La bête savait qu'elle devait agir rapidement. Le Loup avança une patte vers Valérie, mais recula aussitôt en la voyant prendre feu. Il venait de franchir le seuil du portail de pierre. Il foudroya sa proie de ses quatre yeux en faisant claquer ses mâchoires.

— **Tu ne peux pas t'échapper,** lança-t-il d'une voix indistincte à l'étrange effet hypnotique.

Oui, le Loup s'occuperait d'elle comme jamais personne auparavant.

— **Franchis le portail ou je massacre tout le monde. Tu as compris ?**

— Oui, je comprends, dit-elle, presque en transe.

— Regardez comme cette sorcière s'adresse au Loup ! lança Salomon qui voulait encore avoir raison alors même qu'il était estropié, hurlant de douleur à mesure qu'un soldat bandait sa plaie.

— **Décide-toi.**

La voix du Loup résonnait dans sa tête.

Valérie songea à tous ceux qui l'entouraient, à Henry. Elle les voyait tous dans leur humanité fautive. Non, elle ne pouvait pas les laisser mourir.

Le temps ralentit. Elle était soudain frappée par l'étrangeté de la vie. Il y avait tant d'excès : trop de beauté, trop d'amour, trop de douleur et de chagrin pour un seul tour de manège. Que faire de tout cela ? Peut-être valait-il mieux cesser de vivre après tout ?

Elle regarda le Loup, jaugeant les conséquences de son choix si elle décidait d'avancer. Ces magnifiques yeux jaunes. Il y avait peut-être pire après tout... Et cette idée se mit à cheminer dans son esprit telle une lézarde qui s'élargit peu à peu jusqu'à donner naissance à un canyon. C'était une solution simple, éblouissante. Valérie prendrait une sorte de revanche à abandonner ainsi toute volonté propre : le Loup ne la posséderait pas au bout du compte puisqu'elle n'était plus elle-même.

Elle se livrerait donc au Loup.

Valérie s'avança vers le portail. C'était étonnamment facile. Mais alors qu'elle s'apprêtait à faire le pas décisif qui l'entraînerait hors des limites de la terre consacrée, Henry comprit soudain son geste et la retint en arrière.

— Non, je ne te laisserai pas détruire mon foyer. Je partirai avec toi, dit-elle au Loup. Pour les sauver.

Sa voix lui semblait fausse et trop aiguë, comme venue d'ailleurs. Elle ne redoutait pas ce qui allait suivre, car elle avait pris sa décision. Le monde n'avait plus aucune réalité pour elle.

Le Loup attendait qu'elle s'approche enfin dans un silence assourdissant.

Mais c'est alors qu'un mouvement dans la foule vint rompre le charme. Quelqu'un accourait, bousculant les badauds assemblés.

Roxanne !

La jeune fille se frayait un passage à travers la cohue en gardant la tête baissée. Le pouls de Valérie s'accéléra en apercevant sa magnifique chevelure rousse. Non! Elle pouvait affronter le Loup, mais elle ne supporterait pas de subir de nouvelles accusations de la part de ceux qu'elle avait jadis aimés.

– Je ne te laisserai pas commettre un tel sacrifice, lui dit Roxanne en se rangeant à ses côtés.

Valérie regarda fixement son amie sans y croire. Roxanne lui adressa un léger signe de la tête, les yeux emplis de larmes.

– Et moi non plus! s'exclama Rose qui s'avança en regardant Valérie, les joues rouges de honte, se souvenant encore de la manière dont elle s'était laissé emporter par la ferveur populaire quelques heures plus tôt.

Marguerite, humiliée par la bravoure de sa propre fille, se joignit enfin à elle, suivie par d'autres villageois encore qui s'avancèrent les uns après les autres: le tavernier, les ouvriers des ateliers de teinture, les bûcherons, les amis de son père. Prudence fut la dernière à réagir, mais elle finit par ravaler son amertume.

Daggerhorn se réveillait enfin.

Les habitants du village venaient de sortir de ce cauchemar et se serraient enfin les coudes pour faire barrage au Loup, tout comme au mal qu'ils avaient laissé s'insinuer en eux. Pendant quelques instants, le cimetière du village devint le centre de l'univers.

Surpris, le Loup, qui n'avait pas prévu pareil scénario, se mit à rugir de rage. Il était si près du but et se trouvait pourtant impuissant. Valérie demeurait hors d'atteinte. La lune avait disparu et c'était déjà le matin. Le Loup savait qu'il ne pouvait s'attarder plus longtemps sous peine de révéler sa forme humaine. Il lança un dernier regard de braise à Valérie, puis il disparut dans la nuit en lâchant un ultime grognement enragé.

Les villageois poussèrent un soupir de soulagement. Ils craignaient de rompre le charme s'ils échangeaient le moindre regard. Mais le Loup était parti. Ils avaient agi avec justice, unis, tous ensemble.

Valérie fut la seule à remarquer Salomon qui se ruait sur elle, pire que la bête elle-même, le visage animé par une rage inextinguible, prêt à assouvir la soif d'une revanche qu'il estimait lui revenir de droit. Elle se protégea le visage, mais il lui asséna un coup de poing sur la tête en y mettant toute sa force, si bien que son crâne percuta violemment le mur de pierre. Une vague de stupéfaction traversa l'assemblée des villageois qui étaient encore sous le choc.

Salomon l'attrapa par les cheveux et la hissa à hauteur de son visage.

– Tu brûleras quand même, sorcière !

Henry se précipita sur lui, mais Salomon fit aussitôt volte-face, prêt à le lacérer de ses ongles tranchants. On entendit tout à coup le sifflement d'un fouet dont la mèche vint s'enrouler autour du bras du prêtre pour le tirer brusquement en arrière. Sous le choc, Salomon se retourna et vit s'approcher son capitaine. Il avait le visage dur.

– À la lune sanglante, tout homme mordu est un homme maudit, lui rappela le gigantesque soldat.

– Mes enfants seront donc orphelins, répondit Salomon sans broncher, car telle était bien la vérité.

– Mon frère avait des enfants lui aussi, rappela le capitaine.

Le père Salomon regarda son bras comme s'il cherchait à intégrer l'idée que la corruption s'insinuait déjà en lui. Il ne valait pas mieux que le Loup qu'il avait pris en chasse. Il resterait fidèle à ses principes, et il boirait la coupe jusqu'à la lie. Il croyait à la pureté, à la purification et à l'éradication froide du mal, laquelle n'avait que faire des sentiments.

De sa main encore valide, il se signa.

– Pardonnez à Votre brebis égarée, Seigneur. Je ne cherchais qu'à Vous servir, à nous protéger des ténèbres...

Le capitaine qui croyait lui aussi en la vengeance ne lui laissa pas le temps d'achever sa phrase. Il brandit son épée plus tranchante qu'un rasoir et le frappa en plein cœur, tout comme Salomon avait tué son frère. La lame s'enfonça dans la chair sans rencontrer la moindre résistance.

Roxanne détourna les yeux, mais Valérie regarda toute la scène. On venait de se débarrasser d'une créature malfaisante parmi tant d'autres. C'est alors qu'elle sentit quelque chose d'étrange sur son visage. Du sang ! Il s'écoulait de la plaie que lui avait infligée Salomon en la frappant contre le mur. Prise d'un vertige soudain, elle se laissa choir à genoux en contemplant ses doigts ensanglantés.

Où est donc Peter ? s'interrogea-t-elle encore.

Le monde s'évanouit alors comme dans un songe, et Valérie sombra dans les limbes.

29

Revenant à elle, Valérie émergea enfin des ténèbres. Elle regarda autour d'elle et reconnut une couverture qui appartenait à mère-grand. Mais n'était-elle pas blanche à l'origine ? Elle était désormais rouge, du même rouge que son chaperon, d'une couleur si vibrante qu'elle semblait presque douée de vie.

Une neige légère tombait à nouveau, formant d'énormes congères duveteuses comme elle n'en avait encore jamais vues. Il avait dû neiger toute la nuit. Le ciel était aussi blanc et plat que dans un rêve. Valérie se tourna vers la silhouette allongée à ses côtés. C'était mère-grand, mais n'était-ce pas Lucie qui aurait dû se trouver à sa place ? Où était donc Lucie ? Disparue. À jamais, comme si elle n'avait jamais existé.

Sa grand-mère se tourna pour lui faire face et ouvrit les yeux. Valérie l'avait sans doute réveillée. Elle avait les yeux humides et globuleux, ronds comme des billes, et les pupilles dilatées.

– Mère-grand, comme tu as de grands yeux, remarqua Valérie d'une voix calme.

Tous les traits de son visage paraissaient plus accentués qu'à l'ordinaire. Prise de vertige, Valérie avait l'impression qu'elle s'était désaltérée trop vite et se sentait à la fois gorgée d'eau et aussi vide qu'une baudruche.

– C'est pour mieux te voir, mon enfant, répondit-elle d'une voix sourde et grave.

Ses oreilles dépassaient de sa chevelure emmêlée. Elles étaient étonnamment pointues.

– Mère-grand, comme tu as de grandes oreilles.

– C'est pour mieux t'entendre, mon enfant.

Quelque chose formait une bosse sous les couvertures à hauteur de sa bouche. C'est alors que Valérie vit ses dents… oh, ses dents ! Elles avaient l'air plus longues et plus acérées qu'à l'accoutumée.

– C'est pour mieux te manger, mon enfant…

À cet instant, mère-grand se jeta sur elle…

⁂

Valérie se réveilla en sursaut en poussant un cri étranglé. Retrouvant peu à peu ses esprits, elle vit qu'elle était dans son lit. Roxanne dormait à ses côtés, le visage baigné par la lumière du matin. Reprenant son souffle, Valérie regarda son amie.

Ce n'était pas Lucie non plus.

Suzette, qui l'avait veillée toute la nuit, se pencha sur elle.

– Ma chérie, dit-elle d'une voix dont la douceur lui était étrangère.

Suzette avait le regard perdu. Valérie scruta la profonde blessure qui défigurait son visage. Était-elle infectée ? Elle regarda tout autour d'elle, et tout lui sembla étrange. Les objets paraissaient sortis tout droit d'un rêve, trop petits ou trop grands.

– Je t'ai préparé des flocons d'avoine, ton plat préféré, lui dit sa mère de la même voix douce et monocorde.

Valérie prit une profonde inspiration. L'odeur de la mélasse était si puissante. Elle se mordit la lèvre. Était-elle éveillée ? Difficile à dire.

Suzette arborait un sourire qui n'avait rien de naturel. Valérie se glissa sous le bras de sa mère et se mit à descendre à l'échelle, pieds nus, deux degrés à la fois.

– Valérie ? interrogea sa mère en inclinant la tête comme le ferait une petite fille qui joue la comédie.

– Je m'en vais, répondit Valérie en enfilant ses bottes, puis elle prit un mouchoir pour couvrir quelques fruits qu'elle avait mis dans son panier.

Elle jeta ensuite son chaperon écarlate sur les épaules. Roxanne s'agita dans le lit, puis ouvrit les yeux en se frottant le nez.

– Tu t'en vas ? Mais où donc, ma chérie ? demanda Suzette d'un air amusé.

– Je vais voir mère-grand. J'ai... je crois qu'elle est peut-être en danger.

Il fallait aussi qu'elle trouve Peter, si jamais il était encore là, tout comme Henry.

– Oh, Valérie, tu n'as pas besoin de toujours te préoccuper des autres, tu sais. J'ai préparé des flocons d'avoine,

337

ton plat préféré, répéta-t-elle en posant la main sur la joue de Valérie.

Elle avait la peau froide et humide, comme celle d'un reptile. Valérie leva les yeux vers sa mère.

– Tu es en sécurité avec nous, murmura-t-elle.

Roxanne observait tout depuis le grenier, les couvertures tirées jusque sous le menton. Elle clignait des yeux, ne sachant trop que penser de cette scène.

– Adieu. Mère, Roxanne.

Valérie se sentait isolée, seule face à elle-même.

Elle n'avait besoin de personne.

Le froid coupant lui cingla le visage, mais elle avait besoin d'un tel choc pour confirmer qu'elle était bien toujours en vie.

Elle s'enveloppa dans son chaperon et remonta la capuche sur sa tête. Les rafales de vent parcouraient tout son corps, gonflant son chaperon d'un air glacial. Elle tenait son panier devant elle, les doigts serrés sur la poignée en osier. Des cristaux de glace portés par le vent venaient se loger parfois entre les tresses de son panier.

Il n'y avait personne alentour.

Elle traversa le village sans laisser aucune empreinte dans la neige qui tombait dru, effaçant chacun de ses pas sous une nouvelle couche. Elle passa devant l'éléphant de bronze couché sur le côté. On l'avait éventré. Avait-on enfermé quelqu'un dedans ? Valérie frémit en pensant à Claude, à la cruauté dont était capable l'humanité, et qu'elle n'avait jamais soupçonnée jusqu'alors. Elle était écœurée. Peut-être la vie des bêtes était-elle plus enviable après tout ?

Les gens restaient chez eux l'hiver. Lorsqu'une telle tempête s'abattait sur le village, il était impossible de deviner ce qui se terrait au détour d'un virage, ni ce qu'il y avait devant ou derrière soi.

Une silhouette se profila au loin. C'était Henry, à cheval sur le magnifique étalon de Salomon. Il ajustait ses éperons. Cette vue réchauffa le cœur de Valérie.

Elle s'approcha. D'un geste, le capitaine demanda aux soldats qui enfilaient leur amure de bien vouloir se retirer. Peut-être était-ce par respect pour son intimité, ou bien par méfiance, elle n'en savait rien.

– Valérie.

Le cheval se décala, soufflant de la vapeur par les naseaux dans l'air glacial du matin, impatient de partir comme s'il se trouvait en présence d'une créature maléfique.

– Tout doux, lui dit Henry.

Il portait au côté l'épée de Salomon. Il avait fière allure, dévoué à sa cause. Il avait trouvé une nouvelle vocation : il traquerait le Loup. Le bien se substituerait ainsi au mal, du moins l'espérait-elle.

– Tu es un guerrier, dit-elle, et ses yeux verts s'électrisèrent.

– Toi aussi, tu es une guerrière, répondit-il.

Valérie se haussa sur la pointe des pieds pour l'embrasser dans le cou. Il avait une peau douce et tiède dont la texture portait à croire qu'elle pouvait fondre au soleil. Valérie était extatique.

Elle sentit les doigts d'Henry sur sa joue et ils se séparèrent enfin.

Il hésita en passant la main dans sa chevelure châtain clair.

– Qu'y a-t-il ? demanda-t-elle.

– Personne n'a vu Peter, Valérie, dit-il en se hissant à nouveau en selle. Lorsque je le trouverai... je ferai ce que j'ai à faire.

Henry paraissait immense sur son cheval. Puis il disparut enfin, chevauchant à travers la blancheur immaculée de la nature sauvage. C'était un grand guerrier à présent.

Elle se sentait redevable envers lui à bien des égards. Elle avait préféré le mal au bien, et il était resté à ses côtés, s'était sacrifié pour la protéger du Loup et d'elle-même. Elle avait brisé son cœur par amour pour Peter qui, lui, s'était toujours servi à sa guise sans jamais demander.

Comment avait-elle pu être aussi aveugle ? Tout aurait été stable et sûr avec Henry. Elle trouvait une certaine quiétude dans cette ultime prise de conscience.

À mesure que l'étalon d'Henry s'éloignait au galop, Valérie, qui n'avait pourtant jamais eu besoin de personne, sentit un vide s'ouvrir en elle.

Elle courait, s'enfonçant dans la neige ou brisant la fragile couche de glace qui recouvrait le sol hivernal. Elle avançait dans la tempête d'un pas machinal. Elle était persuadée que quelque chose se tramait chez mère-grand... Rien ne tournait plus très rond, il est vrai. Il se passait quelque chose de noir et il fallait qu'elle y aille. Elle n'avait pas la force de résister à cet appel.

Valérie ne s'arrêta pas dans le champ pour songer à Lucie, ni dans le verger pour penser à Claude. Elle n'eut pas le moindre pincement au cœur en dépassant le grand sapin. Tout ce qu'elle avait perdu, son passé. Tous ces lieux étaient identiques sous le manteau de neige uniformément blanc. Elle ne s'arrêta pas pour retrouver ses marques, mais se laissa plutôt porter par l'urgence qui la poussait à avancer.

Elle entendit la glace se craqueler sous l'impact d'une branche lorsqu'elle dépassa la rivière à la surface laiteuse.

Elle arriva enfin dans les bois de Black Raven. Elle n'était plus très loin de la maison arboricole, à quelques centaines de mètres à peine, mais le chemin qu'elle avait emprunté tant de fois lui semblait désormais sans fin. Elle avait encore le vertige suite à sa blessure et le monde blanc qui l'entourait s'évanouissait de temps à autre dans le néant. Elle n'entendait d'autre bruit que le sifflement des bourrasques à travers les branches givrées.

Elle regarda tout autour d'elle. Il n'y avait rien dans les broussailles. Rien au-devant d'elle ni rien derrière non plus. La neige était sans mémoire et le vent effaçait toute trace en un instant. Valérie s'avança. Elle avait les phalanges exsangues à force de serrer l'anse de son panier, et la neige glacée avait trempé le daim de ses bottes. La capuche de son long chaperon rouge encadrait son visage pâle et ses joues roses.

D'instinct, elle savait où poser chaque pas. Elle avait parcouru ce chemin tant de fois auparavant. Cependant, elle avait l'impression de fournir des efforts démesurés, comme si elle nageait dans l'huile. L'air vif était coupant. Les branches dessinaient des gribouillis au firmament.

Aucune odeur ne flottait dans l'atmosphère. Elle avait les sens congelés. Elle avait les doigts gourds, ne sentait plus rien ni ne voyait plus rien.

La neige se mit à tomber si dru qu'elle ne voyait plus qu'une blancheur floconneuse au-delà d'un mètre environ. Était-elle encore consciente ? Il fallut qu'elle se pince pour s'en convaincre. Valérie entendait un bourdonnement à peine audible dans les arbres. De temps à autre retentissait l'écho d'un craquement, mais chaque fois qu'elle levait les yeux, il n'y avait rien.

Elle sentait pourtant une présence derrière elle. La créature se rapprochait. Valérie dressa l'oreille et s'efforça de rester silencieuse alors même qu'elle s'était mise à courir. *Un animal.* À n'en point douter, c'était un animal. *Nous sommes en plein jour, ce n'est pas le Loup*, se rassura-t-elle.

Oui, il y avait bien quelque chose. Elle en était certaine.

Elle l'entendait de plus en plus nettement.

De plus en plus proche.

Elle ralentit. Non, elle n'avait pas peur. Ce pouvait être Suzette partie à sa suite, bouleversée par la manière dont elle avait quitté la maison. Ou bien Henry qui venait lui annoncer qu'il restait.

Mais... ce pouvait être aussi le Loup sous sa forme humaine. Peu lui importait, car rien ne pouvait être plus atroce que ce qu'elle avait déjà affronté. Elle se retourna, vaincue, prête à faire face à son funeste destin.

Ce qu'elle vit lui retourna l'estomac et elle faillit bien se laisser choir à genoux sur le sol.

Mais l'apparition ténébreuse qui émergea enfin de la tempête de neige la ramena à la vie, alors même qu'elle avait capitulé. Elle effectua quelques pas en arrière en titubant, puis s'arrêta enfin.

C'était Peter, son Peter. Il avait traqué la fille qu'il aimait et dont il ne pouvait se passer. Sa chemise noire était déchirée. Il avait perdu sa cape.

– Valérie, Dieu merci, tu vas bien.

Il avait le visage luisant et glacé. Il était superbe. Ses cils couverts de cristaux de neige étincelaient comme des diamants. Il avait les joues roses et les lèvres humides et rouges. Il avançait vers elle d'un pas chancelant.

– Je dois te quitter. Tu ne seras pas en sécurité avec moi, lui dit-il essoufflé.

Il était si beau. Quoi qu'il fût, il ne pouvait être mauvais. Une terrible pensée lui traversa alors l'esprit et chassa toutes les autres pour emplir son cœur.

– Peter...

Valérie s'avança vers lui, les bras ouverts. Ils s'abandonnèrent enfin l'un à l'autre et leurs corps s'épousèrent. Elle réchauffa ses doigts glacés sur ses joues chaudes et il glissa ses bras sous son chaperon écarlate tandis que le vent jouait dans sa longue chevelure qui les auréolait tous deux telle une couronne blonde. De rouge et noir vêtus, leur silhouette tranchait sur le fond immaculé de ce refuge blanc. Ils étaient seuls au monde. Jamais elle ne pourrait se séparer de lui, car elle était semblable à lui et serait toujours sienne.

Si c'était lui le Loup, alors elle serait sa louve.

Valérie avait fait son choix, et elle pressa ses lèvres contre les siennes.

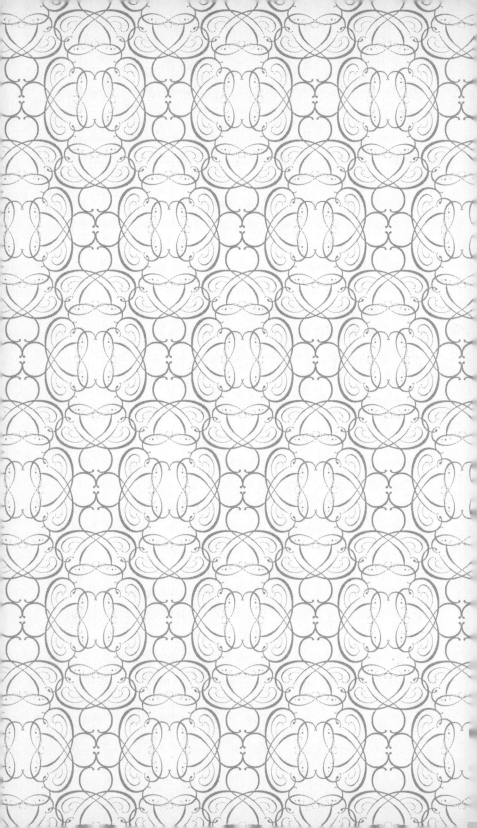

Est-ce vraiment
la fin de l'histoire?

Connectez-vous sur
www.michel-lafon.com
pour le découvrir…

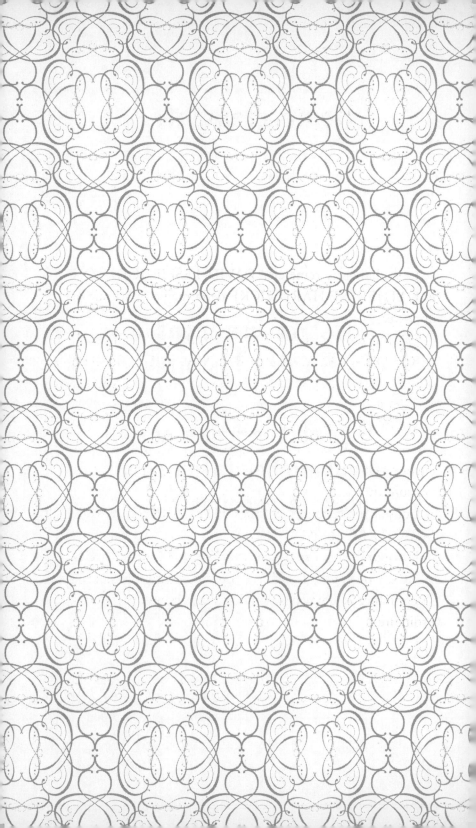

Remerciements

Je souhaiterais remercier DAVID LESLIE JOHNSON et CATHERINE HARDWICKE de la magie qu'ils ont su apporter,

JENNIFER DAVISSON KILLORAN, JULIE YORN, MICHAEL IRELAND, ALEX MACE ET TOUTE L'ÉQUIPE DE LA WARNER BROS. pour leur soutien sans faille,

MARCUS ANDERSSON, NIKKI RAMEY, PATRICK SANCHEZ-SMITH ET ADRIANA STIMOLA de leurs encouragements et leur patience tout au long des différentes versions du roman.

Comme toujours, je suis redevable à CARROLL CART-WRIGHT ET MARY GORDON qui m'ont tout appris.

Je voudrais aussi remercier tout particulièrement ERIN STEIN, mon éditeur chez Little, Brown, de m'avoir accordé sa confiance et de m'avoir guidée d'une façon aussi extra-ordinaire.

Ronee Blakley

Sarah Blakley-Cartwright vient de terminer ses études à Barnard College. Son travail a déjà été couronné par deux prix littéraires : le Mary Gordon Fiction Scholarship Award en 2008-2009 et le Lenore Marshall Barnard Prize for Prose en 2009-2010. Elle a grandi à Los Angeles et à Mexico. Elle écrit désormais à New York et à Los Angeles. En dépit de ce que pourrait prêter à croire son livre, Sarah préfère les loups aux hommes.

Matt Holyoak

Catherine Hardwicke a d'abord travaillé en tant que chef décoratrice avant de devenir une réalisatrice reconnue. On compte parmi ses films *Thirteen*, *Les Seigneurs de Dogtown*, *La Nativité* et *Twilight-Fascination*, véritable succès international inspiré du roman de Stephenie Meyer. Les films de Hardwicke ont reçu des dizaines de récompenses. Ils ont été nominés aux Academy Awards et aux Golden Globes, et ils ont également reçu six MTV Movie Awards. Son dernier projet est une adaptation sombre et gothique du conte du Petit Chaperon rouge.

Dépôt légal : avril 2011
N° d'impression :
ISBN : 978-2-7499-1418-3
LAF 1453

Achevé d'imprimer au Canada
sur les presses de Imprimerie Lebonfon Inc.